元禄江戸俳壇の研究

蕉風と元禄諸派の俳諧

牧藍子 著

ぺりかん社

元禄江戸俳壇の研究――蕉風と元禄諸派の俳諧＊目次

はじめに

俳諧の歴史の中で、元禄という時代は、二つの大きな転換点を迎えた非常に重要な時期である。その二つの転換点とは、一つは俳壇全体で貞門・談林俳諧が基本としていた詞付とは根本的に異なる付け方が目指されるようなったこと、もう一つは前句付から雑俳という新たな文芸意識が生まれたことである。そして、これらはともに元禄前後の俳諧と切り離して論じることはできない事象である。一方、従来の俳諧研究では、元禄俳諧は俳諧史の一つの頂点として記述され、とりわけ蕉風俳諧は特立したものとして、それ以前の貞門・談林俳諧や以後の享保俳諧とは別個に論じられることが多かった。しかし、蕉風俳諧は他の元禄諸派と同様、元禄俳諧の中の一流であり、元禄俳諧もまた、貞門・談林時代から享保期に至る俳諧史の連続性のうちにとらえられるべきである。本書は、江戸俳壇に焦点を当て、多様な俳諧活動が繰り広げられた元禄期の俳諧の具体相を提示し、その重層的な性格を明らかにすることを通じて、元禄俳諧を新たな視点から俳諧史の上に位置付けることを目的とするものである。

まず第一章「蕉風における其角の俳風とその変遷」では、蕉風俳諧を俳風の面から相対化し、その本質を逆照射すべく、其角を視座として再検討を行い、新たな一面を探ることを試みる。其角は芭蕉第一の門弟で、江戸では芭蕉を凌ぐ程の人気を博した宗匠である。しかし、その俳風はしばしば芭蕉とは対照的であるとされ、特に晩年の作意の強い俳風は、蕉風の中で異風であるともみなされる。しかし、蕉風における其角の俳風の特殊性は、それを含み込む蕉風俳諧の豊かさを示す、一つの重要な指標であるといえよう。また同時期に活躍し、其角没後の江戸俳壇を席巻した非蕉門の江戸宗匠である沾徳の俳風と其角の俳風の類似は、両者とその門人間の交友のあり方を含め、元禄江戸俳壇のその後の展開を考える上で非常に興味深い問題である。

第一節「其角の「情先」」・第二節「其角の不易流行観」では、「姿と情」「不易流行」といった蕉風俳諧の根底に関わる理念をめぐり、蕉門内における其角独自の立場について論じる。特に、去来・許六・支考ら同門の俳人の立場と、非蕉門である沾徳の立場との距離を、俳論と実際の作風の両面から解明することを目指す。第三節「謎の発句」では、作意を凝らした技巧的な其角の作風と談林風との関係を「謎の句」という観点から論じ、従来取り上げられることのなかった発句の「ぬけ」に注目して、その手法としての意義を説く。第四節「其角と「洒落風」」では、後世になって俳諧史観を述べる文章のうちに定着した「洒落風」の語の変遷を追うことで、時に蕉風の異端ともされる其角晩年の「しゃれ風」が、近世の人々にどのような俳風として認識されていたかを検証し、実際の其角の作品の特質についても論じる。

第一章で具体的に示した蕉風俳諧の多様性をふまえた上で、第二章「初期俳諧から元禄俳諧への展開」では、いわゆる元禄疎句の実態に迫ることを試みる。同じ蕉門の中でさえ、得意とする風や力量には俳人間で大きな違いがあり、それは連句の付合においても非常に顕著である。まして元禄俳諧を蕉風俳諧に代表させ、群雄割拠の様相を呈する元禄期の俳諧を、貞門・談林の「詞付」「心付」、蕉風の「余情付」という安易な図式で理解しようとするのは甚だ危険である。また元禄期に至り、俳壇全体で一様に疎句が唱えられた要因については、従来からさまざまに論じられているが、殊に本章では、元禄期に新たに台頭してくる大衆作者層の存在に留意する。元禄俳諧を底から支えた彼らの俳諧は、いわゆる元禄風の形成に多大な影響を与えている。なお、親句から疎句への展開という俳諧史の大きな流れを問題とする中で、江戸俳壇の様相を浮き彫りにするという意図のもと、本章では上方俳壇も視野に入れて考察を行う。

第一節「詞付からの脱却――「ぬけ」の手法を中心に」では、「ぬけ」をめぐる貞門と談林の立場が正反対であることを起点に、前句からの飛躍という観点から、談林の「ぬけ」の手法が親句から疎句への展開に果たした役割を述べる。第二節「元禄俳壇における「うつり」」では、「疎句」＝「余情付」という図式を乗り越えるべく、「うつり」を切り口に連句を読むことを提案する。「うつり」は蕉風俳諧のみならず、元禄俳壇全体で一種の合言葉のように唱えられており、元禄俳諧の本質と深い関係にある概念と考えられるが、元禄諸派の間でその意味するところにはかなりの幅が認められる。本節では「うつり」に対する意識の違いは、各派の俳風の違いと密接な関わりにあるとの見通しに基づき、諸派の具体的な作風から「うつり」を論じる。第三節「元禄俳諧における付合の性格――当流俳諧師松春を例として」では、元禄期に京都で活動した俳諧師松春に注目し、いわゆる元禄風について考察する。松春という研究史上ほぼ無名の俳諧師を取り上げたのは、芭蕉のような特異な人物ではなく、松春をその典型とするような世間並みの俳諧点者こそが、かえって元禄風のスタンダードを体現していると考えられるからである。また松春の場合、自身の手による俳論と連句作品、そしてそれに対する当時の人気宗匠たちの点評が残り、それらを引き比べることで元禄疎句の付合手法の一端を具体的に提示し得る。松春はその著作中で、自らの遊ぶ当時流行の俳風をしばしば「当流」と称しているが、第四節「「元禄当流」という意識」では、主として元禄期に京都で活躍した、いわゆる当流俳諧師たちにおける「当流」の意識を探り、彼らの目指した俳諧のありようを把握する。当然のことながら、「当流」の語は元禄期以外にも、また俳諧以外にも用いられるため、江戸と上方の俳壇状況に加え、同時代の芸能や他ジャンルの文芸も視野に検討する。

第三章「元禄期江戸の前句付」では、元禄期に前句付点者として活躍した調和と不角の俳諧活動を取り上げ、第一章、第二章では触れてこなかった江戸の前句付俳諧について論じる。現在、調和・不角ら前句付派と呼ばれる俳諧師に関する研究は非常に手薄であると言わざるを得ず、特に彼らの前句付興行に関しては近年大きな進展が見られない。しかし、元禄期の前句付人口を考慮すれば、彼らの俳諧活動を無視して元禄俳諧を語ることが不可能であることは明白である。また、俳諧師が雑俳点者も兼ねていた上方俳壇とは異なり、元禄期の江戸俳壇では俳諧と雑俳では住み分けがなされている。雑俳前夜に位置する調和や不角の俳風も、彼らの俳諧を享受した作者層の性格と強く結びつく傾向がみられ、彼らの俳諧活動を明らかにすることは、俳壇を下から支えた作者たちの俳諧享受のあり方を知るという観点からも非常に重要である。

第一節「調和における前句付の位置」では、調和の前句付高点句集と、前句付興行における一次資料である高点勝句巻・秀逸小冊・取次所別清書帖とを比較し、その興行形態を分析することで、調和の俳諧活動の中で前句付がどのような役割を担っていたかを示す。続く第二節から第四節では、調和の後を追うように、やや遅れて前句付興行を始めた不角の活動に焦点を当てる。第二節「不角の前句付興行の変遷とその意義」では、第一節と同様の方法で不角前句付の興行形態を調査し、調和前句付が不角に及ぼした影響の大きさを、前句題の変遷や前句付高点句集の体裁の面において具体的に指摘する。また、元禄後期の冠付の流行等の現象をふまえ、調和・不角が前句付界から撤退する要因を、江戸前句付の雑俳化との関連の上から考察する。前句付から手を引いたことで、不角の俳壇経営の方法は大きく変化するが、第三節「享保期の不角の月次興行の性格」では、享保期の不角の俳諧活動の中で重要な位置を占めた歳旦帖の板行と月次興行について取り上げ、第二節で論じた元禄期の前句付興行からの方針転換の意義を探る。そして第四節「不角の俳諧活動を支えた作者層」では、第二節、第三節で見た不角の前句付興行とその後の俳壇経営における方針転換が、不角の俳諧を享受した作者層の実態に即した、非常に戦略的なものであったことを、信州野沢と丹後宮津の作者の動向から裏付ける。

元禄俳諧は、元禄期を生きる人々の生活とともに存在しており、元禄俳諧を研究する上での根本的な課題は、彼らと俳諧の関わり方を明らかにすることにあると考える。本書に収める全ての論考は、こうした考えのもと、元禄期の江戸俳壇を立体的にとらえ、具体的な事例とともにその実態を提示することを目的として執筆したものである。

凡例

一、本稿では、『去来抄』『三冊子』の引用は『校本芭蕉全集』（富士見書房）により、特に注記しない資料に関しては『古典俳文学大系』（集英社）によった。また、和歌の引用は原則として『新編国歌大観』（角川書店）によった。

一、資料引用にあたっては、私に濁点・句読点等を施し、旧字体の漢字は適宜現行の字体に改めた。

一、引用した資料の一部に、今日的観点からは不適切と思われる表現が含まれるが、時代的背景を鑑み、資料的価値を尊重する立場からそのままとした。

第一章　蕉風における其角の俳風とその変遷

第一節　其角の「情先」

芭蕉門人のうち去来・土芳・支考らが各々俳論書と呼べるものを残しているのに対し、其角には俳論らしい俳論がなく、そのことが、ただでさえ難しい其角の俳風の理解を、より一層困難なものにしている。しかしそんな中、其角が『雑談集』で述べている「情」の重視は、珍しく非常に明確な主張の形をとるものとして注目に値する。また「情」は、「軽み」の風においては「ねばり」との関係で注意深く扱われるべき性質を持つものであったことを考えても、(1)其角の「情先」の姿勢を検討することは、其角ばかりでなく、蕉風俳諧全体に関して新たな視野を広げるものとして重要な意味を持つといえよう。

一、蕉門における景情論

次に引用するのは、其角が「景」と対置させて「情」の重視を説いた、『雑談集』の一節である。

此比の当座に、

小男鹿やほそき声より此流レ　角

と申ける折ふし、百里が旅より帰りしに、木曾路の秋を語けるにも、畳のうへにては面白からぬけしきを云出けり。「梯《カケハシ》の水音、今も耳に残りて覚えぬる」といはれて、世につながるゝ事を歎《ナゲ》きぬ。すべて景に合せては情負《マク》るゆへ、情をこらして、扨、景を尋ぬるが此道の手成べし。富士を見ては、発句のちいさく成ぬるは、心の及ばざるゆへ也。

（其角編『雑談集』元禄四年（一六九一）成）

木曾路の旅から帰ってきた百里の土産話を聞き、世事にかまけて江戸を離れられずにいる我が身を恨めしく思うという話の中で、実景を前にしない人にその感興を伝える句を詠むには、どうすればよいかということが説かれている。「景」を優先すると「情」が弱くなってしまうので、まず「情」を凝らしてから、その後に「景」を探るのがよいというのである。

こうした其角の「情先」の姿勢を検討するにあたって、蕉門における「景」「けしき」のとらえ方を確認しておく必要がある。(2)

近代以前の「景」「けしき」が、自らの外部に客体として対象化された近代以降の「風景」とは全く別のものであったことは、つとに指摘される通りである。蕉門における景気の句からも、それが単なる客観的な風景描写ではなく、詠み手の主観を含んだ心のイメージとして描写されたものであったことが確認できる。(3)次に『初懐紙評註』から、貞享三年（一六八六）新春興行の「日の春を」百韻の四句目についての芭蕉評を引用する。

酒の幌《トバリ》に入逢の月　コ斎

四句目なれば軽し。其道の様体、酒屋といふもの能出し侍る。幌は暖簾など言ん為也。尤夕の景色有べし。

（芭蕉著『初懐紙評註』貞享三年成）

ここでの「景色」が、夕景そのものを指すのでないことは明らかである。夕暮れ時の酒屋や幌という物象を的確に描写することを通じて、夕景らしさともいうべき「情」が表出されているか否かが、「景色」の有無として問われているのである。

其角も同様に、「景」を主観を含むイメージとしてとらえている。たとえば、次のような具合である。

伏見にて、一夜、誹諧もよほされけるに、かたはらより「芭蕉翁の名句、いづれにてや侍る」と尋出られけり。折ふしの機嫌にては、「大津尚白亭にて、

辛崎の松は花より朧にて

と申されけるこそ、一句の首尾、言外の意味、あふみの人もいまだ見のこしたる成べし。其けしき、こゝにもきら〳〵とうつろひ侍るにや」と申たれば（下略）

（『雑談集』）

右の句に詠まれた辛崎の景は、詠み手芭蕉によって新たに見出されたものであるという点において、ある種の主観的な心のイメージであるといえる。近江の人々が今まで「見のこした」「けしき」は、単なる眼前の風景そのものではあり得ず、「言外の意味」という、句の背後に漂う余情をも含み込んだものとしてとらえられているのである。

ところで、詩歌における「景」と「情」の関係は、蕉門と親交の深い素堂によって、次のように言及されている。

古人いへる事あり。景の中に情をふくむと。から歌にていはゞ、穿レ花蛺‐蝶深‐深《トシテ》見、点《ズル》レ水ニ蜻‐蜓款‐款《トシテ》飛、これこてふとかげろふは所を得たれども、老杜は他の国にありてやすからぬ心と也。まことに景の中に情をふくむものかな。やまとうたかくぞ有べき。

（其角編『続虚栗』貞享四年刊）

右の文中の「穿レ花蛺‐蝶深‐深《トシテ》見、点《ズル》レ水ニ蜻‐蜓款‐款《トシテ》飛」は杜甫の「曲江」（其二）の中の一節である。景中に情を含むべきことは、元禄当時に流布していた詩論において、しばしば説かれるところでもあった。

曾氏《ガ》曰、情‐中ニ有レ景、景‐中ニ有レ情。以レ事ヲ為レ意ト、以レ意ヲ融《ズ》レ事ニ。情景迭ニ出、事‐意貫‐通ス。近体ノ之妙也。

（『唐詩訓解』「読唐詩評」[4]）

また、当時広く読まれていた『三体詩』は、唐代の詩を「実接」「虚接」「四実」「四虚」「前虚後実」「前実後虚」等のスタイルによって分類して解説したものである。編者周弼自身の言によれば「虚」は「情思」、「実」は「景物」である。この中で、頷聯と頸聯の二対が、全て感情や思考を表現する句となった「四虚」の解説を取り上げる。五言律詩の「四虚」では、次の通り「以レ実為レ虚」、すなわち「実＝景物」のうちに「虚＝情思」を詠ずることが説かれている。

周弼曰。謂中四句皆情思而虚也。不下以レ虚為レ虚。以レ実為上レ虚。自レ首至レ尾。如二行雲流水一。此其難也。（増註）元和已後用二此体一者。骨格雖レ存。気象頓殊。向後則偏二於枯瘠一。流二於軽俗一。不レ足レ採矣。

（『増註三体詩』[5]）

蕉風の「景」と「情」をめぐる論の背景に、こうした漢詩における景情論があったことは、念頭においておく必要がある。蕉風においては、「景」を重視する立場、「情」を重視する立場、どちらにおいても、究極的には景情兼備の句が理想とされたのである。

二、支考の「姿先情後」

ところで蕉風俳諧に、和歌や連歌、貞門・談林俳諧とは全く異なった、「詞に言い表わされた物象のもつイマージュ[6]」と深く関わる特殊な「姿」の理念があったことは、既に諸論において指摘されている通りである。蕉風以前、「姿」はその良し悪しが問題とされていたのに対し、蕉風においては、その存在そのものの有無が問われているのである。

去来曰、「句に姿といふ物あり。たとへば、

妻よぶ雉子の身を細ふする　去来

初は、雉子のうろたへて啼と也。先師曰、汝、いまだ句の姿をしらずや。同じこともかくいへば姿ありとて、今の句に直し給ひけり。支考が風姿といへる、是なり。風情と謂来るを、風姿・風情と二つに分て、支考は教らるゝ、尤さとし安し」。

（去来著『去来抄』宝永元年（一七〇四）頃成）

歌論以来の伝統的な概念である広義の「風情」を、支考は狭義の「風情」と「風姿」に分けて論じたと去来が述

べるように、「姿」の論は主として支考によって説かれた。次の「姿」の用例は、乾裕幸氏によって既に指摘されているものではあるが、確認のため引用しておきたい。

夕だちや細首中に大井川

是中比何人の句ぞや。水からくりを見る様にて、今の俳諧といへど此眼前をさらず。しかれどもこの句に新古あり。今の俳諧ならば、五文字に五月雨と置べし。夕立の姿は水のあかばしりて、たつたとながれたれば、見渡しのさまいそがし。五月雨の姿は薄にごりて漫〳〵と引たゝへたれば、細首の浮わたりたるさま殊によし。このたぐひは姿をしらず。たゞ夕だちは太刀にて首をきるといふ理屈に落たる故なるべし。姿情のさかひはさる事ならんか。

（支考著『続五論』元禄一一年成）

「夕だちや」の句は、「夕だち」の「たち」の音から「太刀」を導き、それと縁語関係にある「細首」を出して、夕立の中、水面から頭だけを出して大井川を渡る人の様子を、太刀で斬られた生首が浮かんでいるようだと詠んだ言語遊戯的な句である。支考は、水面に生首が浮かんでいるような情景を彷彿とさせるのは、水かさの増した五月雨の頃の大井川を広々と見渡した句であるとして、単なる音韻的な効果のみを狙って「夕だち」の語を選んだこの句を「姿をしらず」とするのである。次に引用する通り、支考は『続五論』の別の箇所においても同じような見解を述べ、これと同様の文章が『俳諧十論』にも載る。

五畿内に降白雪やつめた食

山〳〵に裾わけするや富士の雪

坊が童たりし時、雪の詩つくりて、ある和尚に見せ侍りしに、此二句をたとへものにして教給ひしを、夢のやうにおぼえ侍るが、今はありがたき事なるべし。五畿内の雪は理屈をいひて姿をしらず、富士の雪はたゞ理をいひて姿あり。理と屈とのさかひは此ほどにや侍らん。

「五畿内に」の句は、「五畿内」と同音の「御器内」の語から「つめた食」の語を導き出した句で、畿内五国に白雪が降っているよ、道理で飯が冷や飯なわけだ、という単なる理屈の句である。それに対して「山〳〵に」の句は、「裾わけ」に「山裾」を音韻的に効かせてはいるものの、普段は雪の積もらない山々まで雪を戴いて富士同様に白くなっているという一句の情景を、イメージとして心に思い描かせる句となっている。前者が「姿をしらず」、後者が「姿あり」とされる所以である。

このように、支考の「姿」の論においては、詞によってあるイメージが一句に形象化されているか否かが非常に重要となっているが、それは単なる対象の描写の仕方に留まらず、「情」の問題とも密接に関係している。なぜなら、「姿」を整えば自然に「情」も備わるという考え方が、こうした支考の「姿」の理念の根本にあるからである。

そも俳諧の風姿・風情とは、其体に古今の差別あれば也。古風は耳に其情を聞て、言語の上の姿をとゝなへず。今様は目に其姿を見て、言語の外の情を含む。しかれば古は情のみにして今は姿の論としるべし。

（支考著『俳諧十論』享保四年（一七一九）跋）(7)

されば『古今集』に俳諧の名はあらはれたれど、『万葉』の時已にこの体あり。しかれども風情はたゞ風情をつくし、風姿はたゞ風姿をつくす。姿情たま〳〵あひあへるものも、しゐて姿情をとゝのへたるにはあらず。是は古代の人のありさまなればならし。詩歌・連俳にかくのごとき変化あり。その変化は誰がなせるとにはあらねど、春の花と咲、秋の木葉とおつるものゝとゞむまじき自然の理なり。その理の中にありて、かしこき人は詩歌・連俳の祖師ともいはれ給へる。さるは寒暖を本情として、花とさき葉と落るは春秋の姿也。何か風情ありて風姿なからんや。

（『続五論』）

『俳諧十論』では、蕉風以前の俳諧においては「情」が求められるばかりで「姿」が意識されることはなかったのに対し、蕉風俳諧では「姿」の有無が問題とされるようになったことが説かれ、「情」は耳で聞くもの、「姿」は目で見るものとして、「姿」の視覚的イメージが強調される。次の『続五論』では、『万葉集』『古今和歌集』以来の和歌の伝統を引き合いに、寒暖にしたがって春には花が咲き、秋には葉が落ちるというのが自然の摂理であるように、寒暖という「本情」は必ず目に見える形で表れてくるという主張がなされる。「姿」が整えば自ずと言外の「情」が備わるので、まず「姿」を整えるべきだというこの理論は、「姿先情後」として芭蕉没後支考によって積極的に展開されることとなる。

こうした支考俳論における「姿先情後」の理念は、最終的には景情兼備の句を目指すものであり、『去来抄』にも「姿」の論について言及がなされていることから、支考がこれを全くの独断で唱えていたとは考えにくい。そこで、支考の「姿」と蕉風俳論との関連を確認しておきたい。

次に引用する『続五論』の文章には、支考の「姿」と「本情」の関係が示されており興味深い。

寒る夜に体の出来たる千鳥哉

是は何がし僧の句也。人もほめ、みづからもいみじとおもへるよし。西華坊に見せ申されしを、この句よからずといふ。されば冬の夜のさえわたりたるに、何の体はなけれど、ち鳥の寒さのみ体ならんと見たるまなこは、よのつねの趣意にもあらねど、この句に風情ありて風姿なし。千鳥を体と見たるはわたくしの作なるべし。千鳥たつときけば、まづ声のおもひやられ、鶴啼わたるといへば、そのすがたのおもはるゝよ。草木も鳥獣もとる所をの〳〵ことならん。（『続五論』）

冷え込む夜の千鳥の様子に着目した点はよいが、「体の出来たる」という表現は私意に出たもので、千鳥の本質をとらえたものではない。千鳥の「本情」はその鳴き声にあるので、それを詠んでこそ、千鳥のイメージを彷彿とさせる「姿」のある句になる、という主張である。支考の「姿」は、対象の「本情」を形象化した表現のうちに立ち現れるものであった。そのため「姿」の備わった句は、そのまま「本情」をはずすことなくとらえた句ということになるのである。

右のような支考の「姿先情後」は、蕉風の本情論を基盤としている。たとえば、次に引用する許六の文章は、先に『続五論』において支考が「姿をしらず」と難じたのと同じ「夕立や細首中に大井川」の句を例句に挙げて、「本情」について論じたものである。

むかし守武・宗鑑以来、興取もの俳諧と心得、

うづき来てねぶとに鳴や郭公

夕立や細首中に大井川

など言葉のつゞくを第一とするゆへに、名鳥に腫物を出来し、科《トガ》なき旅人の首をはねるたぐひ、一句の本情を失へり。後には興取事もふるく尽て、是より俳諧理屈に落る。

（許六著『歴代滑稽伝』正徳五年（一七一五）跋）

「うづき来て」の句は、「卯月」の音から「疼き」を導き出し、「郭公」に「ねぶと」が出来たと詠んだ句である。これら両句は、ともに「本情」を失った句であるという主張であるが、「本情」を「姿」に変えれば、『続五論』の文章にそのまま通じる。また次の『三冊子』の一節は、「飛花落葉」のうちに「本情」をとらえようとする点、「寒暖を本情として、花とさき葉と落るは春秋の姿也」（『続五論』）という支考の「姿」の論との関連をうかがわせるものである。

師のいはく「乾坤の変は風雅のたね也」といへり。しづか成る物は不変のすがた也。動る物は変なり。時として留ざれば、とゞまらず。止るといふは見とめ聞とむる也。飛花落葉の散りみだるゝも、その中にして見とめ聞とめざれば、おさまると、その活きたる物消て跡なし。また句作りに師の詞有。「物のみへたる光、

いまだ心にきへざる中にいひとむべし」。

（土芳著『三冊子』元禄一五年成）

「飛花落葉」が「見とめ聞とめ」るべき「本情」の現象面としてとらえられている点が、支考の「姿」の論に通じている。蕉風において「本情」は、物我一如の境地においてとらえられ、私意を離れ対象に即して表出されるべきものであった。

松の事は松に習へ、竹の事は竹に習へと師の詞のありしも、私意をはなれよといふ事也。此習へといふ所を己がまゝにとりて、終に習はざるなり。習へといふは、物に入てその微の顕れて情感るや、句と成る所也。たとへば、ものあらわにいひ出ても、そのものより自然に出る情にあらざれば、物我二つに成りて、其情誠に不至。私意のなす作意也。只、師の心を常にさとりて心を高くなし、その足下に戻りて俳諧すべし。師の心をわりなく探れば、其色香わが心の匂ひとなりうつる也。詮義せざれば探るにまた私意有。ぜんぎ穿鑿せむるものは、暫らくも私意にはなるゝみち有。

（『三冊子』）(8)

右の土芳の書き留めるところと考え合わせると、支考の「姿」の論は、蕉風の本情論をふまえ、その物にしたがって発現する「情」を直ちにその物の「姿」のうちに形象化すべきであるという点に重きをおいて、これをわかりやすく説いたものであったといえよう。

三、其角の景の詠み方

それでは、蕉風の本情論と支考の「姿先情後」の理念との関係をふまえた上で、其角の「情先」の考察に移りたい。物我一如の境地から対象の本質をとらえ、私意を離れてそれを一句に形象化することの重要性が説かれる中、其角が敢えてまず「情」を凝らすことを唱えた意図はどこにあったのであろうか。

ここで、芭蕉の「辛崎の松は花より朧にて」の句について、其角が「一句の首尾、言外の意味、あふみの人もいまだ見のこしたる成べし。其けしき、こゝにもきら〳〵とうつろひ侍るにや」（『雑談集』）と記していたことに再度注目したい。こうした其角の評価を、この句をめぐる芭蕉や去来の意見と比較した場合、其角が「辛崎の」の句に形象化された景の新しさに着目している点は非常に特徴的である。先の引用箇所の後には、この句に切字がないことに関して、其角が「哉どまりの発句に、にてどまりの第三を嫌へる」ことを引き合いに説明する部分が続き、最後は次のような芭蕉の言葉によって締め括られる。

　此論を再ビ翁に申述侍れば、「一句の問答に於ては然るべし。但シ予が方寸の上に分別なし。いはゞ、さゞ波やまのゝ入江に駒とめてひらの高根のはなをみる哉、只眼前なるは」と申されけり。

芭蕉のこの言は、直接的には其角の切字の議論を受けたものであるが、芭蕉自身はこの句を頭で作ったものではなく、ただ「眼前」を詠んだ句であることを強調している。同じ話が、『去来抄』においては次のように記されている。

　呂丸曰、「にて留の事は已に其角が解有。又此は第三の句也、いかでほ句とはなし給ふや」。去来曰、「是は即興感偶にて、ほ句たる事うたがひなし。第三は句案に渡る。もし句案に渡らば、第二等にくだらん」。先師重て曰、「角・来が弁、皆理屈なり。我はたゞ花より松の朧にて、おもしろかりしのみ」ト也。

去来は、「辛崎の」の句は「即興感偶」の発句だからこそ第一級の句なのであり、もし仮にこの句が、あれこれ考えをめぐらせて作る第三として詠まれたものであるならば、二流の句であるとしている。最後に芭蕉が、自分はただ「花より松の朧にて」の表現が面白いと思ったまでであると言っているのは、「即興感偶」の句であるからこの句は発句として活きるという去来の意見もまた、ある種の理屈にとらわれたものであることを指摘したものであろう。いずれにせよ、芭蕉と去来が「眼前」を詠んだ「即興感偶」の句である点にこの句の価値を認めているのに対し、其角が「あふみの人もいまだ見のこしたる」新たな辛崎の句である点を強調している点は注目に

値しよう。(9)

次の『句兄弟』の記述にも、こうした其角の嗜好がうかがえる。

先年

明星やさくら定めぬ山かづら

と云し句、当座にはさのみ興感ぜざりしを、芭蕉翁、吉野山にあそべる時、山中の美景にけをされ、古き歌どもの信を感ぜし叙《ツイデ》、明星の山かづらに明残るけしき、此句のうらやましく覚えたるよし、文通に申されける。

（其角編『句兄弟』元禄七年序）

「明星や」の句は、満開の桜でぼんやりとほの明るく見える吉野山に、明けの明星がかかっているという夜明けの情景を描写した句である。吉野山中の美景に圧倒され、その景色を詠んだ数々の著名な和歌や発句を思い、自分の句を詠むことができなかったという芭蕉の体験談は、『去来抄』にも記される通りである。(10) 白石悌三氏が指摘するように、芭蕉は伝統的類型にとらわれることなく名所の句を詠むことに心を砕いていた。(11) 芭蕉が其角の「明星や」の句を評価したのは、これまでの和歌や俳諧の発句には詠まれてこなかった、新しい吉野の景がこの一句に表現されているからで、また其角がこの話を『句兄弟』に書き記したのも、この句の景の新しさが芭蕉によって認められたことを誇らしく思ったからであったといえよう。

このように其角の景の詠み方は、新たに見出した景の本意を一句に表現することに重点をおいたものであった。「情」のこもった「景」の句を理想とする点は、他の芭蕉門人においても変わりはないが、其角の場合、景の新しみを追求するのに、かなり能動的に主観を働かせるのである。それが其角の「情先」の姿勢であった。「明星や」の句は、明け方の吉野山の桜の景を描写した「姿」の整った句であるが、「さくら定めぬ」という着眼の仕方、すなわち主観的判断にこそ、この句の名句たる所以があったともいえるのである。

四、其角の「情先」と本情論

このような其角の「情先」は、支考の「姿先情後」と対立的な立場としてとらえられることから、一見蕉風の本情論と矛盾するかに見える。しかし、主観的な実感を普遍的なものへと彫琢していく過程は、ある種の自己鍛錬として、物我一如と同じ方向性を持っていたと考えられる。

次に引用する『雑談集』の文章は、「自性」の題で詠まれた「安心の僧もかなしや秋のくれ」という枳風の句に関する、其角と「或僧」とのやりとりを記したものである。なお自性とは、その人その物に本来備っている、本質的な真の性質をいう仏教用語である。

　自性といふ題にて、

　　安心の僧もかなしや秋のくれ　　枳風

或僧難じて云、「安心の上に悲みなし。かなしめ秋のくれといはゞ可叶」と。おもふに、やは休め字にて、たゞ悲しと云る句なれば、物我《モツガ》のへだてなく、天地一己の自性を云る句也。花紅葉月雪ならば、まのあたり成姿の心にふれて、下知すべき句の体あり。お僧の心と誹諧の見、いさゝかたがひある事ながらも、迷悟《メイゴ》の理は申に及まじくや、僧閉口。

この僧の批判は、仏の教えによって安住不動の境地に達している僧の心に悲しみの感情などないのだから、「かなしや」ではなく、「かなしめ」と下知の形をとるべきである、というものである。それに対して其角は、ここでの「や」は単に調子を整えるために置いた休め字で、ただ「かなし」と詠んだのは、「物」と「我」とが一体となった境地から、天下の秋のもの悲しさをそのまま己のもの悲しさとして受けとめているからであり、「自性」の題にも適っているという。つまり枳風の句は、秋の「本意」たるもの悲しさを、自身の心のもの悲しさとして感じる物我一如の境地から、安心の僧の心にもやはり同じ悲しみがあると詠んだ句であるというのである。一己の主観が普遍的な「情」へと向かって行き、その過程で物我一如の境地が意識されている点は非常に興味深い。主観的な「情」を的確な方向に凝らすことで、万人の感興を呼び起こす句が詠み得るという意識が、其角の「情先」の考え方の根底にあったのである。

以上のように、其角の「情先」は必ずしも蕉風の本情論からはずれたものではなかった。しかし、「姿」に対するこだわりの有無は、一句に表出される「本情」の具体的な質の違いとして表れてくる。この違いを、以下其角の「鶯の身を逆に初音哉」[12]の句をめぐる同門評を手がかりに検討する。[13]

其角のこの句について、許六は次の通りその新しさを高く評価している。

鶯と云句は、よのつねに成がたき題也。晋子が身をさかさまと見出したる眼社、天晴近年鶯の秀逸とやいはむ。亡師の餅に糞するとこなし給へる後、これ程に新は見えず。此句よりよき句は如何程もあるべし。新敷所なくては誹諧とは云べからず。師〻云、「時鳥はいひあてる事もあるべし、うぐひすは中〳〵成がたかるべし」といへり。（李由・許六編『篇突』元禄一一年刊）

鶯の句は、これまでさまざまに読み尽くされており、なかなか新しい「情」を見出すことが困難であるが、この其角の句は近年稀に見る出来栄えであるというのである。一方、去来はこうした許六評を受けて、逆に否定的な評価を下している。

鶯の身を逆にはつね哉　　其角
鶯の岩にすがりて初音哉　　素行

去来曰、「角が句は乗煖の乱鶯也。幼鶯に身を逆にする曲なし。初の字心得がたし。行が句は鳴鶯の姿にあらず。岩にすがるは、或は物におそはれて飛かゝりたる姿、或は餌ひろふ時、又はこゝよりかしこへ飛うつらんと、伝ひ道にしたるさま也。凡、物を作するに、本性をしるべし。しらざる時は、珍物新詞に魂を奪はれて、外の事になれり。魂を奪るゝは其物に著する故也。是を本意を失ふと云。角が巧者すら、時に取て過チ有。初学の人慎むべし」。（『去来抄』）

初音を鳴く頃の幼い鶯には身を逆さまにするような芸当はできないので、この句は物珍しい素材や表現に心を奪われて、鶯の「本意」に背いた句であるというのが去来の言い分である。去来は素行の「鶯の岩にすがりて初音哉」の句に対しても、同様の観点から批判を加えている。また、白石悌三氏によって紹介された野坡の『俳諧の心術』には、この句に関する野坡の批評が載る。

身をさかさまの初音は、絵抔を見て心したるもの也。鶯の身逆にとおもひ、はつ音は手先にて取合せたると聞へ、初音の専なし。かやうに絵・狂言抔のやうにきら／＼と発句を見するは本意なき事。何某の集には、此鶯の句はこと／″＼しく賞美し侍れ共、趣向の見へ侍るはさして手柄もなき句也。

（野坡述『俳諧の心術』元禄一一年成）(14)

『去来抄』と同じく、身を逆さまにする鶯という新奇な素材にとらわれ、初音の頃の鶯の「情」がおろそかになっているという非難がなされている。

この其角句の問題は、初音の頃の鶯を身を逆さまにする姿のうちにとらえた点にある。去来や野坡は、それを現実の鶯の生態にそぐわないとして退けるが、ここで野坡が「絵抔を見て心したるもの也」と述べている点には注意を払う必要がある。絵の題材とみなし得るということは、必ずしも現実の鶯の姿そのものではないにせよ、ある種の鶯の「情」を形象化したものには違いないということである。支考の説いた「姿」があくまで心のイメージであったように、身を逆さまにする鶯の姿もまた、早春の浮き立つような情感を一句に発現させていると考えられる。其角がこのような鶯の姿を描写したのも、単に華々しく新奇なものに関心を寄せたからというばかりではあるまい。

　其角の「鶯の」の句に関する評価の違いは、結局のところ「本情」を把握するにあたり、事実性をどの程度まで問題にするかという立場の違いに帰着する。そして、其角がその事実性をさほど問わない傾向にあるのは、能動的に主観を働かせることを重視する「情先」の姿勢と深く関係していよう。

五、其角の「情先」の意義

　最後に、其角の「情先」の姿勢を裏づける文章として『句兄弟』の一節を取り上げ、その意義について考察を行い、本節のまとめとする。其角はここで、詩歌連俳いずれにおいても詠まれる縦の題と、俳諧に限って詠まれる横の題とでは、詠み方に違いがあると述べている[15]。

> 縦《タテ》は〽花〽時鳥〽月〽雪〽柳〽桜の折にふれて、詩歌連俳ともに通用の本題也。横は〽万歳〽やぶ入の春めく事より初めて、〽火燵〽餅つき〽煤払〽鬼うつ豆の数〱なる俳諧題をさしていふなれば、縦の題には古詩・古歌の本意をとり、連歌の式例を守りて、文章の力をかり、私の詞なく、一句の風流を専一にすべし。横の題にては、洒落にもいかにも、我思ふ事を自由に云とるべし。ひとつ〱には論じがたし。縦ぞと心得て本歌を作なくとり、時鳥の発句せしなどゝあて仕舞なる案じやうは無念也。句意に縦横を教んため、はづかにおもひよりたる迄也。みづから人の師にならんとにはあらず。古人を師として鏡に向ふ。

　花・時鳥以下の伝統的な題材は「私の詞なく、一句の風流を専一」に詠むべきであるが、俳諧独自の題材は「洒落にもいかにも、我思ふ事を自由に」詠むのがよいというのである。しかし、そのような区別が説かれていること以上に注意されるのが、縦の題を横の題の句法で詠んだ例として、次の芭蕉句と其角句がこの引用箇所の前に並べて掲げられている点である。

郭公啼〳〵飛ぞいそがはし　蕉

若鳥やあやなき音にも時鳥　角

此体は俳諧よりおもひ入たる也。もし是等の格法を得道せん人は、縦横と混雑したりとも、句法にそむくべからず。

時鳥は、本来「時鳥はかしましき程鳴き候へども、希《マレ》にきゝ、珍しく鳴、待かぬるやうに詠みならはし候」(『連歌至宝抄』[16])と詠まれるものであった。芭蕉句は、そうした時鳥の本意にとらわれず、その実態を鳴きながら飛んでいくせわしなさにおいてとらえた点が俳諧的である。また、時鳥は「郭公なくやさ月のあやめぐさあやめもしらぬこひもするかな」(古今集・恋歌一・四六九・読人不知)と詠まれるように、しばしば五月のあやめ草、五月闇のあやなさと結びつけて詠まれる。其角の句の眼目は、そうした伝統をふまえつつ、「あやなき」という言葉を文字通り「あやがない」の意に用いて、幼い鳥の声を形容した点にある。確かに、其角は縦の題・横の題の違いを意識して、それぞれの題材にふさわしい句法で詠むべきことを説いている。しかし、それはあくまで初心者に対する忠告であり、熟達した名人にあっては、縦の題であっても「俳諧よりおもひ入たる」句法で自由に詠んでかまわなかったのである。そして、このような名人芸もまた、能動的に主観を働かせることによって可能になるものであった。

堀切実氏によると、支考の「姿先情後」は、後に句作の便宜として初心の作者たちに向けて説かれるに際して、次第に形式化して通俗的なものとなっていった[17]。そして「姿先情後」の理念が、視覚的イメージに限定された「姿」の偏重のもとに啓蒙的に説かれたとき、主体性のない凡庸な景気の句の量産という事態が現出する。其角の「情先」は、ともすれば私意による作意につながるものとして警戒されるが、「情」の凝らし方、主観の働かせ方さえ誤らなければ、当時の俳壇における一つの見識として、有意義なものであったと考えられる。

次に引用するのは、『句兄弟』三四番の兄句として掲げられた、西鶴の「鯛は花は見ぬ里もありけふの月」に関する其角の判詞である。なお「末二年浮き世の月を見過たり」は、正しくは「浮世の月見過しにけり末二年」（『西鶴置土産』）で、西鶴の辞世の句である。

されば難波江に生れて、住よしのくまなき月をめで、前の魚のあざらけきを釣せて、写《シ》レ景《ヲ》嘆《ズル》レ時《ヲ》のおもひ、感レ今懐レ古《ヲ》。

末二年浮世の月を見過たり　鶴

と云置けん、折にふれては顔なつかし。今は故人の心に成ぬ。

鯛を味わうことのできない土地、桜を見ることのできない土地はあるが、今宵の名月はどこに住む人でも楽しむことができる、の意に解釈できよう。名月の美しさを讃えながら、この句の背後には、難波の鯛・桜を愛でた西鶴の実感がこもっている。ところで、引用中の「写《シ》レ景《ヲ》嘆《ズル》レ時《ヲ》のおもひ、感レ今懐レ古《ヲ》」の箇所について、白石悌三氏は『氷川詩式』の「学詩要法」に引く詩の九法のうち「登臨《ノ》之詩《ハ》不レ過下感《シ》レ今《ヲ》懐《ヒ》レ古《ヲ》写《シ》レ景《ヲ》歎《シ》レ時《ヲ》思《ヒ》レ国《ヲ》懐《ニ》上郷《ヲ》」によったもので、やはり景の中に時を歎ずる情を含めるの論である。」と指摘している。この西鶴句を、其角は「景」に「情」を込めた句と認識していたと考えられる。この句は、まず「情」を凝らしてから「景」をたずねた句ということになるが、大坂の繁華の味を知り抜いた西鶴一個人の実感が、普遍的な情感にまで高められ、万人の心に感興を呼び起こすものとなっているといえよう。

其角の「情先」の姿勢は、主観を能動的に働かせることによって、積極的に新しい「情」を見出そうとするもので、詞によって形象化されたイメージであるところの「姿」を整えればそこに自ずから「情」が備わるという、支考の「姿先情後」の理念とは対極に位置付けられるものであった。しかし、その「情」の凝らし方は、普遍的な情感を追求する方向へと向けられており、時に事実性をめぐって同門から非難を受けることもあったが、物我一如の境地から物の「本情」をとらえることを目指す蕉風のあり方と、根本的に矛盾するものではなかったのである。

注

（1）蕉風俳論において「ねばり」は「心」や「言葉」「語路」において指摘されるものであった。次に引用するのは、元禄八年一月二九日付許六宛去来書簡の一節で、許六が「狼のひよつと喰つゝ鉢扣《キ》」の中七に「ねばり」があるとして、「しらで過けり」と添削してきたのに対して、去来が反論したものである。「狼の」の句は浪化編『有磯海』（元禄八年刊）には「狼のひよつと喰べし鉢たゝき　野童」として載るが、本書簡に「別而はあまり重宝の句ならず候故、さる人の所望につかはし候。」とあることから、もとは去来の作であったことがわかる。

狼のひよつと喰つゝ鉢扣《キ》

此句之高評に、狼に鉢扣《キ》をおもひ寄たる事、珍重たるべし。然ども、中の七字にて、一句けがれ候。此の七字ねばり候よし、其角も同評、猶此事下拙へ被仰聞候へと申候事、且又、中の七字を改て、しらで過けりとの御斧正、旁以て忝奉存候。併、是又拙者存入候と少事かはり候。先、中の七字ねばり申候との事、いかなる処がねばり候や。心ねばり候や、言葉にねばり候や、且又読下し候て語路ねばり候や。此処不落意底候。

このように去来は、この句の「心」「言葉」「語路」のどこに「ねばり」があるというのか許六に返答を迫っており、「ねばり」がこれらの上に表れるものであると認識されていたことがうかがえる。他にも去来は、「いそがしや沖のしぐれの真帆かた帆」という自句に対して「たゞ、有明や片帆にうけて一時雨といはゞ、いそがしやも真帆も、その内にこもりて、句のはしりよく、心のねばりすくなからん」（『去来抄』）と反省を述べるなど、しばしば「ねばり」の問題を取り上げている。支考も芭蕉の言として「我家の俳諧は京の土地にあはず、そば切の汁のあまさにもしるべし。（中略）此後に丈夫の人ありて心のねばりを洗ひつくし、剛《コハ》からず柔《ヤハラカ》ならず、俳諧は今日の平話なる事をしらば、はじめて落柿舎の講中となりて箸箱の名録に入べし」（『十論為弁抄』）と記しているように、蕉門において「ねばり」はよく話題にされたものであろう。また、和歌の伝統の上からも、「心」と「情」はしばしば置き換え可能なものとしてとらえられ、「情」の「ねばり」についても次のような例がある。

白雨や戸板おさゆる山の中　助童

去来曰、墨崎《ママ》に聞て此に及ぶなし。句体、風姿有、語路とゞこほらず、情ねばりなく、事あたらし。当時流行のたゞ中也。（『去来抄』）

右の例では「情」の「ねばり」がないことが好ましいと評価されている。

(2)『雑談集』で「けしき」ではなく「景」の語が選ばれているのは、『三体詩』『氷川詩式』をはじめ、梅室洞雲『詩律初学鈔』（延宝六年（一六七八）跋）貝原篤信（益軒）『初学詩法』（延宝八年刊）石川丈山『詩法正義』（貞享元年刊）等の漢詩作法書で、「景」が用いられていることの影響であろう。また「景気」も「けしき」同様に用いられるが、「景気の句」「景気付」といった用いられ方がされる点に特徴が見られる。これは、「景気」が早くから歌論用語として定着した語であったことによろう。

(3)辛島美絵「「けしき」をめぐって――「けしき」の研究史と問題のありか――」（『九州産業大学国際文化学部紀要』第二八号、平成一六年八月）には「けしき」の語に関する諸論が網羅的に挙げられている。これによると、蕉門における「けしき」のとらえ方も、主観的にとらえた心の中のイメージという点では、それ以前の伝統的な「けしき」の延長上にとらえられる。また堀切実「景気・姿・写生　俳諧表現論史序説（下）」（『俳句』第三一巻第四号、昭和五七年四月）では、「芭蕉の説く「景気」の意味するところは、自然やものを対象とした、映像としての知覚の風景でありながら、単なる景色・叙景の意を離れて、むしろものの形象性やイメージに近いものになっており、しかも、その形象・イメージの背後に漂う余情としての縹渺たる気配・気分・雰囲気にウェートをおくものともなっている。」と指摘されるが、この見解はそのまま「けしき」にも当てはまろう。なお「景色」と「気色」の表記の違いについては、諸例を検討した結果、必ずしも厳密な使い分けがなされているとは言いがたいため、本節においては問題にしないこととした。

(4)引用は、東京大学総合図書館蔵『唐詩訓解』（万暦四六年（一六一八）刊本重刊）（E四五-二五〇六）によった。なお、これとほぼ同文が、『氷川詩式』「学士要法上」にも載ることが、白石悌三「「絶景にむかふ時はうばはれて不レ叶」の意味」（『語文研究』第一九号、昭和四〇年二月）に指摘され、またその『氷川詩式』の文章は貝原益軒の『初学詩法』にも引用されていることが、上野洋三「詩の流行と俳諧」（『文学』第四一巻第一一号、昭和四八年一一月）に指摘されている。上野氏の論は、蕉風俳論と当時の詩学入門書に説かれた詩論との類似性を明らかにしたもので、「景情」に関しても、素堂とその交友の詩話の座においてしばしば語られたとされている。

(5)「実」を以て「虚」を詠じることを説くのは、全く「虚」のみでは弱々しくなるためであることが、七言律詩の「四虚」の説明部分に述べられている。

周弼曰。其説在二五言一。然比二於五言一。終是稍近二於実一。而不二全虚一。蓋句長而全虚。則恐流二於柔弱一。要須下於二景物之中一。而情思通貫上。斯為レ得矣。

ここでは、「景物」の中に「情思」が貫いていることが求められている。なお引用は、江戸時代の流布本である『増註唐賢絶句三体詩法』を底本とした『漢文大系2　箋解古文真宝後集　増註三体詩　箋註唐詩選』（冨山房、明治四三年）によった。

(6) 乾裕幸「蕉風的表現論――姿よりしをりに及ぶ――」（『国語国文』第三三巻第七号、昭和三九年七月）。他にも堀切実「支考の「姿情論」に関する一試論」（『連歌俳諧研究』第三〇号、昭和四一年三月）等の論考がある。

(7) 引用は『日本俳書大系9　蕉門俳話文集上巻』（春秋社、昭和四年）によった。

(8) 「常にさとりて心を高くなし、その足下に戻りて俳諧すべし。師の心を」の箇所は『校本芭蕉全集』（富士見書房）が底本とする石馬本の誤脱を、他の校合本により補ったものである。

(9) 次に引用するのは、大町編『涼石』（元禄一四年跋）所収の「しほ風や」百韻の前書である。この前書の書き手は編者大町であるが、その中に其角の言が引かれている　なお引用は、国文学研究資料館所蔵マイクロフィルム（富山県立図書館志田文庫蔵本、二〇九―五六―五）によった。

この所、諸国の舟の目あてなれば、水主のみ語り伝えて、今は浦人も住ゐせず。高楼水閣家〳〵のちりばめる中にたてこめられて、其名そことばかりに埋もれぬ。まことに繁花の瑞とあふがれ侍り。そこらうきたる風情ども御尋候へ、おしへ申候べしとて、永代橋にあがれば、晋子申て曰、焦尾琴にももらしたる一景を、遅くもうけ給り候ものかなと、念比にさしむかへば

しほ風や夷のまへの夏木立　大町

「焦尾琴にももらしたる一景」という其角の言葉からは、「景」に「情」を込めることで、新たな「景」の表現を求める其角の姿勢をうかがうことができる。

(10) 『去来抄』の文章は以下の通りである。

おとゝひはあの山こえつ花盛　去来

此はさるみの二、三年前の吟也。先師曰、「この句、いま聞人有まじ。一両年を待べし」と也。その後、杜国が徒と吉野行脚したまひける道よりの文に、「或は吉野を花の山といひ、或は是は〳〵とばかりと聞えしに魂を奪はれ、又は其角が桜さだめよといひしに気色をとられて、吉野にほ句もなかりき。只一昨日はあの山こえつと、日々吟じ行侍るのみ」

と也。その後、此ほ句をかたり、人もうけとりけり。今一両年はやかるべしとは、いかでかしり給ひけん。予は却てゆめにもしらざる事なりけり。

(11) 前掲、白石悌三「「絶景にむかふ時はうばはれて不ㇾ叶」の意味」。なお、芭蕉は名所の句を吟ずる際の心得を次のように説いている。

絶景にむかふ時はうばはれて不叶。ものをみて取所を心に留て不消、書写して静に句すべし。うばはれぬ心得も有事也。其おもふ処しきりにして、猶かなわざる時は書うつす也。あぐむべからず。（『三冊子』）

(12) この句は里圃編『翁草』（元禄八年奥）風国編『初蟬』（元禄九年刊）に「鶯の身をさかさまに初音かな」として載るのが早い。なお百花堂文車編『花かつみ』（元禄八年序）には、「鶯や身を逆のはつ音哉」の句形で載る。有名な句であったらしく、『沾徳随筆』『宰陀稿本』『放生日』『角文字』『温故集』『蕉門三十六哲』『古今句集』等、後世の俳諧撰集にも『翁草』『初蟬』と同じ句形で繰り返し収められている。

(13) まずはじめに、許六が『俳諧問答』（元禄一一年許六奥）「自得発明弁」の中でこの句の新しさを評価したのに対し、去来が『旅寝論』（元禄一二年序）で異を唱えた。なお許六と去来は、それぞれ『篇突』と『去来抄』に自己の主張を再掲出している。また、野坡の『俳諧の心術』の意見は、もっぱら許六の『篇突』に向けられた非難である。

(14) 引用は、白石悌三「野坡の俳論「俳諧の心術」について」（『近世文学論叢　中村俊定先生古稀記念』桜楓社、昭和四五年）によった。なおこうした野坡の発言は、去来が『旅寝論』において『去来抄』と同様の内容を記した後、「深川の連衆、此句は尽屛《(画)》なんどを見て作したる句也と難じらるゝも尤也。」と言及しているのと対応する。

(15) 縦の題、横の題については、李由・許六編『宇陀法師』（元禄一五年刊）においても言及されている。

題に竪横の差別有べし。近年大根引のたぐひを、菊・紅葉一列に書ならべ出する、覚束なき事也。先師、炭俵に、大根引といふ事をと詞書にかけり。面白事也。

(16) 引用は、伊地知鐵男編『連歌論集』下（岩波書店、昭和三一年）によった。

(17) 文考著『二十五条』（享保二一年刊）では、「姿」は屛風の絵になぞらえられており、視覚的な形象性に偏った、非常に形式的なとらえ方がなされるようになったことがうかがえる。

発句は屛風の画と思ふべし。己が句を作りて目を閉、画に準らへて見るべし。死活をのづからあらはるゝものなり。此ゆへに俳かいは姿を先にして、心を後にするとなり。都て発句とても付句とても、目を閉て眼前に見るべし。心に思ひはかつてするは、見ぬ事の推量なり。目に見て附ると、心に量て附ると、自門・他門のさかひ、紙筆の上に尽がたし。

文考の「姿先情後」の展開については、前掲、堀切実「景気・姿・写生　俳諧表現論史序説（上）（下）」（『俳句』第三一巻第三・四号、昭和五七年三・四月）や同氏の「支考の「姿情論」に関する一試論」に詳しい。

第二節　其角の不易流行観

其角の作意を凝らした技巧的な俳風は、しばしば芭蕉のそれとは対照的であるととらえられている。そして、そのような両者の俳風の違いは、伊達・閑寂といった作者としての個性の違いや、江戸風・田舎風といった活動拠点の違いにのみ還元することはできない。それは、不易流行という蕉風俳諧の中核理念とも深く関わっているのである。本節では特に、同門内で批判の対象ともなっている其角晩年の俳風について、其角の不易流行観の特殊性という観点から考察を行う。

さて、同門内における其角批判は、其角の俳風そのものの問題ではなく、蕉門の俳諧観の変遷と密接に関わるものである。このことは、其角の「角もじやいせの野飼の花薄」（嵐雪編『其袋』元禄三年（一六九〇）序）の句をめぐる一連の支考の評が、時を追うにしたがって否定的なものとなっていくさまに、顕著に表れている。[1] なお、支考が一貫して取り上げている「角文字や」の句は、「こい（ひ）しく」という語を詠み込んだ「ふたつ文字牛の角文字直ぐな文字歪み文字とぞ君は覚ゆる」という『徒然草』第六二段の和歌をふまえて、「角文字や」の五文字を「い」の字を導く枕詞のように用いた新しさ、「牛」のぬけ、「花薄」の「花」と「牛の鼻」の掛詞等の技巧の鮮やかさに眼目のある句である。

まずはじめに引用する支考の『葛の松原』の文章は、芭蕉の「梅若菜鞠子の宿のとろゝ汁」の句について「むかしより文章には結前生後の詞といへる事は、今の若菜のはたらける物ならむか」と述べるのに続けて、「角文字や」の句について言及したものである。

角文字やいせの野がひの花薄　　其角

阿叟はじめて結前生後の詞を用ひ、晋子はじめていの字の風流を尽す。古今俳諧のまくらならむと、よき人も申され侍しよし。

（支考著『葛の松原』元禄五年刊）

「結前生後」とは、漢詩文などで前をまとめ後を起こす意で、具体的には「梅若菜」の句の中の「若菜」の語を植物・食物の両方の意に働かせることによって、「梅」と「とろゝ汁」を巧みにつないで一句に結んでいることを指す。ここで支考は、この「若菜」と同等の巧みさを「角文字や」の表現に認め、その新しさを評価しているのである。しかし、こうした肯定的な評価は、次第に厳しいものへと変わる。次の『東華集』の引用は、「角文字や」の句を「枕詞に似たる体」の例句として掲げた部分である。

角文字やいせの野飼の花薄

晋子が花薄は古今の俳諧の枕ならむといへりけるが、是たゞいひかけといふべし。

（支考編『東華集』元禄一三年刊）(2)

先に引用した『葛の松原』の評価からは一転して、「角文字や」における枕詞的な手法を、言語遊戯的な旧風の「いひかけ」の手法にすぎないと批判している。

最後に引用する『東西夜話』では、支考は「角文字や」の句に代表されるような其角の俳風全般に対して否定的な評価を下している。

晋子がはいかいは、をのが心の作をこのめり。翁の生前には、百句の中二三句ほどは作に作をかさねたれど、世の人も耳めづらしく、晋子は作者なりといへり。さるは、角文字のいせといひ、山雀の壱歩といふたぐひなり。先師滅後はその作にます〳〵長じて、あるいは二作三作におよぶ。たとへば九重の堤にのぼりて、あとの階子をはづしたるごとく見る人其行筋をしらず。

（支考編『東西夜話』元禄一五年刊）(3)

「角文字や」の句と並べて挙げられる「山雀の」の句は「山陵《ガラ》の壱歩をまはす師走哉」[4]を指し、其角編『いつを昔』（元禄三年刊）では「山がらのまはすくるみのとにかくにもてあつかふは心なりけり」（夫木和歌抄・雑部九・動物部・一二八八三・光俊）をふまえていることを示す前書が付されている。「壱歩をまはす」としたのは、「山陵」の音読み「サンリョウ」から、高利貸しの「三両一歩」を効かせたものであろう。[5]一時凌ぎに三両の金を一歩の高利で借りて、何とか年末の支払いのやりくりをするという歳末の情景を詠んだ句であるが、一読しただけでは意味が通りにくい。並べて挙げられた「角文字や」の句も技巧的な難解句として、全体の文脈からは否定的に取り上げられていることが明らかである。

晩年に近づくにつれ、其角の句は難解な傾向を強めた。[6]しかし、こうした「角文字や」の句をめぐる支考の評の変化は、芭蕉の俳風がいわゆる「軽み」の風に移っていったことを背景に、其角の作意を凝らした技巧的な俳風が相対的に際立ち、批判の対象となっていったことを示している。

一、『末若葉』跋文の其角加筆の問題

このような其角晩年の俳風を批判したのは支考だけではない。去来もまた、元禄一〇年閏二月、芭蕉没後の其角の俳風が「流行」に遅れているとして反省を促す書簡を其角に送っている。[7]この去来の書簡に対して、其角は特に反論の姿勢を見せないのであるが、返答の代わりに書簡をところどころ改めて『末若葉』の跋（元禄一〇年五月）に用いた。以上の経緯は、去来の書簡の正文（「贈其角先生書」）と『末若葉』跋文を並べて其角の加筆を暴露した風国の『菊の香』（元禄一〇年九月刊）や、「贈其角先生書」を契機としてなされた去来と許六の論争を収める『俳諧問答』（元禄一〇年奥）に確認できる。

さて、『末若葉』跋文における其角の改変は、其角を称賛する調子を強めたり、逆に其角を難じる部分を改め

たりといった箇所も含め、基本的には去来書簡の文章を短く簡潔にして、自著の跋にふさわしい内容と体裁に整えるのに必要な処置とみなし得るものである。しかし、既に山下一海氏によって指摘されるように、去来が不易流行の理念を説いた箇所をめぐる其角の改変には、不易流行に関わる両者の理解の本質的な違いが表れている。(8) ただ山下氏は、この其角の改変の方針について「俳諧の「流行」を強調しないこと」とし、其角の「流行否定の考え」が表れているとするが、其角は単に「流行」を否定したのではなく、去来の「流行」のとらえ方に対して否定的であったととらえる方が的確であると考える。以下この点に関して、適宜「贈其角先生書」の不易流行に関する文章と、その箇所に対応する『末若葉』跋文を掲げ、対照させつつ考察を進める。

次に引用する箇所は、去来が芭蕉の教えとして、蕉風の不易流行の理念について言及する部分である。「贈其角先生書」、『末若葉』跋文の双方に共通している箇所には傍線を、一方にのみ見える箇所には波線を施した。『末若葉』跋文では、確かに「流行」の語を用いる回数は減っているものの、傍線部AからCを対応させて見る限り、其角は蕉風の不易流行の理念について一通りの理解は得ていると考えられ、一概に「流行」を否定していたとは考えにくい。(9)

A句に千歳不易のすがた有、一時流行のすがた有、此を両端におしへ給えども、その本一なり。一なるは共に風雅の誠をとればなり。B不易の句を知ざれば本立がたく、流行の句を学びざれば風あらたならず。能不易をしる人は、往としておしうつらずといふ事なし。Cたま〳〵一時の流行に秀たるものは、たゞ己が口質の時に逢のみにて、他日流行の場にいたりて、一歩もあゆむ事あたはずと。退ておもふに、其角子は力の行事あたはざる者にあらず。(中略)然ども其詠草をかへり見れば、不易の句においては、頗る寄妙《ママ》を振へり。流行の句にいたりては、近来その赴を失へり。殊ニ角子は世上の宗匠、蕉門の高弟なり。却而吟跡の師とひとしからざる事、諸生の迷ひ、同門の恨少からず。

（「贈其角先生書」）

A句に千歳不易、一時流行の両端あり。B不易をしる人は、流行にうつらずといふ事なし。C一時に秀たるものは、口質の時にあへるのみにて、他日の流行にいたりては、一歩もあゆむ事あたはず。退ておもふに、師は蕉門の高弟也。翁の吟跡にひとしからざること、諸生のまよひ、同門の恨少からずと。（『末若葉』跋）

次に波線部に注目する。この文章は『末若葉』跋文では丸ごと削除されており、これを以て山下氏は其角の流行否定の姿勢を示すものであるとされる。しかし、其角がこの文章を削除したのは、そもそも去来が「流行」を句体の問題としてとらえていることに問題があったからではないだろうか。

ここで、去来をはじめ、芭蕉門人の不易流行の理解の仕方について簡単に確認しておきたい。まず、蕉風の不易流行論を説明するものとして、右の去来の書簡と並んでしばしば引用される、土芳の『三冊子』の文章を取り上げる。

師の風雅に万代不易有。一時の変化有。この二つに究り、其本一つ也。その一といふは風雅の誠也。（中略）変化にうつらざれば、風あらたまらず。是に押うつらずと云は、一端の流行に口質時を得たるばかりにて、その誠を責ざるゆへ也。せめず心をこらさゞる者、誠の変化をしるといふ事なし。たゞ人にあやかりてゆくのみ也。せむるものはその地に足をすへがたく、一歩自然に進む理也。（土芳著『三冊子』元禄一五年成）

これは、先に引用した去来書簡の文章と非常によく似ており、一見すると不易流行について、両者は同様の理解の上に立っていたように見受けられる。しかし一方で、去来が「不易」と「流行」を別個の句体としてとらえていたことは、たとえば次に引用する『俳諧問答』や『去来抄』の文章にも明らかである。

不易・流行を分て案ずる事、故ありていふなるべしトいふは、或奉納・賀・追悼・賢人義士の類の賛のごときは、必不易を以て句案するを要とす。又着題・風吟、或は他門の人に対して、当流をほのめかし、或は新風にをしうつらんとけいこのごとき、皆流行の句を以て専に案ず。（去来・許六稿『俳諧問答』元禄一〇年去来奥）

先師、はじめて俳諧の本体を見つけ、不易の句を立て、又風が時々に変ある事をしり、流行の句と分に（ママ）教へ給ふ。

（去来著『去来抄』宝永元年（一七〇四）頃成[10]）

このような去来の不易流行の理解の仕方には、「不易」を知って誠をせめれば自ずと「流行」するというような、「不易」と「流行」を動的に連続したものとしてとらえる視点はない。このことは、不易流行の理念に基づいた其角批判を考える際にも、考慮に入れなければならない。

再び「贈其角先生書」と『末若葉』跋文の比較に戻る。次の箇所は、芭蕉が去来の言に対して其角を弁護した箇所である。この箇所における改変は、一見其角を積極的に肯定する調子に書き換えただけのもののようであるが、それだけではあるまい。

凡天下に師たるものは、先己が形位を定めざれば、人おもむく処なし。是角が旧姿をあらためざる故にして、予が流行に誘ざる所なり。我が老吟に友なへる人〴〵は、雲けぶりの風に変ずるが如く、朝々暮々かしこにあらはれ、此に跡なからん事をたのしめる狂客なり。共に風雅の誠をしらば、暫く流行のおなじからざるも又相はげむの便なるべし。

（「贈其角先生書」）

凡天下に師たるものは、先己れが形位を定めざれば、人趣くに所なし。晋が句体の予と等からざる故にして、人をすゝましめたり。又、我老吟を甘なふ人々は、雲・煙の風に変じて跡なからん事を悦べる狂客なり。ともに風雅の神をしらば、晋が風興をとる事可也。

（『末若葉』跋）

ここで去来は「流行」を句体としてとらえており、其角はそれを受けて「句体の予と等からざる」と書き換えている。芭蕉の「流行」の風が、其角自身の俳風とは異なる、いわゆる「軽み」の風であったことを考えれば、其角が去来の言うところの「流行」の句体について言及を避けるのは当然であろう。次の箇所も同様で、ここで去来の言う「流行」が、常に変化し続けるという意味での「流行」ではなく、具体的に芭蕉晩年の風を指していることは、「今日の流行」という文言に照らして明らかである。

誹諧は、あたらしみを以て命とす。本歌代を以て変べくば、此道年を以て易ふべし。水雪の清きもとゞまりて不レ動れば、必汚穢を生ぜり。今日諸生のために古格をあらためずといふとも、猶永く此にとゞまらば、我、角を以て剣の菜刀になりたりとせん。翁曰、汝が言慎むべし。角や今我が今日の流行におくるゝとも、行末又そこばくの風流を吐出し来らんもしるべからず。（「贈其角先生書」）

誹諧は、あたらしみを以て命とす。水雪のいさぎよきも、止ッてうごかざる時は汚穢をなせり。今日の諸生の為に、流行をとゞめて古格を改めずんば、晋子を剣の菜刀なりとせん。翁の曰、晋、今わがならはしを得ずといふとも、行末そこばくの風流を吐出さんこと鏡影たり。（『末若葉』跋）

其角改文の「流行をとゞめる」という口振りからは、「流行」を動的なものとしてとらえる、不易流行の高度な理解がうかがえる。其角は、不易流行の理念そのものを否定したのではなく、宗匠として独自の俳風を貫くことを優先したものと考えられるのである。

二、其角の不易流行観の特徴

「贈其角先生書」には、九箇所「流行」の語が用いられており、そのうち八箇所については右で取り上げた通りである。残りの一箇所は、以下に引用する書簡の冒頭の文章に見える。去来書簡においては、芭蕉の行跡を述べた文章であったのを、其角はわずかな語句の改変によって、其角自身の行跡を語る文章へと巧みにすり替えているのが注意される。[11] 波線部の改変も、右の処置にともなうものと考えられなくはないが、これまで見てきた「流行」をめぐる其角の加筆のあり方から考えて、やはり其角の「流行」に関する特別な意識が反映しているといえる。

師の風雅見及処、次韻にあらたまり、みなしぐりにうつりてよりこのかた、しばしば変じて門人その流行に浴せん事をおもへり。我是を聞けり。　（「贈其角先生書」）

師の風雅見及ぶところ、みなし栗よりこのかたしばしば変じて、門人、其流に浴せんことを願へり。我是を古翁に聞り。　（『末若葉』跋）

この改変は、芭蕉のように積極的に変風することを、「流行」という言葉で表現するのを避けようとする其角の姿勢を示唆している。其角が不易流行について独自の見解を持っていたことをうかがわせるものとして注目に値しよう。

其角が不易流行について直接語った文章は残っていない。しかし、次に引用する『雑談集』の一節には、其角の不易流行観の一端が表れている。

誹諧に新古のさかい分がたし。いはゞ情《ジヤウ》のうすき句は、をのづから見あきもし、聞ふるさるゝにや。又、情の厚《アツ》き句は、詞も心も古けれども、作者の誠より思ひ合ぬるゆへ、時に新しく、不易《エキ》の功あらはれ侍る。　（其角編『雑談集』元禄四年成）

「不易」の句は、時の流れの中にあって常に新しみを失わないという其角の不易流行観は、「不易」と「流行」を一体にとらえるという意味では、土芳の不易流行の理解に連なるものといえるが、「流行」という語が用いられていないことからうかがえる通り、「不易」に重点が置かれ、変風としての「流行」の意識が薄い点に大きな特徴がある。「新古のさかい分がたし」というのも、『三冊子』の中で「不易といふは、新古によらず、変化流行にもかゝわらず、誠によく立たるすがた也。代々の歌人の歌をみるに、代々其変化あり。また、新古にもわたらず、今見る所むかしみしに不替、哀成るうた多し、是まづ不易と心得べし。」と、「不易」の重要性を説く文脈で用いられた「新古によらず」「新古にもわたらず」という表現に類似する。『三冊子』では続けて「千変万化する物は、自然の理也。変化にうつらざれば、風あらたまらず」以下、「不易」と「流行」の連続性を説くのであるが、『雑談集』にその部分に対応する記述はない。

こうした「不易」に重点を置く其角の不易流行観を理解するためには、其角が「不易」をどのようなものとしてとらえていたかを明らかにする必要がある。このような観点から『雑談集』を見渡してみると、本書には時代が移り変わっても不朽の価値を保ち続ける句を讃える文章が多く記されていることに気づく。次に引用する文章も、そのうちの一つである。

其昔風といへる時の、正章・重頼・立圃・宗因、一句とてもあだなる句はなし。時代蒔絵《マキエ》の堅地にて、尤秘蔵せらる。又、昔とて下地麁相《ソサウ》に、念の入ざるは兀《ハゲ》やすく破《ワレ》やすし。今何の用にたゝず。当時の作者、此心を得て、随分念を入て工案《コウアン》せよ。千歳の後も至宝《シホウ》。

正章以下の四人は、いずれも貞門・談林時代の俳人で、彼らの句は当然旧風の作とみなされるが、其角はこれらの作者の句を、時流が変わってもそのよさを失わない優れたものであると高く評価している。つまり、其角において「不易」は、時の変化に堪えうる普遍的な価値として理解されていたと考えられる。其角の不易流行観は、敢えて「流行」という言葉を用いれば「不易」即「流行」といえようが、その場合の「流行」は、不易の価値を持つ句が、いつの時代にも受け入れられ十分に通用する状態をいうのであり、蕉門一般でいうところの変風としての「流行」とは、やや異なる意味合いを持っていたといえる。(12)

三、其角の「不易」の根拠

では、其角は不易性というべきものの根拠をどこに置いているのであろうか。結論から言えば、先に引用した『雑談集』の文章に「作者の誠より思ひ合ぬるゆへ、時に新しく、不易の功あらはれ侍る。」とある通り、其角はそれを「作者の誠」に置いている。次にこの「作者の誠」について、しばらく考えてみたい。『雑談集』には、ある人物の句について、作者の逸話と組み合わせて語った文章が多く収められている。たとえば「白炭ややかぬ昔の雪の枝」（『佐夜中山集』）の句で知られ、芭蕉も「先徳多が中にも、宗鑑あり、宗因あり、白炭の忠知ありなん」（『初蟬』）と慕っている神野忠知の辞世の句について、其角は次のように記している。

家を売たるふち瀬にとは、盛衰《セイスイ》の至誠《シジヤウ》をよまれたり。負《オヒ》物いたく成ぬれば、風雅也とても人ゆるさず。されば白炭と聞えし忠知が、

霜月やあるはなき身の影法師

と辞世して腹切ける。いかにせまりたる浮世には成けん、哀也。かの沾木をさへ、忠知が子也といへば、人も憐《アハレ》み見かはしけり。五十年来の誹諧の正風をしれるもの独也。

冒頭の「家を売りたるふち瀬に」とは、「家をうりてよめる」という詞書が付された「あすかがはふちにもあらぬわがやどもせにかはりゆく物にぞ有りける」（古今集・雑歌下・九九〇・伊勢）の歌を指す。伊勢の「あすかがは」の歌は、世の栄枯盛衰を詠んだものであるが、風雅で知られた忠知もこの理に洩れず、借金が積もって生活が立ち行かなくなり、「霜月や」の句を辞世に切腹した。そして、この句には「五十年来の誹諧の正風」に裏付けられた不易性が備わっている故に、忠知の名が今なお語り継がれている、というのである。ここで注目したいのが、この句の不易性が、身をもって有為転変を味わった忠知の境涯と関連付けて語られている点である。つまり、忠知の句の不易性は、忠知の人物像によって支えられているのである。(14)

こうした其角の考え方は、作者の境涯とその作品を結びつけて語る語り口ばかりではなく、其角の等類をめぐる見解にも形を変えて表れている。次に引用する去来著『旅寝論』（元禄一二年序）の文章は、凡兆の「桐の木の」の句をめぐる等類の議論を記したものである。なお、同様の話は『去来抄』にも載るが、其角の等類の判定基準

は、去来のそれと比べてもかなり厳しいものである。(15)

桐の木の風にかまはぬ落葉かな　凡兆

此句、先師の

樫の木の花にかまはぬすがたかな

と云発句と等類なりと、其角と凡兆と諍論有。其角が曰、「師の樫木発句、多く風景を見つくしたる魂よりねり出したる一句也。吾等《ワレラ》が桐の木は、漸《ヤウヤ》かしの木にとりつき、指頭にひろい集たるなり。かくのごとく名人の句をおかし来らんは、情なき作者といつゝ(ママ)べし」。

凡兆の句は、風もないのに葉を落とす桐の木のさまを詠んだものであるのに対し、芭蕉の句は、春の花が咲き競う中で超然と立っている樫の木のさまを詠んだものである。凡兆の句は、表現上は芭蕉の句と似通ってはいるが、「かまはぬ」の発想を案じ変えている点で、等類を逃れているとの見方も可能である。しかし其角は、芭蕉の「樫の木の」の句が「魂よりねり出したる」句であるのに対し、凡兆の「桐の木の」の句は小手先のものであるという理由でこれを等類とみなす。つまり、作者の粉骨によって見出された表現と趣向を安易に借り用いたことに対して、「名人の句をおかし来らん」と等類の難を申し立てているのである。(16) 同様の意見はまた、『旅寝論』の別の箇所からもうかがうことができる。

其角一日語テ曰、「今同門の輩、先師の変風をしたふものを見れば、

梅が香にのつと日の出る山路哉　先師

と吟じ給へば、或はすつときつとゝなどいへり。師ののつとは誠ののつとにて、一句の主也。門人のきつとすつとは、きつともすつ共せず、尤見ぐるしゝ(ママ)。晋子是を学ぶ事なし」。

其角は、芭蕉の「のつと」を「誠」の表現とし、芭蕉門人の「すつと」「きつと」といった類似表現は、その表

層を真似たものにすぎないとする。(17) 以上の二つの例からうかがえる其角の等類観には、先に挙げた忠知の例と同様、表現をも含めた広い意味で、その作者ならではの句を評価する其角の姿勢が表れているといえよう。

このように考えると、其角のいう「作者の誠より思ひ合ぬる」（『雑談集』）句とは、いわばその作者ならではの句ということであり、そこに不易の価値が見出されているといえる。そうした観点からすると、次に引用する『雑談集』の文章において、其角が「うき世のはて」の句の「さび」を、芭蕉らしさが表れている故に重要視していることが注目されてくる。

去比、品かはる恋といふ句に、

百夜が中に雪の少将

と云句を付て、「忍《ニン》の字の心をふかく取たるよ」と自讃《ジサン》申けるに、猿蓑の歌仙に、品かはりたる恋をしてといふ句に、

うき世のはては皆小町也

と、翁の句聞えければ、此句の錆《サビ》やう、作の外をはなれて、日々の変《ヘン》にかけ、時の間の人情にうつりて、しかも翁の衰病《スイビヤウ》につかはれし境界にかなへる所、誠をろそかならず。少将と云る句は、予が血気に合ぬれば、句のふりもさかしく聞え侍るにや。此口癖《グセ》、いかに愈《イヤ》しぬべき。

其角は、芭蕉の句に表れた「錆やう」について、日々変化する世の中にあって、普遍的に人々の共感を得るとするが、そうした評価には、この句が芭蕉の「衰病につかはれし境界」に基づく、芭蕉ならではの句であることが重要な条件となっている。(18) 一方、「雪の少将」の句には自分に合った血気盛んな調子が表れているとして、芭蕉の「さび」をうらやましく思いながらも、才の質の違いとして納得しているのである。

四、其角の新しみの追求

これまで確認してきた通り、其角は作者の境遇や性質・実感と深く関わる「作者の誠」を重視し、その不易流行観は「作者の誠」によって裏付けられる不易性に重点の置かれたものであった。また其角の「不易」は普遍的な価値を有するが故に、そのままの形でいつの時代にも通用するというもので、変風としての「流行」の意識が薄い点も特徴的であった。[19]「贈其角先生書」や『三冊子』においては、不易流行の根本は「風雅の誠」にあるとされ、また『三冊子』では「風雅の誠」をせめることによって自然と新しい風へと押し移っていくと説かれていたのと比べるとき、其角の不易流行観の特殊性は一層明らかである。

ここで、其角がしばしば俳諧の良し悪しを、個々の句において用いられている具体的な表現や趣向に焦点を当てて判断していることに注目したい。たとえば、其角稿『類柑子』（宝永四年跋）に「誹諧はことさら一句一体のものにこそ[20]」という言葉が出てくるが、この「一句一体」は、「発句・付句ともに、句の主に成事得がたき也。万歳扇に名をはるやうにて、作者の名《ナ》、句ごとにあれども、一体を立ざれば、其名しかと定がたし。只持扇のやうに、名を張付ずして、慥成句の主といはれん様に心得べし。」（『雑談集』）という文章等から、作者の強烈なオリジナリティを備え、その一句故に作者の名が語り継がれるような名句のありようを指すと解釈できる。次に引用する『句兄弟』においても、赤右衛門妻の「啼にさへ笑はゞいかにほとゝぎす」という句に女性ならではの作意を認め、「をのがね」「待宵」という女流歌人を引き合いに出して、その作者らしさを評価している。「をのがね」は「おのがねにつらきわかれはありとだに思ひもしらでとりやなくらむ」（新勅撰集・恋歌三・七九四・少将）の歌を、「待宵」は「まつよひのふけ行くかねのこゑきけばあかぬわかれの鳥はものかは」（新古今集・恋歌三・一一九一・小侍従）の歌を指し、各々の歌の作者はこれらの歌の評判によって「己が音の少将」「待宵の小侍従」の名で呼ばれている。

兄　赤右衛門妻
啼にさへ笑はゞいかにほとゝぎす
弟
さもこそは木兎笑へほとゝぎす

人情を仮《カシ》て笑へといへる作意、女の質なり。此句は、をのがね・待宵の名高き程にひゞきて、人口にあるゆへ、さらに類作の聞えもなく、一人一句にとゞまり侍るは、うらやましく覚ながら、心のとゞきかねしに(下略)

(其角編『句兄弟』元禄七年序)

右の文章から、其角は他の人が用いることのはばかられるような、その作者限りの表現や趣向を尊重し、そうした表現・趣向が備わった作を「一人一句」の作として理想としたと考えられる。そのような作者ならではの句は、その作者の名とともに人々の心に長く記憶され、「不易」の価値を持ち続けるという考えのもと、其角は「一人一句」「一句一体」と賞される句を常に生みだし続けることに、自らの俳諧の新しみを追求していったのである。これが其角の「流行」であったといえよう。

以上のように、一句の良し悪しに重点を置き、中でも作者独自の表現や趣向に特別な価値を認める其角の考え方は、風としての新しみの追求に無頓着な態度につながるものではあったが、必ずしも俳諧の新しみ自体を軽視するものではなかった。確かに其角には、一見新古それ自体をあまり問題とせず、「作者哉」と評される句を詠むことを第一とするような発言が見られる。たとえば、次のような例がある。

句は張良が胸中の兵の如し。日夜にわき出るものなれば、一句〳〵の新古は見ん人も思ひゆるさるべし。さしあひ・輪廻まゝあり。それも其一句の死活を考へ合て、見ゆるし有べし。(中略) さし合くりと云れんより、作者哉といはれまほし。　（『末若葉』）

しかし、そうした其角の考え方は、旧風の句の中で用いられた表現であっても、表現として優れていれば積極的に評価し、そこにある種の新しみを見出していこうとする姿勢につながっていると考えられる。次に挙げる『句兄弟』の文章からは、旧風な句の手法に新しみを見出そうと努める其角の姿勢がうかがえる。立圃の句の中の、「一つたも」と「袂」を結びつける言い掛けの手法は、貞門・談林俳諧によく用いられた修辞技法であるが、其角はそれを古くさいとして退けることなく、弟句でそのまま用いているのである。

兄　　花ひとつたもとにすがる童かな　　立圃

弟　　花ひとつ袂に御乳の手出し哉

至愛の心より作者の功をあらはし、一つたもといふ詞のやすらかなる所、又なき妙句なれば、都鄙にわたりて句意曇なし。されば、当時云かけの発句を珍賞せずして、いたづらに古版の書に埋もれ侍るを、予歎美して、古人の深察を再転せり。（中略）同ク惜ム少年ノ春、千載不易の句を手本にして転換すなれば、評品つまびらか也。

其角は、「花を一輪ちょうだい」とせがむ子どもの言葉をそのまま詠み込んだ「花ひとつたも」という表現に安らかさと優美さを感じ取り、そこに不易性を認めたからこそ、弟句の中に再生させたといえよう。

また同じような姿勢は、謡曲調をめぐっても確認される。謡曲調は、談林時代に流行した詠風であるが、其角はそれを特に創始者と目される宗因の作品において「其実を捨ざる所、肌骨に入」と認め、自句のうちに摂取している。

諷は俳諧の源氏なりと、これを一向の格意として、凡百番のうちにて、目にたつ詞、耳《ミヽ》近き雲に起ふす頭巾《トキン》もあり、かやうに言《コト》を工みにし、自句・他句のわきまへもなくものせしかば、いつその程に自他ともにめづらしからず所為《ヲモヒナシ》て、十とせあまり此かた、誰となくいひやみけるを、風体のうつりかはるにまかせて、只おほかたに思ひくれける折ふし、江口の里にて、

やどれとは御身いか成人時雨　梅翁

と云句を承りて、其実を捨ざる所、肌骨に入《シミ》て侍れども、ふたゝび取附べき詞もなかつ（ママ）し所に、大津にて、

雪の日や船頭どのの顔の色　其角

と申ける次の年の春、

花の陰うたひに似たる旅寝哉　芭蕉

と聞えけり。然らば章なくと誹諧の諷はれぬべきことを、と思立て、

憶芭蕉翁

月華や洛陽の寺社残なく　其角

弥生半とみゆる装束　渓石（以下百韻略）

（『雑談集』）

「諷は俳諧の源氏なり」とは、「諷の詞を取用る事、二十年に及べり。俳諧のためには連歌の源氏になぞらへて宝とす。」（惟中著『近来俳諧風体抄』延宝七年（一六七九）跋）[21]等とある通りである。談林俳諧においては、重頼の「峰入や雲に起ふす頭巾もあり」[22]が謡曲「花月」の「富士の高峰に上がりつつ、雲に起き臥す時もあり」[23]という詞章をそのまま取り入れたような謡曲調の句が多く詠まれたが、同様の技巧が乱用され誰が詠んでも同じような句が量産されたため、ここ一〇年余りで廃れてしまった。そんな時、江口の里で宗因の「やどれとは」[24]の句を聞き、「おん身はさて、いかなる人にてましますぞ」（謡曲「江口」）の文句取りに留まらない「実」がこもった点に

感銘を受けたので、自分も大津で「ああ船頭殿のお顔の色こそ直って候へ」（謡曲「自然居士」）をふまえた「雪の日や」(25)の句を詠んだ。そしてその翌年、芭蕉の「花の陰」の句を聞くに及んで、詞章を取り入れずとも謡による句が詠めることを新たに発見し、そこで「月華や」以下の百韻を巻いたというのである。

其角の「雪の日や」の句は、謡曲の文句取りという談林時代の謡曲調を意識しながら、技巧そのものに主眼を置かず、宗因の句同様の「実」を追求している。この句の「顔の色」は、謡曲「自然居士」でいうところの機嫌という意味の「顔の色」ではなく、文字通り寒い雪の日の船頭の血色という意味の「顔の色」で、それにより観念的な表現を超えて「実」をとらえた句となっているのである。しかし、この句を詠んだ後、其角は同様に謡を下敷きとしながらも、詞章そのものを用いない芭蕉の「花の陰」の句に、さらなる新しさを認めた。技巧を用いずすっきりと詠まれた芭蕉句には、談林俳諧の謡曲調の古風さは微塵も感じられない。このように、不易性の感じられる作に触れ、それを新たな句に再生していくというやり方による新しみの追求が、風としての新しみの追求と軌を一にするということもまた、当然あり得ることであった。

しかし、作者のオリジナリティが認められるか否かという観点から、句ごとに良し悪しを判断する其角の態度は、一方で風を変えずに一句の表現において目先を変えていこうとするマイナス面も持ち合わせ、やがては次のような同門の批判を招く。

> 晋氏（ママ）其角、器極めてよし。とりはやす事も、表に上手をあらはせしゆへに、諸人に奥をみすかされたり。己が一筋はかたのごとく得たりといへ共、外の道筋をしらざるゆへ、かたのごとくせまし。たとへば堀（ママ）ぬきの井を見るがごとし。水脈まで堀（ママ）付たりといへ共、五湖の広きをしらざるに似たり。風雅をよくつかひて遊ぶ故に、一生の発句多し。是余事になやまされざるしるし、題はかはる斗にて、一句のとりはやし、いつも同じ釜より出て、己が財宝をひたものぬすめるに似たり。発句と俳諧と論ずる時は、遥に発句得物也。俳諧は

ふるし。

（『俳諧問答』）

其角の才能を認めながらも、自己の得意とする風になずんで他を開拓しようとしない点を突いた許六の批判は、其角が芭蕉の「流行」の風に押し移らない点を難じた「贈其角先生書」における去来の批判に通じている。

五、沾徳の俳論との類似性

ところで、このような其角の新しみの追求の仕方には、同時期に江戸で活躍した俳諧宗匠沾徳と、かなり共通する面が見受けられる。沾徳は、陸奥国磐城平藩主内藤風虎の次男露沾のもとで活躍した俳諧師で、非蕉門ながら蕉風に親しみ、特に其角と親交が深かった。芭蕉没後は其角門・沾徳門は互いに交流しつつ江戸俳壇の主流をなしている。次に引用するのは、その沾徳が編んだ『文蓬萊』（元禄一四年刊か）「論句篇」において、沾徳が蕉風の不易流行について論じた箇所である。ある人が芭蕉の門人と三吟した折、その句意が全くわからなかったので問いただしたところ、「歌は代を以て風体かはり、俳諧は月を以て風体かはる物なれば、其時々の趣を以て仕かへ侍る」と答えたので、次のように反論したというのである。

芭蕉上手ならず。其故は、万代不易の道を見て、其かはらざる処のかはる物有を以て古新の差別あらば、名人也。かはらむといふて、是をもいひ古し又かれをもいひ古し侍るとのみ見侍らば、後にはあらぬ物になりゆくより外はなし。

（沾徳編『文蓬萊』元禄一四年刊か）(26)

不易流行の根本にある「風雅の誠」を正しくせめることなく、ただ変風をのみ心にかければ、果ては異風となるという意見が出てくるのも肯けよう。後日、このやりとりを聞いた沾徳は、まず「相手の一様に句意のなきを難ずるも専なし」とした上で、次のような意見を述べている。変風としての「流行」にこだわらず、俳諧の新古を一句一句の上に見極めようとする点で、沾徳の見解は其角のそれと全く一致している。(27)

芭翁が門人の云処の、月を以て風体かはると見て、人に似ぬ事計按ずるも、さもあるべし。さりながら、一向に新古の場計恐れて新らしき場とのみ按ずる処には、はや古き場ある也。新らしきとむかふ心、早古き也。此風となく一句一句に当意の作のはたらく物あれば、古きともおぼえず、又新らしきとも覚ずして、則中にあたらしき物ある也。万代不易の風と何をか定めむ。今日の風をよくする作者が、万代不易也。今日をさへよくすれば、風体のかはるも、をのづから人より早く知る也。怠りて今日の風をしらぬ作者は、風のかはるも遅くしるゆへ、次第に梁の塵のたまるごとくに古く成行也。

一句一句の上に作意を凝らすことで新しみを追求することが、そのまま風としての新しみにつながるという其角の不易流行観が、ここに明確に理論化されているといってよい。芭蕉の不易流行は、理論としては非常に高い芸術性を備えてはいるが、それはあくまで理想論であり、実際の句作の場に臨んでその域に達することのできた作者が当時どれだけいたか甚だ疑問である。それに対して、其角や沾徳の不易流行観は、宗匠として元禄末の江戸の大衆作者と向き合っていた彼らならではの実際的なものであったといえよう。

其角の不易流行観は、「不易」に重点が置かれ、変風としての「流行」の意識が薄い点に特徴があった。そしてこのことは、其角が「作者の誠」に支えられた句に、時の変化に堪えうる「不易」の価値を認めたことと密接に関係している。個々の句の上に作意を凝らし、常にその作者ならではの句を生み出し続けることが、其角にとっての新しみの追求であったのである。このような其角の姿勢は、蕉門内においては時に非難の的となったが、同時代の江戸俳壇の大衆化を視野に入れた場合、宗匠として非常に妥当なものであったといえるのではないだろうか。

注

（1）このような其角の句についての批判は、たとえば次のような考えに基づいてなされていよう。
功者に病有。師の詞にも「俳諧は三尺の童にさせよ。初心の句こそたのもしけれ」など丶度〳〵云い出られしも、みな功者の病を示されし也。（『三冊子』）

（2）引用は『俳諧文庫8　支考全集』（博文館、明治三一年）によった。

（3）引用は、国文学研究資料館所蔵マイクロフィルム（富山県立図書館中島文庫蔵本、三三五―一一―六）によった。

（4）「とにかくにもてあつかふはこゝろなりけりと　光俊／山陵《ガラ》の壱歩をまはす師走哉　其角」（『いつを昔』）。また、「山柄《やまがら》の胡桃回《くるみまはす》」（『せわ焼草』明暦二年（一六五六）刊）は当時から知られた諺であった。なお『せわ焼草』の引用は、米谷巖編『せわ焼草』（ゆまに書房、昭和五一年）によった。

（5）「山陵の」句の解釈にあたっては、今泉準一『五元集の研究』（桜楓社、昭和五六年）を参照した。

（6）先の『東西夜話』の引用箇所の前には、「武の其角の俳諧は、この比の焦尾琴・三上吟を見るに、おほくは唐人の寝言にして、世の人のしるべき句は十句の中一二句には過じ。彼はいかに心得たるにかあらん。」とあり、後には「晋子が門葉の耳なれたる人は、掌中の玉を見るよりなをあきらかにしりたれど、それは一時の流行のみにして、千歳の後は団のはんじ物なり。」という文章が続いている。

（7）この去来書簡は現存不明であるが、風国編『菊の香』に「贈其角先生書」として全文が掲載される。他に、去来・許六稿『俳諧問答』を浩々舎芳麿が刊行した『誹諧問答青根が峯』（天明五年（一七八五）刊）等の後世の板本にも収められる。

（8）「贈其角先生書」と『末若葉』跋文について論じた先行研究に、山下一海「「不易流行」論争の発端――去来「贈其角先生書」に対する其角加筆――」（『国文学』第八巻第五号、昭和三八年四月）と、これを去来・許六の論争、中興俳論の展開へと発展させて論じた同氏の「芭蕉俳論の展開」（『芭蕉の本7　風雅のまこと』角川書店、昭和四五年）がある。

（9）『旅寝論』で去来が「其角は蕉門の高弟也。不易・流行の説定て学びつらん。しかれ共彼一己の好む所にとゞまりて、長ク先師の変風にしたがはず。却而同門の人〳〵にいやしめらるゝ。」と述べているのが参考になる。

（10）「先師、はじめて俳諧の本体を見つけ、不易の句を」の箇所は『校本芭蕉全集』（富士見書房）が底本とする国立国会図書館本の脱落を他の校合本により補ったものである。また去来は『去来抄』の別の箇所で、「不易の句」として「月に柄をさしたらば能うちは哉　宗鑑」「是は〳〵とばかり花のよしの山　貞室」「初風や伊勢の墓原猶すごし　芭蕉」の三句を、「流行の句」として「むすやうに夏にこしきの暑さかな（作者名無し）」「あれは松にてこそ候へ杉の雪　松下」「海老肥て野老痩たる友ならん　常矩」の三句を挙げて説明している。

(11) 前掲、山下一海「「不易流行」論争の発端――去来「贈其角先生書」に対する其角加筆――」に、其角の文章では『虚栗』以前に関する記述が削られ、「我是を古翁に聞り」と言い直されることによって、元来去来書簡では芭蕉を指すのに用いられていた「師」の呼称が、其角自身を指すように改変されたとの指摘がなされる。

(12) 元禄四年に書かれた『猿蓑』の其角序にある「久しく世にとゞまり、長く人にうつりて、不変の変をしらしむ」について、白石悌三氏は「不変の変　不変の価値をもつものが時の変化に最もよく堪えるという逆説。雑談集「情の厚き句は、詞も心も古けれども、作者の誠より思ひ合ひぬるゆへ時に新しく、不易の功あらはれはべる」と同意。」(『新日本古典文学大系70　芭蕉七部集』岩波書店、平成二年)という注を付されている。

(13)『俳文学大辞典』(角川書店、平成七年)の中の「忠知」の項目(越智美登子執筆)では『新撰俳諧年表』を根拠に、寛永二年(一六二五)生、延宝四年(一六七六)没とする。なお『佐夜中山集』の引用は国立国会図書館蔵本(ろ―七二)、『初蟬』の引用は『俳書叢刊　第五巻』(臨川書店、平成三年)によった。

(14) この忠知の逸話は、風雅の精神を強調する点に主眼があるようにも読めるが、次のような短い章段が『雑談集』の随所に挿入されていることを考え合わせると、其角は作品と作者の境涯というものに強い関心を寄せていたことがわかる。

一、荷兮集『あら野』に「辞世」とあり。

散花を南無阿弥陀仏と夕べ哉　守武

彼集のあやまりか。神職《ショク》の辞世として、何ぞ此境をにらむべきや。只嗚呼《アヽ》と歎美《タンビ》してうちおどろきたる落花か。

一、鏡を形見といへる重高の歌にや。装束つくろひて、鏡の間にむかへるに、

親に似ぬ姿ながらもこてふ哉　宝生沾蓬

最初の例は、神職であった守武の辞世に仏の名が詠まれていることに疑問を呈したもので、二つ目の例は、能役者ならではの句を詠んだ沾蓬の名の傍らに、敢えて「宝生」という能役者の家の姓を注記したものである。『雑談集』では、所付や姓を作者名とともに注記する例はそう多くない。沾蓬については、加藤定彦「露沾のサロン形成と宝生沾圃――能楽の流行と江戸蕉門」(『かがみ』第四〇号、平成二一年一〇月)において、「能役者宝生佐(左《トモ》)太夫こと沾圃の前号で、後の立圃である」と考証される。

(15) 去来は凡兆の句を等類ではなく、発想を借りて案じ変えた同巣の句と判定した上で、似たような発想の句でも、先行の句より優れた句となっていれば認めてもよいとする。

桐の木の風にかまはぬ落葉かな　凡兆

其角曰、「是、先師の樫木の等類也」。凡兆曰、「しからず。詞つゞきの似たるのみにて、意かはれり」。去来曰、「等類とは謂がたし。同巣の句也。同巣を以て作せば、予今日の吟、凩の地にもおとさぬ時雨哉、と云巣をかりて、滝川の底へふりぬく霰哉ト言下にいふべし。いさゝか作者手柄なし。されど兄より生れ勝たらんは、又各別也」。（『去来抄』）

(16) 芭蕉の「樫の木の」句が、本来『野ざらし紀行』においては、三井秋風の閑雅な生活ぶりを讃える挨拶句として詠まれたものであったことも、其角の念頭にあったかもしれない。この句は『阿羅野』（元禄二年序）には「ある人の山家にいたりて」という前書とともに入集する。

(17) この逸話は、元禄八年一月二九日にしたためられた許六宛去来書簡に載り、これによるともともと泥足経由で去来に伝えられた話であったことがわかる。

其角は、翁の梅が香にのつと日の出るときこえしより、深川伺公（ママ）の門人、すつとくはつとなど、さま〴〵古翁の辞を似せ候。古翁ののつとは、古翁の言葉ぬしにてよろしく候。其外の似せものめら、何之分もなく、そつとちつとなど申候とて、しかり候よし、兼而長崎之泥足はなし申候（下略）

(18) 其角は『枯尾華』（元禄七年刊）「芭蕉翁終焉記」において、円覚寺大巓和尚が芭蕉の本卦を見たところ「一もとの薄の風に吹れ雨にしほれてうき事の数々しげく成ぬれども、命つれなくからうじて世にあるさまに譬へたり。」という、萃の卦にあたることがわかったとの逸話を記し、「さればあつまるとよみて、その身は潜カならんとすれども、かなたこなたより事つどひて、心ざしをやすんずる事なしとかや。信に聖典の瑞を感じける。」という感慨を漏らしている。ここからも、其角が芭蕉の本性を「衰病につかはれし境界」ととらえていたことが裏付けられる。なお、引用は早稲田大学図書館蔵本（へ五―一八五八）によった。

(19) 乾裕幸氏は「『いつを昔』の成立」（井本農一博士古稀記念論集刊行会編『俳文芸の研究　井本農一博士古稀記念』角川書店、昭和五八年）の中で、『いつを昔』の跋文中の「其角云、今、予が俳番匠は、其道といひ風体といふ沙汰にあらず。一句は詞を以て作りたつるに、其同じ詞のあらぬ姿にかはる所、これ番匠たるものゝ器量のいたす所にあらずや。」という箇所や、その書名の由来ともなった其角の「新月やいつを昔の男山」の句の解釈をめぐって、「俳道だの風躰だのは問題ではない、俳諧の善悪は純粋に技巧の問題なのだ、といっているように聞こえる。こうした俳諧観の下では、新・古の沙汰は不問に付され、俳諧の歴史は空転する。」という見解を示す。

(20) 次に引用する『類柑子』の文章は、猿引きを詠んだ「かしこさのをのが心につながれて」の歌を聞いた正春が、愚かであるから世につながれるのであるとして、その心を「いろはをも」の句に詠んだが、其角はそれを残念な句であると言ったものである。新古によらず、一句の良し悪しが大事であるという文脈で「誹諧はことさら一句一体のものにこそ」の言葉が用いられていることがわかる。なお、引用は東京大学総合図書館洒竹文庫蔵本（洒竹四〇五七）によった。

「此ころ世に張《ハ》ル事の候ひて日本橋をわたり候に、猿曳の人にまとはれてむつかしげなるを見侍りしに、

　かしこさのをのが心につながれて
　　うきをましらのねをのみぞなく

となん申て過候也。」といへるに、正春にがめる顔にて、「かしらいたや。賢き人のいかで世の中につながれてうきめ見んや。癡猿把ル月とこそたとへたり。人は己れが愚につながれ侍るものぞ。」とあざんかれしに、維足一言なく顔に汗して恥入覚えたり。「いかゞ御なをしをかうむらん。」といふに、

「愚さのをのがこゝろにつながれて、といひたらば歌なるべし。猿智慧猿がしこしなどいふは俗言也。」とて、

　いろはをもかゝぬや我と山の猿　　正春

此当座は歌の了簡にも似ず口惜き姿也。さしも風変の新古はわかたれずや。誹諧はことさら一句一体のものにこそ。

(21) 引用は、東京大学総合図書館洒竹文庫蔵本（洒竹八九九）によった。

(22) 許六著『歴代滑稽伝』（正徳五年（一七一五）跋）は「洛の松江氏重頼は後維舟と号す。毛吹草の作者。撰集あまたあり。談林の比まで長生して今様姿を撰す。」として、「峰入や雲に起臥す頭巾《トキン》もあり」の句を代表句として載せる。なお『古典俳文学大系10　蕉門俳論俳文集』の大内初夫氏の注ではこの句の出典を『犬子集』とする。

(23) 謡曲の引用は『日本古典文学大系40　謡曲集上』（岩波書店、昭和三五年）『日本古典文学大系41　謡曲集下』（岩波書店、昭和三八年）によった。

(24) 顕成編『続境海草』（寛文一〇年（一六七〇）刊）に「旅の道中にて／やどれとは御身いかなるひと時雨　天満西翁」と載る。

(25) この句は『阿羅野』『いつを昔』に収められ、『宝井其角全集　年譜篇』（勉誠社、平成六年）では、元禄元年一一月二七日に大津の尚白亭で詠まれた三吟三物とされる。

(26) 引用は、白石悌三「『文蓬莱』翻刻補遺」（『俳文芸の研究　井本農一博士古稀記念』）によった。

(27) 『沾徳随筆』（享保三年（一七一八）稿）にも同様の論が見える。なお、引用は『俳書叢刊　第四巻』（臨川書店、昭和六三年）によった。

此事我より先に誰かいひ出さんとおもふはせまく、其心古めく也。只先作あらんとあるまじきとも、句作にて其上の手

柄をいふ処が第一也。とかく句作次第にて、古きも新しく成也。作例を追ぬ物なれば、初て独云出す事もあらん。尚句作よくいひ出れば一入也。

第三節　謎の発句

其角の「角もじやいせの野飼の花薄」（嵐雪編『其袋』元禄三年（一六九〇）序）[1]は、『毫の帰鴈』（秀可編、宝永四年（一七〇七）序）『其角一周忌』（淡々編、宝永五年奥）『十七回』（淡々編、享保八年（一七二三）跋）『梨園』（貞佐編、享保一六年序）等、その追善集においてしばしば取り上げられ、三三回忌追善集『角文字』（二世湖十編、元文四年（一七三九）刊）、五〇回忌追善集『新撰角文字』（三世湖十編、宝暦六年（一七五六）成）の書名の由来ともなっている其角の代表句である。[2]浮生述『滑稽弁惑原俳論』（宝永四年奥）に「句の主になりて一功規模の発句也」[3]、沾徳著『沾徳随筆』（享保三年稿）に「芭蕉発句はよき句もあれどうすし。薄き所を得たる作者也。然共其角つよき程の句にばせをは力をよばず」[4]と称賛され、支考編『東西夜話』（元禄一四年奥）に「世の人も耳めづらしく、晋子は作者なりといへり。さるは、角文字のいせといひ、山雀の壱歩といふたぐひなり。」とあることからも、世間での評判が非常に高かったことが知れる。[5]本句は、元禄元年の伊勢旅行の折の作で、「こい（ひ）しく」という語を詠み込んだ「ふたつ文字牛の角文字直ぐな文字歪み文字とぞ君は覚ゆる」（『徒然草』第六二段）をふまえて、「角もじや」の五文字を「い」の字を導く枕詞のように用いた新しさ、「牛」の語を直接詠み込まずに「牛」を暗示した「ぬけ」、「花薄」の「花」と「牛の鼻」の掛詞といった、技巧の鮮やかさに眼目のある句である。

ここで、本句に「ぬけ」の手法が用いられている点に注目したい。本来、「ぬけ」は談林俳諧に特徴的な手法であると認識されている。たとえば、許六の『歴代滑稽伝』では「談林風」の作として「ぬけ」の句が掲げられている。

なぞ体又ぬけ共

皮たびのむかしは紅葉ふみわけたり　一鉄

八百韻

花をふんでたゝらうらめし暮の声　幽山

（許六著『歴代滑稽伝』正徳五年（一七一五）跋）

「皮たびの」の句は松意編『談林十百韻』（延宝三年（一六七五）序）第九百韻の発句で、猿丸大夫の「おく山に紅葉ふみわけなく鹿のこゑきく時ぞ秋は悲しき」（古今集・秋歌上・二一五・読人不知）をふまえ、「皮たびのむかし」で「鹿」を暗示した「鹿」の「ぬけ」の句、「花をふんで」の句は、幽山編『江戸八百韻』（延宝六年奥）の巻頭句で、夕暮れの鐘の音が花を散らすので、その鐘を鋳造した蹈鞴《たたら》が恨めしいと詠んだ「鐘」の「ぬけ」の句である。これらの句は「なぞ体」ともされる通り、ぬかれた語を補うことで、一句がうまく解釈可能となる点に狙いがあった。(6)

このように談林に特徴的な手法とされる「ぬけ」であるが、実際には其角の「角文字や」の句をはじめ、元禄以降も「ぬけ」の句は詠まれている。

卯花の雪一声や山かづら　夜礎（『十七回』）

喰ぬ日や二月二寸のいざは川　非琴（『十七回』）

菜の花や荘子が夢の飛ありき　桃言（廬元坊編『渭江話』元文元年刊）

「卯花の」の句は「ほととぎす」の「ぬけ」、「喰ぬ日や」の句は「そもそもこの石《いさ》和《わ》川《がわ》と申すは、上下三里が間は堅く殺生禁断の所なり」（謡曲「鵜飼」）等をふまえた「鮎」の「ぬけ」、「菜の花や」の句は「蝶」の「ぬけ」である。(7)

しかし、それでも一般的には「ぬけ」が談林俳諧の手法であると認識されるのには理由がある。『誹諧中庸姿』

所収の高政独吟百韻をめぐる一連の論争などを見ても明かな通り、元来「ぬけ」は談林の連句において積極的に活かされた手法なのである。『俳文学大辞典』（角川書店、平成七年）の「ぬけ」の解説でも、談林の連句の手法としての意義が強調されている。

「ぬき体」「ぬけがら」「ぬき句」とも。貞門俳諧での「ぬけがら」は、付句が一句の中心になるべき語を欠いて、前句なしには意味が成立しない場合をいい、特に嫌うべきものとして説かれる〈『せわ焼草』〉。談林俳諧では逆に、物付・詞付に対する倦怠感から、固定的な発想による付物を付句において除外して句作することによって新しいおかしさを追求しようとした。（中略）発句においても行われたが、『夢助』ではこれを容認していない。（上野洋三）

確かに、親句から疎句へという連句史の流れにおいて、談林の「ぬけ」が果たした役割は大きい[8]。しかし、発句の「ぬけ」の例を掲げる作法書や俳論書が存在し、元禄以降も「ぬけ」の発句が詠まれていることを考えたとき、これを無視することはできない。そこで本節では、従来取り上げられてこなかった発句の「ぬけ」に焦点を当て、特にその謎句的な性格に注目して考察を行う。

一、貞門俳諧における「ぬけ」の問題

先に挙げた「ぬけ」の句例から、発句の「ぬけ」を最も概括的にとらえると、ある語を一句の中に直接詠み込まずに、それと聞こえるように句作りする手法ということになる。しかし、直接ある語を句の表に出すことなく、それと通じるように詠む手法は、実は貞門俳諧においても否定されていない。このことは、既に尾形仂「ぬけ風の俳諧——談林俳諧手法の一考察——[9]」の中で言及されている。尾形氏の指摘通り、次に挙げる元隣著『俳諧小式』の二句は、「ぬけ」的な特徴を備えている。

第七　詞をのこす発句の事

千代も見ん丁固《テイコ》が夢《ユメ》を春の門

この心は、丁固ゆめに腹の上に松生たりと見たりしを怪《アヤシ》み人に語《カタリ》ければ、松は十八公とかくなれば、十八年の後公《コウ》の位《クラヰ》にのぼり給ふべしと圓《ユメアハセ》せしかば、後其ごとくありし。其故事《コジ》を以て千代もへんと云、春の門といへるにて、松といふ事を言《イハ》ずして言外《ゲングワイ》にあらはしたり。

星祭る香の煙や蚤《ノミ》のいき　季吟

これは世話《セワ》に、のみのいき天へのぼるといふを以て、七夕まつる香の煙も天にのぼるといふ事を云まはしたる也。彼在中将《カノザイチウジヤウ》の、我身《ワガミ》ひとつはもとの身にして、と云はなちて、二条の后はましまさぬといふ事を言外《ゲングワイ》にもたせたると、事こそかはれ大かた心通《カヨ》ひ侍る也。（元隣著『俳諧小式』寛文二年（一六六二）奥）[10]

一句目は、丁固が腹の上に松の生えた夢を見て、その一八年後に三公になったという「丁固生松」（『蒙求』）の古事から「松」を暗示して正月の目出度さを詠んだ句、二句目は、力のない者でも、一心に事を行えば必ず成し遂げることができるという意の諺「のみのいき天へのぼる」[11]をふまえ、言外に「天へのぼる」を暗示して、七夕の願いとともに香の煙が空にのぼっていくと詠んだ句である。[12]他にも才麿編『坂東太郎』（延宝七年序）にこのような句が多く見え、次に掲げる調鶴の句もそのうちの一つである。貞門俳人の句を多く収める本書にこうした「ぬけ」的な句が多いことは注目に値しよう。[13]

汗取や袖に浪こす沖の石　調鶴

右の句は、一見意味の通らない言葉続きとなっているが、「わが袖はしほひにみえぬおきの石の人こそしらねかわくまもなし」（百人一首・九二・二条院讃岐）の歌をふまえて「かわくまもなし」を補えば句意は明らかである。

こうした句は、談林の「ぬけ」の句と大差が無いように見受けられるが、この事実をどのように理解したらよいであろうか。

そこでまず、談林俳諧において「ぬけ」の発句とされる例を具体的に検討する。惟中の『近来俳諧風体抄』には、「心をぬけ詞をぬけたる句」として三〇の発句が列挙され、次の六句もその中に挙げられた句である。

蓬萊やあまの香久山ほの〴〵と　一時軒
鹿を追ふ猟師か今朝の八重霞　舟中
寒づくり五尺三寸候ひき　梅翁
音にのみ菊の白露や辻行燈　言因
鬢白し嵐の庭の雪ならん　吟口
　馬のとしのくれに
王手〳〵さゝず来にけり年の暮　同（一時軒）
（惟中著『近来俳諧風体抄』延宝七年跋）(14)

「蓬萊や」の句は惟中自身の作で、「ほのぼのと春こそ空にきにけらし天のかぐ山霞たなびく」（新古今集・春歌上・二・後鳥羽院）をふまえて「春こそ空にきにけらし」を暗示した句。次の「鹿を追ふ」の句は、「鹿《しか》を追《おふ》猟師《れうし》は山を見ず」(15)の諺をふまえて「山を見ず」をぬいた句。「寒づくり」の句は、寒中の一二月に酒を作る折に「五尺三寸候」ということから「雪」をぬいた句。「音にのみ」の句は、「おとにのみきくの白露よるはおきてひるは思ひにあへずけぬべし」（古今集・恋歌一・四七〇・素性）を下敷きに「夜はついて昼は消える」の意をきかせた句。「鬢白し」の句は「花さそふあらしの庭の雪ならでふりゆく物は我が身なりけり」（百人一首・九六・公経）をふまえて「ふりゆく物は我が身なりけり」を暗示した句。「王手〳〵」の句は、「王手〳〵」「さゝず」の語によって「将棋の駒」を連想させ、そこから干支の「馬」をぬき、さらに「あしのやのなだのしほやきいとまなみつげのをぐしもささずきにけり」（新古今集・雑歌中・一五九〇・業平）をふまえて「いとまなみ」を暗示した句である。

ここで、惟中の言う「心」の「ぬけ」と「詞」の「ぬけ」の違いに注目したい。惟中は「心」をぬいた句と「詞」をぬいた句をはっきり分けて提示するわけではないが、右に引用した句のうち、「蓬萊や」「鹿を追ふ」「音にのみ」「鬢白し」の四句が「心」をぬいた句、「寒づくり」「王手〳〵」の二句が「詞」をぬいた句であると考えられる。(16)

「詞」の「ぬけ」の句は、前掲『歴代滑稽伝』の「皮たびの」の句や「花をふんで」の句のように、欠落している語を補うことで一句が解釈可能となる点に面白みの見出された謎解きの句である。(17) そして一般的に「ぬけ」といえば、この「詞」の「ぬけ」を指す。では、惟中の言う「心」の「ぬけ」とは何か。結論から言えば、この「心」とは「Aとかけて Bと解く、その心はC」という場合の、謎の「心」（C）にあたるものである。つまり、「心」をぬいた句は、「鹿を追ふ猟師」（A）とかけて「今朝の八重霞」（B）と解く、その心は「山を見ず」（C）という構造の、Cをぬいた句なのである。すると、たとえば次のような貞門の句も、「心」をぬいた句の範疇に入ってこよう。

むつかしきなぞ〳〵なれや厚氷　昌意

（重頼編『毛吹草』正保二年（一六四五）刊）(18)

分厚い氷がなかなか溶けないのは、難しいなぞなぞが解けないのと同じであると興じた句である。この句も「なかなかとけない」という謎の「心」（C）をぬいた「心」の「ぬけ」ということになる。実際に『近来俳諧風体抄』には「曲鞠は二月の雪のゆふべ哉」が「ぬけ」の句として例示され、これは曲鞠（堂上の遊びである蹴鞠を、近世興行物として見物料を取って見せたもの）が冷や冷やするのは、二月の雪の夕べと同じであるといった意に解釈できる。この場合、「冷や冷やする」というのが、ぬかれた謎の「心」（C）である。

このような「心」の「ぬけ」の面白みは、実はぬかれた「心」（C）の謎解きよりも、むしろ取り合わされたAとBの間の落差から生じている。そして、落差の大きいもの同士を取り合わせることによって滑稽味を生み出す手法は、初期俳諧においては常套的なものであった。

経に似てくうを先とく粽哉　同（長頭丸）（令徳編『崑山集』慶安四年（一六五一）刊）[19]

仏典は「空」を説くが、粽は「喰う」のにまず結ってあるのを解くという意で、「経」と「粽」という落差の大きい二つのものを「くう」の掛詞によって結びつけた点に面白みがある。先に挙げた「心」の「ぬけ」の句の多くが、古事や本歌、諺を典拠に用いていたことも、同様の観点から理解することができよう。

惟中の「ぬけ」の説明にしたがえば、「心」の「ぬけ」に該当するような句は貞門俳諧でも多く詠まれていたことになり、発句の「ぬけ」は必ずしも談林特有の手法ではなかったことになる。しかし、惟中の『近来俳諧風体抄』以外にこのような「心」の「ぬけ」を説いたものはなく、連句の「ぬけ」も含めて、全て「詞」の「ぬけ」を問題にしている。また、元禄以降「ぬけ」が「なぞ体」（『歴代滑稽伝』）「謎」（『去来抄』）ととらえられていることからも、「心」の「ぬけ」は、いわゆる談林の「ぬけ」とは別に扱うべきものであると考える。

二、和歌・漢詩の手法と「ぬけ」

以上の分析をふまえ、次に「ぬけ」に言及した作法書や俳論書の記述の考察に移る。しかし、実際のところ「ぬけ」に関する記述はあまり多くはなく、きちんと解説したものは稀である。そうした数少ない「ぬけ」を説いた文章の多くが、和歌や漢詩を引き合いに出す点は注目に値する。そこで、それらの和歌・漢詩を手がかりに、俳諧特有の「ぬけ」の手法の本質を探るが、これまでたびたび取り上げてきた惟中の『近来俳諧風体抄』の説明が最も詳細でまとまったものであるので、これを土台に適宜他の談林俳人の説を並べて見ていくこととする。なお、談林時代の「ぬけ」の解説の中で発句の例を提示するのは、『近来俳諧風体抄』のみである点に注意しておきたい。当時から「ぬけ」の発句は多く詠まれ、発句に「ぬけ」を指摘した例も認められるが、[20]「ぬけ」といえばやはり連句に用いられる手法として認識されていたことがうかがえる。
『近来俳諧風体抄』では「ぬけ」を説明するのに、まず落葉を詠んだ漢詩と和歌、続いて船・竹・藤の花を詠んだ和歌が挙げられる。順番に丸数字を付すが、説明の便宜上、②から⑤の和歌、①の漢詩の順で考察を進める。なお、この引用箇所の後には「荻の音を峰の嵐のとだえ哉」の句について「是は五文字の下に、きけば、といふ詞をぬけたる也」、「寒雲の隔しかねか郭公」について「是は、声の至る事遅し、といふ一句を残してぬけたる也[21]」とする文章が続く。しかし「荻の音を」の句は「きけば」の「ぬけ」というよりも、「きけば」の意を当然含むものとして「を」の助詞を用いたものであり、「寒雲の」の句は、これまで述べてきた「心」の「ぬけ」と同様の例であるので、これらに関しては説明を省略する。

当時なぞ〳〵の体、ぬけの句体とて、はやり事のやうにおもへども、元来はもろこしの詩、やまとの歌にもある事也。

①　鄭谷《テイコク》詠ズル二落葉ヲ一吟に
返蟻《ヘンギ》難シレ尋ネレ穴ヲ　帰禽《キン》易シレ見レ巣《ス》ヲ
満テレ廊ニ僧不レ厭《イト》ハ　一ー箇《コ》モ俗ハ嫌フレ多キコトヲ

是、句中に落葉の字はなけれども、たれがよみても、木の葉の落つもりたる心、明白也。歌にも、落葉浮水といふ題にて、

②　筏士よまて事とはん水上はいかばかりふく峰のあらしぞ

また舟をいはずして、

③　わたの原こぎいでゝみれば久堅の雲井にまがふ沖つしらなみ

右両首、落葉と舟とのぬけ也。また、伊勢もの語に、行平の朝臣の、竹をぬけて、

④　我門に千尋あるかげをうへつれば夏冬たれかかくれざるべき
　業平の朝臣、藤の花をぬけて、
⑤　ぬれつゝぞしいて折つる年のうちに春はいくかもあらじとおもへば
　此外詩歌のぬけ、限なかるべし。

②「筏士よ」（新古今集・五五四・冬歌・資宗）[22]の歌には、「後冷泉院御時、うへのをのこども大井河にまかりて、紅葉浮水といへる心をよみ侍りけるに」の詞書が付されている。「紅葉浮水」のような結題の場合、「紅葉」の部分は直接歌の表に詠み込むのが普通であるが、この歌ではそうなっていない。このように、一首の主題にあたる語を直接詠み込まずに全体から暗示する詠み振りは「題を廻す」（『俊頼髄脳』『無名抄』等）などと呼ばれ、和歌においては既に確立した詠法であった。

　題を廻して詠んだ和歌を引き合いに出して「ぬけ」を説明した文章には、他に在色著『俳諧解脱抄』がある。在色は、江戸談林の松意一派に加わって『談林十百韻』に参加し、のち宗因に入門した俳人で、『俳諧解脱抄』は彼の四〇年余りに及ぶ俳諧活動の回顧録である。在色は「四十年前にも、ぬけて人の聞出す句作はやり侍る事有。」「殊更その趣を云ずして心にこめて、人にしらする作意なれば、初心の作意にてはなりがたき事也。」として、次のように「ぬけ」の手法を説いている。

　ぬけてよく人の知趣を、書出して見せ侍りし。

　　巻向の檜原もいまだくもらねば小松が原に淡雪ぞふる　　大伴家持

　此歌は霞のぬけなり。難じて曰、霞とも聞わけがたし、雨雲雪もくもらでやはある。答て曰、雲雪雨のくもるは、時定まるべからずして、不意に曇べし。霞は春立日より段々くもるなれば、未しかと曇らぬけしき明かなるゆへ、新古今初春に入しなり。妙人は非をかねて除く、未と云字を添たり。

延喜の御時、

拾遺に入　源公忠朝臣

殿守のとものみやつこ心あらば此春ばかり朝ぎよめすな

殿守は主殿司なり。此歌、此春計掃除をいとふにて、落花をおしみての心なり。花より外に用べき事なし。

（在色著『俳諧解脱抄』享保三年奥）[23]

まず在色は、「巻向の」（新古今集・二〇・春歌上・家持）の歌について、「未しかと曇らぬけしき」を詠むことから「雲・雪・雨」ではなく「霞」を詠んだ歌であると説明する。この歌は『新古今和歌集』に「題しらず」とあり、古くからその解釈が問題とされた歌であるが[24]、在色の理解としては「霞」を廻して詠んだ初春の歌ということになる。次の「殿守の」（拾遺集・一〇五五・雑春・公忠）は、「延喜御時、南殿にちりつみて侍りける花を見て」の詞書が付された歌で、『和漢朗詠集』では「落花」の題に収められる。句意からも、「落花」の題を廻して詠んだ歌であることは明白であろう[25]。

他に、西鶴門人西国の著した俳論書における「ぬけ」の記述にも、題を廻して詠まれた和歌が例に挙げられている[26]。

当流ぬけがら句作と云事、世人皆新しきやうに覚へり。（中略）夫といわずして聞ゆるぬけがらの証歌

業平朝臣

千早振神代もきかず龍田川からくれなゐに水くゝるとは

此一首の内に栬といふ詞なくして、紅葉流るゝと聞ゆる也。からくれなゐの水くゝると下にてことを分れば、早龍田と云に栬籠ルが故ニ栬の川に流るゝと聞ゆるなり。

（西国編『引導集』貞享元年（一六八四）刊）[27]

「千早振」（古今集・二九四・秋歌下・業平）の歌は、詞書に「二条の后の春宮のみやす所と申しける時に、御屛風にたつた河にもみぢながれたるかたをかけりけるを題にてよめる」とあり、「紅葉」という語を用いずに「紅葉」を詠んだ歌であることは、西国が説く通りである。

③「わたの原」（詞花集・三八二・雑下・忠通）の歌には、「新院位におはしまし時、海上遠望といふことをよませ給けるによめる」という詞書が付される。しかし、この歌の場合「こぎいでゝ」という動詞から「舟」であることは言わずもがなで、「舟」を暗示する詠み方に積極的な意図は認められない。

先に引用した西国の『引導集』もまた、このような歌を「ぬけ」の証歌に挙げる。

漕別汐路を行ば淡路嶋かくるゝまでに詠つるかな

是は一首の内に船なくして船と詞の品をもつて聞ゆる也。

この歌は『井蛙抄』（二九八・季定）に収められる。(28)「わたの原」の歌の場合と同様、「漕別」という動詞から「船」であることは明白で、そこに特別な意図は感じられない。

④「我門に」の歌は、『伊勢物語』七九段に見える在原業平の歌である。この歌は「陰」ではなく「竹」の形でも流布しており、(29)「竹」の「ぬけ」の証歌とするには問題のある歌であるが、北村季吟の『伊勢物語拾穂抄』には「わがかどにちひろある陰をうへつればなつふゆたれかかくれざるべき」(30)とあり、当時の『伊勢物語』本文としては「陰」が一般的であった。「千尋」と「竹」は連想関係にあり、「誰が里もちひろの竹のかげしげみうゑてや代代の友と成るべき」（宝治百首・三三三九・寂能）「仙人の千ひろの竹の庭鳥や星の別の夜半を告ぐらん」（草根集・三四二四）等、和歌に多く詠まれ、季吟の頭注に「ちひろの竹は仙家の竹なれば、寿命をいはふ心也」と、中国の仙家の「ちひろの竹」に言及する宗祇の説が引用される。(31)また、『伊勢物語拾穂抄』では「親王を竹に比し奉る事、史記〳〵梁〳〵孝王の竹園のたよりもあるにや」(32)と、前漢文帝の子である梁の孝王が竹を愛して多くの竹を植え

たという古事についても指摘されている。こうした注釈が当時行われていたことを考えれば、惟中がこれを「竹」を暗示した歌であると解釈するのも肯けよう。

⑤「ぬれつゝぞ」の歌は、『伊勢物語』八〇段の「昔、おとろへたる家に、藤の花植へたる人ありけり。三月のつごもりに、その日雨そほふるに、人のもとへおりて奉らすとてよめる。[33]」という文章の後におかれたもので、この一首のみでは折ったのが「藤の花」とは限定されない。『伊勢物語拾穂抄』の頭注に引かれる『惟清抄』の「雨をばぬれつゝといひ、藤をばしゐておりつるといひて、雨とも藤ともいはざるは詞書にゆづりて也」という説明が妥当であろう。

①「鄭谷詠ズル二落葉ヲ一吟」は『詩人玉屑』巻三に「影略ノ句法」の例として載るものである。[34]「（落葉が積もって）蟻は巣穴を見つけにくくなるが、（梢から葉が落ちて巣が丸見えとなり）鳥は巣を見つけやすくなる。僧侶は寺院の回廊に散り敷いているのを愛でるが、俗人は汚らしいといって片付けてしまう。」と詠むことで、「落葉」の語を用いることなく、巧みに「落葉」を表現している点は、題を廻して詠んだ和歌の場合と同じである。

他に漢詩を例に挙げて「ぬけ」を説明するものに、先に挙げた在色の『俳諧解脱抄』がある。そこでは「詩にも追夜光多呉園月、毎朝声少漢林風、是も落葉なれども落葉の字なし。俳諧のぬけ句も詩歌も同じ心也。」と、『和漢朗詠集』の「落葉」の題に収められる詩が引き合いに出されている。呉国の長洲苑では、夜毎に木の間から漏れる月光がまさりゆき、漢の上林苑では、朝毎林を吹き渡る風の音が少なくなっていく、の意で「落葉」という語を出さずに「落葉」を詠んでいる点が「ぬけ」と共通すると説かれている。

以上、「ぬけ」の解説に用いられた和歌や漢詩の例を一つ一つ検討してきたが、これらの例が俳諧の「ぬけ」の手法を説明するのに必ずしも有効であったとは思われない。和歌や漢詩において、本来なら作中に直接詠み込まれるべき語が詠まれていない場合というのは、原則的には題を廻して詠んだ場合や、一句の内容を詞書などに譲る場合であって、そこに俳諧の「ぬけ」のような謎解きの性格は認めがたい[35]。権威付けのために和歌や漢詩を引き合いに出すのは、貞門談林の作法書等によく見られることではあるが、そうした意図とは別にもしこのような例を挙げることに実質的な意味があるとすれば、それは「ぬけすぎ」を戒めるためであったと考えられる。「かゝる味ひをもこゝろ得ず、一句の風骨をねらねばあらぬ事に成て、季もなき事になりもてゆく事、誠に鵜のまねする烏也。よく〳〵つゝしむべし。」（『近来俳諧風体抄』）「ぬけすぐしては一句の体をうしなふ。たゞ中庸にいたるべし。ひとぬけぬけて句作をなすとてわるふすればなぞを立るやうになれり。心得大事也。」（『引導集』）などとある通り、「ぬけ」の句は意味不明な謎の句となる危険と常に隣り合わせであった。裏を返せば、俳諧の「ぬけ」の手法においては、ぬかれた語を補うことで一句がうまく解釈可能となるという点に強い関心が向けられ、その解釈ぎりぎりの表現が面白がられていたということである。

三、発句の「ぬけ」の本質

本節のはじめに『俳諧小式』の句を例に挙げ、貞門においても「ぬけ」的な句が詠まれていることについて言及した。しかし、これまでの考察をふまえた上で、より詳細にこの『俳諧小式』の例を検討してみると、必ずしも談林と同様の意識で「ぬけ」的な句が詠まれているのではないことがわかる。まず『俳諧小式』では、これらの句を「ぬけ」の句としてではなく「詞をのこす発句の事」として取り上げている。貞門俳諧においては、惟中の言うところの「心」の「ぬけ」にあたる句が多く詠まれていたが、貞門俳人たちはそれを「詞をのこす発句」と認識していたのである。全体から一部を「ぬく」のと、一部を言って後を「のこす」のと、同じことのように聞こえるかもしれないが、「詞をのこす」には、一部に全体を代表させるといった、全体を意識するニュアンスがより強く感じられる。実際に、例に挙げられていた「千代も見ん丁固が夢を春の門」の句は、言葉続きに不自然さが感じられず、「丁固生松」の古事の目出度さは、新春を祝う発句にふさわしい。「松」の「ぬけ」的な表現となってはいるものの、一句の文脈が断絶することなく、主題や情調にも統一感があって、全体として調和した句となっているといえよう。

しかも、『俳諧小式』とこれまで見てきた談林の作法書・俳論書とでは、引き合いに出す和歌や漢詩の取り上げ方にも違いが見られる。具体的に言うと、『俳諧小式』では「月やあらぬ春や昔の春ならぬわが身ひとつはもとの身にして」（古今集・恋歌五・七四七・業平）の歌について、「彼在中将の、我身ひとつはもとの身にして、と云はなちて、二条の后はましまさぬといふ事を言外にもたせたると、事こそかはれ大かた心通ひ侍る也。」とするように、歌の背景や作者の心中を暗示した点に注意が向けられている。これは、談林の諸書が和歌や漢詩を引用するに際して、本来作中に詠み込むべき語を直接用いていない点に着目していたのとは、明らかに異なる見方である。

ところで、『近来俳諧風体抄』に掲げられた「鄭谷詠《ズル》落葉《ヲ》吟」が、『詩人玉屑』巻三に「影略《ノ》句法」の例として載せられていることについては先に触れた。そして、『詩林広記』巻七では『冷斎夜話』からの引用として、賈島の「客舎并州已十霜　帰心日夜憶《フ》咸陽《ヲ》　無《クモ》端更《ニ》渡《テ》桑乾《ノ》水《ヲ》　却《テ》指《ス》并州《ヲ》是《レ》故郷」（「渡桑乾」）[36]の詩を「影略《ノ》句」の例に引く。この詩は、并州での旅住まいが既に一〇年に及び、日夜咸陽へ帰りたい気持ちが募るが、さらに桑乾河を渡ることになってみると、并州がまるで故郷のように感じられる、の意で[37]、婉曲に望郷の念を表現したものである。[38]この賈島の詩を考慮した場合、「影略《ノ》句法」は、必ずしも直接ある語を詠み込まないという点に重点をおいた手法とはいえない。それに対して、鄭谷の「落葉」の詩は、「落葉」の語を用いずに巧みに「落葉」を詠んだ、やや技巧的ともいえる詩であった。惟中が鄭谷の詩を「ぬけ」の説明に用いていることには、あくまで本来あるべき語をぬくという表現へのこだわりが感じられ、ぬけている語を補えば一句が解釈可能となるという、謎解きの面白さが「ぬけ」の重要な要素として認識されていたことが確認される。

貞門俳諧においても、ある語を直接詠み込まずにそれと表現した句は詠まれている。しかし、「ぬけ」が手法として確立するのは、談林俳諧においてであった。では、その「ぬけ」の手法に求められた談林独自の意義は何かというと、それは謎解きの面白さと、それに付随する人を驚かすような表現の斬新さであったと考えられる。たとえば、次に掲げる「都には」の句は、「宮こにもいまや衣をうつの山夕しも払ふつたのしたみち」(新古今集・羈旅歌・九八二・定家)をふまえて詠まれたものであるが、「宇津の山」をぬいて「馬の沓」と続けたことで、「衣を打つ」の言い掛けが成立しなくなり、奇妙な言葉続きとなっている。

都には今や衣を馬の沓　　作者不知

馬の沓にて宇津の山をぬけたり。是家隆卿の夕霜はらふの歌のかすり也。　(『歴代滑稽伝』)

このように談林の「ぬけ」においては、敢えて一句がアンバランスになるように言葉をぬき、それによって生じる斬新な表現を面白がる場合が多い。次に引用するのは、宗因の『蚊柱百句』(延宝二年刊か)に対する貞門側からの難書『しぶうちわ』と、それに反駁を試みた惟中の『しぶ団返答』の一節で、「蚊柱に大鋸屑さそふ夕部かな」(39)の発句をめぐる応酬である。

此発句心得がたし。大鋸屑を風のちらして、それが蚊柱をさそふといふ事か、きこえがたし。但、世上に大鋸屑をふすべて蚊遣火に用る事あり。其煙のさそふといふ心か。それにはいひたらず。　(『しぶうちわ』延宝二年序)(40)

いかにも明らかに聞えたる句也。蚊はおが屑のけぶりにたちされるものなれば、それを本意として、さて一句のしたては、柱におが屑をよせて、この蚊ばしらはおがくずをさそふゆふべなりけり、と作したる也。なんぢが耳には煙かふすもりかのこと葉をいれねば不レ聞《キコヘ》とこそおもふらめ。こゝが上手のしはざとしるべし。

けぶりとも何ともいはずして、よく〳〵聞えぬ。

（惟中著『しぶ団返答』延宝三年跋）

「蚊柱に」の句を「いひたらず」とする『しぶうちわ』の批判に対して、惟中は「いかにも明らかに聞えたる句也」と反論した上で、かえって「煙」とも「ふすもり」とも言わずに仕立てた点を「上手のしはざとしるべし」とする。「煙」や「ふすもり」をぬくことで、「大鋸屑」が「さそふ」という一見意味の通らない奇抜な表現が生まれているが、そこにこそ談林の「ぬけ」特有の面白さが認められたのである。このように、一句全体の統一感を崩すところに成り立つ「ぬけ」は、和歌以来の伝統に束縛されない談林俳諧において、初めて積極的な意義を見出された手法であった。

四、「ぬけ」と謎句

発句の「ぬけ」は、ぬかれた語を推測して補うことによって、一句が解釈可能となる点に面白みを追求したものであり、和歌や漢詩には見られない俳諧独自の手法であった。そして、「ぬけ」の句の多くが表現の不自然さや文脈の断絶をともなうことからも明かな通り、それは一句全体のまとまり、統一感にこだわらず、想像力を駆使して一句の文脈を構築していく談林俳諧の自在さの上に成り立っていた。しかし、次第に「ぬけ」が高じて意味のわからない句が多く詠まれるようになると、談林内部でも非難の声が上がってくる。あくまでも「ぬけ」は、ぬかれた語をぎりぎり補い得るような表現でなければ、面白くないのである。結局のところ、連句においては付句の展開の面で大きな意義の認められた「ぬけ」も、発句に用いられた場合には、一句のうちの表現効果に留まるため、手法として定着することはなかった。次に引用する元禄期の俳諧作法書『真木柱』には、『俳諧小式』と同様「言葉をのこす発句」の項目は立てられているが、「ぬけ」に関する言及は見られない。なお「かの在中将の」以下の一文は、先に引用した『俳諧小式』の文章とほぼ同文であるが、例句は別のものに差し替えられている。

ある俳集に

時雨にやぬれにぞぬれし青松葉　　可全

この句は、見せばやなをじまのあまの袖だにもぬれにぞぬれし色はかはらじ、といへる本歌をふまへとりて、松の葉はしぐれにあひ侍るとも、ぬれ色ばかりにて色はかはらじといふ心を言外にもたせたる也。かの在中《ザイチウ》将《ジヤウ》の、わが身ひとつはもとの身にして、といひはなちて、二條の后《キサキ》はましまさぬといふこゝろを言外にもたせたると、事こそかはれ大かたはこゝろかよひ侍る也。又ある集雪の部に

田子のうらにうち出てみればさればこそ　　離雲

ふじの高根に雪はふりつゝ、と詞をあましたる句なり。言語道断《ゴンゴダウダン》の作意《サクイ》なり。（挙堂著『真木柱』元禄一〇年刊）[41]

一句目の「時雨にや」の句は、「見せばやなをじまのあまの袖だにもぬれにぞぬれし色はかはらず」（百人一首・九〇・大輔）の歌をふまえて「色はかはらず」を暗示した句であるが、一句に直接詠み込まれた「ぬれにぞぬれし」の部分も句意と関わっており、全体が調和している。二句目の「田子のうらに」の句は、自悦編『洛陽集』（延宝八年序）の「雪」の題の下に収められた句で、「たごのうらにうち出てみれば白妙の富士のたかねに雪はふりつつ」（新古今集・冬歌・六七五・赤人）の歌をふまえている。この句も本歌の取り方が穏当で、一句全体の文脈は少しも乱れていない。一読しただけでは句意の通らないような、奇抜で斬新な表現が好まれた時代は、既に終焉を迎えていたのである。

しかし、「ぬけ」の謎解きの面白さは、必ずしも否定されたわけではない。「ぬけ」の句の謎的な興味は、元禄以降にも引き継がれているのである。たとえば、其角の「饅頭で人をたづねよ山桜」（其角編『末若葉』元禄一〇年序）の句は、現在でも難解な句として解釈が問題とされるものであるが、[42]この句について許六は「なぞといふ句」

とし、去来は「謂不応《いひおほせず》と云句[43]」とするやりとりが『去来抄』（宝永元年頃成）に見える。

　まんぢうで人を尋ねよ山ざくら　　其角

許六曰、「是はなぞといふ句也」。去来曰、「是はなぞにもせよ、謂不応と云句也。たとへば、灯燈（ママ）で人を尋よといへるは、直に灯燈（ママ）もてたづねよ也。是は饅頭をとらせんほどに、人をたづねてこよと謂る事を、我一人合点したる句也。むかし、聞句といふ物あり。それは句の切様、或はてにはのあやを以て聞ゆる句也。此句は其類にもあらず」。

去来は、この其角句について、何とか解釈しようとすれば饅頭をやるから人を捜して来いの意に解せるが、それにしては言い足りない句であると批判する。一句の表現上に、談林の「ぬけ」の句ような露骨な欠落感が認められるわけではないが、解釈にあたって想像力を駆使して文脈を補う知的操作を要求する点は「ぬけ」の句と同じである。「ぬけ」が「なぞ体」（『歴代滑稽伝』）ともされ、また「いひたらず」（『しぶうちわ』）と非難されていたことを考え合わせれば、このような句を「ぬけ」の延長線上にとらえる見方もまた、そこまで無理なものとは言えまい。なお、同じ話は去来著『旅寝論』（元禄一二年序）にも載り、去来の「云たらず」という非難にも関わらず、其角の自讃句であった旨が記されている[44]。

　そしてまた、謎の句を面白がったのは、其角一人に限ったことではなかった。最後に、これまでたびたび引用してきた在色の『俳諧解脱抄』を再度取り上げ、このことを確認しておきたい。

　在色は、老年に及んで上京し、晩山・言水・鞭石・雲鼓・才麿らが出会する興行に一座した。そこで彼らの作風が「江戸よりも猶異やうにて、趣向の意味何とも得心なし。趣を問侍れば、作者も口を開事なく、聞人もしらずして、心なく付て廻しけり。」というありさまだと聞いた在色は、「予も発句して心を見ん」として「嵯峨鮎や今宵は星の新枕」の句を詠み、みなから称賛された。しかし、いずれもわかったふりの「本より心なき褒美」であったことに不満を覚え、自ら句の趣向を解説したのが、以下に引用する部分である。

予曰、是は源三位頼政家集の中に

かつらめの新枕せし宵々はとられし鮎のこよひとられぬ

此本歌をかりてつかふまつりしと申侍れば、言水が曰、恋の歌と見へて猶聞がたしとて事行ず。予又曰、かつらめは月也。新枕と作られしは、闇になるなり。やみのうちはとられし鮎の、とられぬは月になる也。闇と月をかくして作られしは、珍しき歌ならずやと申ければ、みな合点しけり。

在色の解説を参考に「かつらめの」の歌を解釈すると、月のない闇夜には鮎を捕らえることができたが、今宵は月が出ていて明るいので捕まえることができない、の意に解せる。(45)そしてこれをふまえれば、「嵯峨鮎や」の句は、同じく闇の中での嵯峨の鮎釣りを詠んだ、一種の謎句ということになる。この逸話は、享保期にあっても、一句の謎の面白さが俳諧において非常に重要な要素であったことを伝えるものである。(46)

発句における「ぬけ」は、ぬかれた語を推測して補うことによって、一句が解釈可能となる点に面白みを追求した手法であり、その謎解きの面白さと、それに付随する人を驚かすような表現の斬新さが、談林俳人の心をとらえた。そして、談林の時代が終焉を迎えた元禄期以降も、解釈にあたって想像力を駆使して文脈を補うことを要する謎の句が詠み継がれている通り、「ぬけ」の謎的な興味は、俳諧に本質に根ざすものとして生き続けているのである。

注

(1)『其袋』には以下のようにある。

伊勢の国に修行しける比、関の地蔵とかやにとまりたるに、宿に橘のさかりなりければ

宗長法師

橘のかにせゝられて寝ぬよかな

これらも猶俳諧のまくらにはあらずかしと、小野を過ける比

角もじやいせの野飼の花薄　其角

なお、山本唯一『京近江の蕉門たち』（和泉書院、平成二年）に紹介されている、元禄元年九月二四日に伊勢久居の柴雫宅で催されたとされる「偶興廿句」（其角・柴雫・戦竹・泥足・蚊朧・淡水）は本句を立句としている。

(2) 他に、沾徳編『俳林一字幽蘭集』（元禄五年刊）や、同時代の俳諧作法書である挙堂著『真木柱』（元禄一〇年刊）の例句に見える。

(3) 引用は鈴木勝忠『未刊国文資料第二期第一冊　未刊江戸座俳論集と研究』（未刊国文資料刊行会、昭和三四年）によった。

(4) 引用は『俳書叢刊　第四巻』（臨川書店、昭和六三年）によった。

(5) 「角文字」の句自体は「書初や牛のつのもじすぐな御代　宗敏」（湖春編『続山井』）等、貞門談林時代にも多数詠まれているが、其角がこれを「い」の字を導く枕詞のように用いた趣向は新しく、これ以後この趣向に倣った「角文字」の句が詠まれるようになる。ただし、支考自身は必ずしもこの句に賛意を表しているわけではない。本句をめぐる支考の評の変化については、第一章第二節「其角の不易流行観」で言及する。

(6) これらの句は、支考著『十論為弁抄』（享保一〇年刊）にも「江戸八百韻に、爰にまた檀林の木あり梅の花、といふ宗因の発句より、檀林の名は世に伝へし也。或は、革踏皮もむかしは紅葉ふみ分たり、或は、花をふむでたゝらうらめし暮の声、といふ類也。」と、談林の典型句として言及される。また、『去来抄』には「ちる花にたゝらうらめし暮の声　幽山」の形で引かれ、「此句は謎なり」とされる。

(7) 『古典俳文学大系11　享保俳諧集』の白石悌三氏、鈴木勝忠氏の注を参照した。なお、謡曲「鵜飼」の引用は『日本古典文学大系40　謡曲集上』（岩波書店、昭和三五年）によった。

(8) 連句の「ぬけ」については、第二章第一節「詞付からの脱却――「ぬけ」の手法を中心に」で論じる。

(9) 『俳諧史論考』（桜楓社、昭和五二年）所収、『国語と国文学』第三〇巻第三号（昭和二八年三月）初出。

(10) 引用は、東京大学総合図書館蔵洒竹文庫蔵本（洒竹一四〇八）によった。

(11) 貞室著『かたこと』（慶安三年刊）に「蚤の息さへ天にあがる」等。また、「及ばぬ恋をするぞおかしき／のみの息も天へあがると打なげき」（貞徳著『新増犬筑波集』寛永二〇年（一六四三）刊）の付合の例があるように、「蚤の息」はかなわ

ぬ恋と連想関係にあった可能性が指摘できる。なお『かたこと』の引用は、白木進編『かたこと』（笠間書院、昭和五一年）によった。

(12)『山之井』「七月七日」の条に「今日はまづ節供にて、世に索餅を用ゆる事あり。暮れば七夕まつりとて、香炉に空だきし、箏のことに柱をたてゝ庭にたて、いついろの糸を竿にかけて、ねがひの糸とて是をたむけ、七つの盥に水をいれて、大空の星のひかりをうつす事などあめるとなり。」と、香を炊いて願いごとをしたことが記される。

(13)『古典俳文学大系4　談林俳諧集二』所収の『坂東太郎』についての榎坂浩尚氏の解説に、「延宝末期の江戸談林の「ぬけ風」などの新風を示すものとしてまことに価値が高い」とある。調鶴は、武州羽生住斎藤氏、『坂東太郎』に三四句と多数入集する他、今栄蔵『貞門談林俳人大観』（中央大学出版部、平成元年）によると、調和の第一撰集『富士石』（延宝七年刊）に一二句、同じく調和編とされる『金剛砂』（延宝末年頃刊）に二四句、『誹諧題林一句』（天和三年刊）に三句入集していることから、古参の調和門人と推定される。他に、言水編『江戸弁慶』（延宝八年刊）に九句、高野幽山編『誹枕』（延宝八年刊）に二句が見え、佐藤勝明・金子俊之・伊藤善隆編『元禄時代俳人大観』（八木書店、平成二三年）によると、調実編『白根嶽』（貞享二年序）に三句載る。なお、『坂東太郎』の引用は『天理図書館綿屋文庫俳書集成28　談林俳書集四』（八木書店、平成一〇年）によった。

(14)引用は、洒竹文庫蔵本（洒竹八九九）によった。

(15)皆虚編『せわ焼草』（明暦二年（一六五六）刊）。他に重頼編『毛吹草』（正保二年刊）等に載る。なお、引用は米谷巌編『せわ焼草』（ゆまに書房、昭和五一年）によった。

(16)尾形仂氏は前掲「ぬけ風の俳諧——談林俳諧手法の一考察——」の中で「鹿を追ふ」の句を「詞」の「ぬけ」としており、「心」の「ぬけ」、「詞」の「ぬけ」について、本節とは異なるとらえ方をする。

(17)惟中は発句の「ぬけ」の例に続いて「付句に詞をぬけたる句」を列挙するが、その例からも、「詞」の「ぬけ」の句が、本来一句にあるべき語を欠いた謎的な句ととらえられていることがわかる。

(18)引用は、加藤定彦編『初印本毛吹草　影印篇』（ゆまに書房、昭和五三年）によった。

(19)引用は『近世文学資料類従古俳諧編24　崑山集』（勉誠社、昭和四九年）によった。

(20)たとえば『破邪顕正返答』（延宝八年二月刊）所収の惟中独吟百韻の発句「短冊の籏《ハタ》管城の固《カタメ》前は花」に対して、宗因門旨恕の匿名と推定される難波津散人が著した『俳諧破邪顕正返答之評判』（延宝八年三月奥）に「このごろぬけがらとて、或は鑓梅の句を、鑓とばかり句作よくして、梅ときこゆる仕やうもはやるさう也。」と、「梅」の「ぬけ」が指摘される。

(21) 謡曲「熊野」の「鐘は寒雲を隔てて声の至ること遅し」という詞章をふまえる。なお、引用は『日本古典文学大系41 謡曲集下』(岩波書店、昭和三八年)によった。

(22) 『新古今和歌集』には「山のあらしぞ」の形で載り、「峰のあらしぞ」の形で載せるのは『心敬私語』のみである。

(23) 引用は『野口在色遺稿　第一篇　俳諧解脱抄　全』(信濃毎日新聞社、昭和七年)によった。

(24) 『新古今和歌集』に「まきもくのひばらのいまだくもらねば小松が原にあは雪ぞふる」。『古今和歌六帖』には「ゆき」の題のもと「まきもくのひばらもいまだくもゐねばこまつが末にあは雪ぞふる」の形で、『歌枕名寄』には「小松原　沫雪」の題のもと『新古今和歌集』と同形で載るが、その場合『新古今和歌集』で春歌に分類されることと齟齬する。『雲玉集』は「新古今春部に」と注記した上で、「此歌故、一《ト》比連歌に淡雪を春の季に用ひられしとなり、宗祇公、二条大閤に問ひ奉られし時、春の季なし、くもるといふは霞の事かとばかり聞書にありしより、淡雪春にあらず、此歌集には題しらずとあれど余寒の題なり、槇檜原も寒にせめられぬればさび色になりてくもるなり、余寒いまだつよくて深山の檜原もくもらねば小松が原もただ雪のふると景気をよめる歌なり」とする。

(25) この文章の後に『近来俳諧風体抄』と同じく「筏士よ」の歌が挙げられ、「是は後冷泉院の御時、うへのおのこども大井川にまかりて、紅葉浮水といへる心をよみ侍りけるにと有。東野州云、是は題をまはしてよみたる歌なり。」とある。

(26) 「ぬけがら」の語は、貞門俳人が談林俳人の句を難じる際に用いることの多い用語であるが、中略部分にある「一句の風情をかざる事は、新古今の跡をあゆみ、作は普賢の毛穴に十方の浄土を取込、維磨《(ママ)》が一本の針先には三千世界をつらぬき、荘子は木火土金水にものをいわせ、或衣服を着せ、自由にあつかふ所を眼にかけ、一座の興となせり」という文章に、談林俳諧が理論的支柱とした寓言的発想がうかがえるので、ここでの「ぬけがら」は談林の「ぬけ」の手法を指す。注(20)に引用した『誹諧破邪顕正評判之返答』にも、談林の「ぬけ」の意で「ぬけがら」の語を用いた例が見える。

(27) 引用は『早稲田大学蔵資料影印叢書国書篇23　貞門談林俳諧集』(早稲田大学出版部、平成元年)によった。

(28) 『引導集』と同じ形で載るのは『井蛙集』のみであるが、『広田社歌合』(承安二年(一一七二))には「こぎはなれしほぢをゆけばあはぢしまかくるるまでもながめつるかな」(一〇三・季定)の形で載り、「海上眺望」の題が見える。

(29) 「わがかど」「わがやど」、「ちひろあるかげ」「ちひろのたけ」「ちひろあるたけ」の異同がある。このうち「竹」「陰」の異同については、延慶本『平家物語』『源平盛衰記』書陵部御所本『業平集』が「竹」、尊経閣本『業平集』が「陰」、また『伊勢物語』では広本系が「陰」、真名本系が「竹」となっている。

(30) 引用は『北村季吟古註釈集成2　伊勢物語拾穂抄』(新典社、昭和五一年)によった。

(31)『日本古典文学大系9　竹取物語　伊勢物語　大和物語』(岩波書店、昭和三二年)の補注には、「在リテ二崑崙之北一ニ有リ二丘之山一トイフモノ、尋竹生レズ焉ニ、注ニ、尋竹ハ大竹ノ名、長サ千尋」(『山海経』)等の記述が挙げられている。

(32)天子の子孫をいう「竹園」の典拠となる有名な古事で、『史記正義』等に見える。

(33)引用は『日本古典文学大系9　竹取物語　伊勢物語　大和物語』によった。なお、この歌には、『古今和歌集』(春歌下・一三三、業平)では「やよひのつごもりの日、あめのふりけるに、ふぢの花ををりて人につかはしける」という詞書が付される。

(34)本書においては「鄭谷詠ズルニ二落花一ヲ、未ダズ三嘗テ及二彫零飄墜ノ之意一二。人一タビ見レ之ヲ、自然ニ知ルレ為二落葉一。」という『冷斎夜話』の説が引用されている。なお、本文の引用は長澤規矩也編『和刻本漢籍随筆集　第一七集』(汲古書院、昭和五二年)によった。

(35)①の「鄭谷詠ズル二落葉一ヲ吟」には、多少「ぬけ」と共通する性格が認められるが、これについては後述する。

(36)引用は長澤規矩也編『和刻本漢籍随筆集　第一八集』(汲古書院、昭和五二年)によった。なお「渡桑乾」は『詩人玉屑』巻一五にも同じく「影略ノ句」の例として挙げられる。

(37)松浦友久編『校注唐詩解釈辞典』(大修館書店、昭和六二年)によると、結句(『全唐詩』では「却望幷州是故郷」)の解釈には「今まで他郷としていた幷州が、かえって故郷のように懐かしく感じられる、という幷州に対する自然な感情を詠む。」という説と「幷州を懐かしく思って詠んでいるのではない。幷州はいうまでもなく、真の故郷である咸陽に帰るなどは、思いも寄らぬことになった、という言外の意に重点がある。」という説の両説があるが、望郷の念を詠む点に違いはない。なお、『野ざらし紀行』の芭蕉句「秋十とせ却て江戸を指故郷」は前者の解釈に基づく。

(38)『詩人玉屑』『詩林広記』では、他に賈島の「赴長江道中」も「影略ノ句」の例として引用される。また時代は下るが、三浦梅園著『詩轍』(天明元年(一七八一)序)に「影略」について「賦トハ其儘ニ詠ジ出セル也、直叙ト言ヘルモ別ノ義ニアラズ、唯其儘ニイヘル也、ソコヲソレトイハズシテ、其意ノ現ルルヲ象外ト云、影略モ亦相似タリ」(梅園会編『梅園全集』下、弘道館、大正元年)という記述が見える。

(39)『蚊柱百句』では「蚊柱は大鋸屑さそふゆふべ哉」の句形をとる。

(40)『しぶうちわ』『しぶ団返答』の引用は『近世文学資料類従古俳諧編28　宗因千句　宗因五百句　宗因七百韵　しぶうちわ　蚊柱百句　釈教百韵　しぶ団返答』(勉誠社、昭和五一年)により、解釈にあたっては、尾崎千佳「宗因独吟『蚊柱百句』考」(『かほよとり』第二号、平成七年三月)、『新編日本古典文学全集61　連歌集　俳諧集』(小学館、平成一三年)の加藤定彦氏の注を参照した。
(41) 引用は、東京大学総合図書館竹冷文庫蔵本（竹冷四五九）によった。
(42) 他に李由・許六編『韻塞』（元禄九年序奥）桃隣編『陸奥鵆』（元禄一〇年跋）等に載り、『陸奥鵆』には「餞別」という詞書付きで掲載される。なお、深沢眞二「謎といふ句」（『風雅と笑い　芭蕉叢考』清文堂出版、平成一六年所収、『国語国文』第七二巻第二号、平成一五年二月初出）に、本句に関して詳細な考察がなされている。
(43)『校本芭蕉全集』（富士見書房）『新編日本古典文学全集88　連歌論集　能楽論集　俳論集』（小学館、平成一三年）の読みにしたがう。なお、『旅寝論』では「云たらぬ句」とされている。
(44) 其角は、「云たらず」とされる点も含めて、この句を自讃していたとも考えられる。やや時代は下るが、其角と親しく交流した沾徳の『沾徳随筆』（享保三年稿）に「氷花京にかへる時五十三次の序」として収められた文章には「日にまし月にまし、江都の誹友句々洒落して、先きこゆるを花として、たやすくきこえぬも又尊き所ともすなるを、万国是に寄るといへど、すぐに見る程の差別あり。」とあり、句意が明快ではない句にも、それ相応の面白みが見出されていたことがうかがえる。なお、引用は『俳書叢刊　第四巻』（臨川書店、昭和六三年）によった。
(45) 正しくは「連夜鵜河、歌林苑会」という詞書の付された「かへらめや新枕する夜な夜なはとられしあゆの今夜とられぬ」（頼政集・一六二）であると推定されるが、ここでの議論においては在色の引用する形で解釈して問題ない。
(46) 在色がこの引用箇所に続いて「四十年前にも、ぬけて人の聞出す句作はやり侍る事有。」と「ぬけ」に言及していることもまた、両者の連続性を示唆していよう。

第四節　其角と「洒落風」

「洒落風」という語は、現在俳諧研究においてしばしば其角晩年の俳風を指す用語として用いられるが、其角の俳風としての「しゃれ風」と、近世に俳諧史を語る用語として用いられた「洒落風」とは、必ずしも一致しない。本節では、俳諧史上で「洒落風」という語がどのような意味合いで用いられてきたか、近世におけるその歴史的変遷を追い、その上で其角の「しゃれ風」の内実を問い直す。

一、『鳥山彦』の俳諧史観

洒落風という用語で呼ばれる俳風は、後述する通り、後世それぞれの俳人の俳諧史観にしたがっていろいろに記述されていくのであるが、まずはじめに、ごく一般的に行われた洒落風の解説を、明和期の季寄兼俳諧作法書『俳諧小づち』と、大江丸の『俳諧袋』から引用しておきたい。(1)

晒落風《シャレフウ》　宝永の頃、其角、正風体を一変す。是をしやれ風と云。家書、焦尾琴・類柑子等。

（午晴著『俳諧小づち』明和七年（一七七〇）序）(2)

天和・貞享には旦林(ママ)、元禄の比は正風、宝永にはキ角が洒落、正徳に不角が化調(ママ)、享保に沾州が比喩、長水の五色墨、乙由いせ風、元文に淡々の浪花ぶり、湖十が浮世などゝ流行すれど、一人のはいかいにあらずして、天下の誹諧也と師の仰られし。

（大江丸著『俳諧袋』享和元年（一八〇一）刊）(3)

洒落風の語を、このような俳諧史を語る用語として明確に位置付けたのは、沾涼の『鳥山彦』（享保二一年（一七三八）刊）である。(4)『鳥山彦』は「綾錦後編」「親鸞序文返破」という副題の付された上下二巻からなり、上巻は沾涼が享保一七年に刊行した俳諧系譜『綾錦』を増訂したもの、下巻は『綾錦』を非難した沾洲の『親うぐひす』序文に、(5)逐一反駁を試みたものである。沾涼は、はじめ一晶門、後に露沾門とされる俳諧師で、同じく露沾のもとで活躍した沾徳の弟子沾洲とは、俳系上は近い関係にある。しかし、実際の俳壇における勢力は沾洲に遠く及ばず、そこで挽回を図って沾洲の比喩俳諧を批判したのが『鳥山彦』であった。(6)

『鳥山彦』に述べられた沾涼の俳諧史観については、五色墨運動を蕉門流の反点取運動として取り上げ、それを沾洲の比喩俳諧と対立的な構図でとらえた点に、従来その意義が認められてきた。こうした沾涼の立場は、本書における洒落風をめぐる記述にも反映している。そこで本書の洒落風に関する記述について考察を始める前に、まず本書中の比喩俳諧に対する沾涼の批判を具体的に見ておきたい。次に引用するのは、「車をかつぐ橋の瘡毒」という沾洲の高点句を引き合いに、奇抜な語を詠み込んで比喩を用いれば必ず高点になることを難じた箇所である。

　いやしきことばを笑ふにあらず。情の尊卑《ソンヒ》をいふ也。貞徳翁独吟に、

　　前雪とけてすあしでありく人もなし

　　　あかゞりかくす正月の礼

　是等はことばは賤《イヤ》しといへども、尤情は尊《タカ》し。

　　車をかつぐ橋の瘡毒

　これ、高点の句也。橋の瘡毒といふは、損じたる橋の事なり。悪疾にて全身くづれたるやうに破損したる橋は、車を引て渡さず、車を担《ニナ》ひて渡ると也。これに限らず、瘡毒・下疳などの事を一句に結び、あぢはひにひゆをすれば、かならず高点に及ぶ也。

貞徳の句には、「あかゞり（あかぎれ）」という卑俗な語が用いられてはいるものの、一句に描かれた情景には、

庶民の正月らしい情緒が感じられる。一方、沾洲の高点句では、「瘡毒」という語そのものの奇抜さ・卑俗さに主眼が置かれており、崩れかかった橋の上を車が渡る光景を、まるで梅毒にかかってぼろぼろになった橋が車をかついでいるようだと表現したところには、何の情趣も感じられない。次の文章からも、同様の意見がうかがえる。

譬喩《タトエ》をわろしといふにはあらず。宗養師の説に、

冬川の雪の柳や滝の糸

これ連歌の興の句なり。

かりがねは秋風楽のことぢ哉　　貞徳

をみなめしたとへばあはの内侍哉　　季吟

拾穂先生、興のはいかいに此両句をひかれたり。埋木見。譬もたとへによるべき也。

比喩の手法そのものではなく、奇抜な語を句中に詠み込むのに便利な手法として比喩を用いることが非難されているといえる。沾涼はまた、「かの点者、前句の付肌には一向かまはず、つかざるも付たるも、一句のしたて不二の巓《テッペン》のやうなる句なれば高点に及べり」と、沾洲の俳風を難じる。「不二の巓のやうなる句」とは、梅毒の症状を富士の山頂に見立てた「下疳の跡は富士のてっぺん」という沾洲の高点句を指す。このように、比喩を用いて奇抜な語や卑俗な語を詠み込むことに興じる比喩俳諧が、自ずと一句立ちの傾向を帯びるのは当然の結果であった。沾洲の比喩俳諧に対する沾涼の批判は、一句の素材のレベルで点者の嗜好が表れる点取俳諧批判に通じているのである。

さて次に、『鳥山彦』において沾涼が俳諧史を記述した以下の文章の検討に移りたい。

華江は芭蕉庵桃青中興せられぬ。（中略）元禄のすゑに晋子其角、洒落《シャレ》誹諧といふ付合の一体を起す。岸本調和・河曲一蜂・大野秀和・岸本子英等の宗匠合体して、当時の洒落と云誹諧は謎字の体に似て、しかも一句

の訣別なし。当流正風体と云は是に過べからずと、つげの枕と云書を編す。北藤浮生、原俳論といへる小冊を以其返答をして、正風を化鳥はいかいと誹謗しけるより、華江の誹諧二流にわかれぬ。

蕉風の台頭期、江戸で最大の勢力を誇っていたのは調和であった。しかし調和は、貞享末から前句付点者に転向し、前句付享受層を相手に蕉風とは別の道を歩んだ。一方、蕉門内部にも、支考ら芭蕉晩年の軽みの風を慕う一派と、其角ら都会風の俳諧を好む一派が存在し、芭蕉没後、両者の対立はますますはっきりしたものとなっていった。そして支考らは地方へと地盤を移し、元禄末には其角らの洒落風が江戸を風靡した。この洒落風に対して、調和ら前句付派が巻き返しを図って『つげのまくら』（宝永四年（一七〇七）成）を編んだが、その前句付派も化鳥[7]風との譏りを受け、江戸俳壇は洒落風・化鳥風の両派に二分された。右の『鳥山彦』の記述は、元禄末以来の激しい江戸俳壇の動きをよく整理し、まとめたものといえる。[8]

二、後世におけるいわゆる「洒落風」

以上の『鳥山彦』の記述は、後世江戸俳壇の変遷を語る上で、一つの規範となったようである。次に掲げる積翠の『俳諧或問』の文章も、『鳥山彦』をふまえるものの一つである。しかし、前後の文脈から、ここで『俳諧或問』が話題にしているのは其角流・支考流の別であり、「二流」として問題にするものが『鳥山彦』とは異なっている点は注目に値する。

問、蕉門と号する輩も、洒落風・浮世風抔いへる者も、ともに蕉翁の一流なるを、二流の如きはいかなる故にや。

答曰、如何なる故にや不知。しかれども、沾涼が鳥山彦に、其角元禄の末に洒落風といへる一体を発して、尋常の誹諧には十点を限りとし、洒落風には半面美人の印を五十点として用ひたるよしを書けり。しかれば

> 其角、俳諧を二様にしたると見えたり。（積翠著『俳諧或問』(9)）

先に挙げた『鳥山彦』の記述では、其角の洒落風と前句付派の化鳥風を「二流」ととらえていたのに対し、『俳諧或問』では、支考らの流れに出たいわゆる田舎蕉門と、其角の流れに出た洒落風一派を「二流」ととらえているのである。この違いは、洒落風の位置付け、殊に洒落風と点取俳諧の関係のとらえ方の違いを反映している。『鳥山彦』で点取俳諧的であるとして非難されていたのは沾洲の比喩俳諧で、其角らの洒落風ではなかった。それが『俳諧或問』では、洒落風は其角の半面美人印という、当時としては非常に高点の点印と関連付けて論じられ、点取俳諧的なものとして特徴付けられるようになった。つまり『俳諧或問』における俳諧史観の背後には、「江戸座の祖＝其角」「江戸座＝点取俳諧」という図式に基づく「洒落風＝点取俳諧風」という意識があると考えられる。其角と点取風とを結びつける見方は、たとえば「其角沾徳が流れをくみて、洒落の一道を慕ひ、当時の評者の風義をよく知り弁へ、夫の骨格を言協（ママ）へ、或は入れ句孕句の絶妙。これ点とり俳諧なり」（春夢序、暉雄跋『佳座麗墨《かざれすみ》』安永六年（一七七七）刊(10)）といった記述が見られる通り、安永頃には決して珍しいものではなかった。

このように洒落風という用語は、反点取的な立場から、否定的なニュアンスをともなって用いられる場合が多い。四時観派の流れを汲み、平明な句風を好んだ俳人成美は、『からたち集』の序において、其角の風を「洒落の風」と呼び、蕉風をくじいた元凶として位置付ける。なお『からたち集』の序文は、成美文集『四山藁《しざんこう》』の寛政五年（一七九三）の作品を収める箇所に排列されている。

> わが東都や、晋子が豪邁なる、ひとり天下の俳諧を挫断して、おほきに洒落の風をおこせしも、そのすゑ謎字の体にながれ入て、きく人もいふ者もともにその落処をしらざるにいたる。中ごろ、ばせをの風といふものふたゝび世に唱ふるといへども、おほくは支考が手すぢにして、風格くだりてひとへに野夫村童の雑談にことならず。これを翁の風調にくらぶれば、氷と水昌（ママ）との似てその物にあらざる事、莠の苗をみだるがごと

し。

（成美著『四山藁』文政四年（一八二一）刊）

成美は「洒落の風」の末流であるところの江戸座の点取俳諧を批判する立場から、目指すべき芭蕉の風とは全く異質な風として洒落風をとらえているのである。

　一方、はじめ介我門、のち巴人門となった俳諧師雁宕の著した『合浦俳談草稿』では、洒落風ではなく「其角流」の語が用いられているのが注意される。雁宕は、江戸座存義らによる『江戸廿歌仙』（延享二年（一七四五）刊）を批判した蓼太の『雪颪』（宝暦元年（一七五一）序）に対して、『蓼すり古義』（明和八年刊）『一字般若』（同九年序）を著して反駁した人物で、『合浦俳談草稿』においても、「其角流」を蕉風の正統と位置付け復古を唱えている。

　其角流と言ば、蕉流を潤色して誹諧後来往行すべき道筋を先ッ達ッ而発き置たる物なれば、都風を学ばんと思はゞ、角・嵐の両師に拠べし。

（雁宕著『合浦俳談草稿』明和元年奥）

また、元蓼太門、のち江戸座判者となった珪山の『俳諧江戸返事』も、当時の「江戸風・うき世風」について蕉門の「其角の余裔」とするのみで、洒落風の語は用いていない(11)。

　江戸にふたりの高弟ある事、ばせを翁の口ずさみにも、艸庵に桃さくらあり、門人に其角・嵐雪を持りとは、世人しる所なり。御尋の江戸風・うき世風といへるは、此其角の余裔なるべし。今世江戸風といへば蕉風にあらず、うき世風といへば見るだにおもしろしと思ひ給ふ人も多かりけるにや。吟腸はともあれ、芭蕉翁のながれなれば、名目は蕉門なるべし。

（珪山編『俳諧江戸返事』明和五年刊）(12)

雁宕も珪山も、其角を祖として顕彰する江戸座側の人物であることから、洒落風の語に含まれる否定的なニュアンスを嫌ったと考えられる。

　ところで、洒落風を点取俳諧と結びつける俳諧史観は、其角没後かなりの年月が経ってから生まれてきたものであったと考えられる。実際、享保一六年に刊行された長水（柳居）らの『五色墨』は、其角が利休の茶の湯の話を引き合いに点取俳諧の弊を説いた『雑談集』の文章を、その巻頭に掲げているくらいである。其角は、俳系の上から江戸座の祖として担ぎ出されているに過ぎず、後世の洒落風批判もまた、必ずしも其角の俳風を直接問題にしたものではない。たとえば、次に引用する『馬光発句集』の記述において、素丸は五色墨に対するものとして洒落風・化鳥風・比喩俳諧を一括りに否定する。

我が師、夕可庵馬光翁、享保のはじめ、江戸の俳諧の理屈を看破し、ふたゝび正風体ばせを翁、はた素隠士の余波を揚んとの芽ありて、隣邑の誰かれ五子誓盟ごとゝのふといへども、いまだ蕉門にかなひぬる一句をだにも得給はず。（中略）日に鍛錬し、月に切瑳《ママ》し給ひ、五色墨なんぬ。爰におゐてしやれ風・化鳥・比喩体、一時に衰へ、江陽の俳人、夢さめたりや。（素丸編『馬光発句集』明和五年）(13)

白露もまた、「江戸風」の祖を其角とする説、不角とする説を併記して「両説を用ゆ」とするように、両者の俳風の違いについては問題にしていない。

其角、正風より一風流を大に行ふ。其門徒、其角勢ひに覆はれ、次第に流行して余国の体に少しき異《ママ》なり、今に於て相続す。後に世俗よんで江戸風と称する事、いづれの時いづれの人云はじめけるといふ故をしらず。其角の行ひし風体を論ずれば、貞徳の古風にあらず、梅翁の談林に近からず、蕉翁の正風のみとも見え侍らず、一風流の起る所を見ればさのみ江戸風といへるにもあらざれども、其以来其角流伝来の時分に流行有し故に、他国より世俗江戸風と名たつるとみえたり。然れば、其角を祖といへるもむべなり。一説に曰、芭蕉以前に不角といへる誹士医家より出て誹諧をこのみ一風を行ふ。是より江戸風の称号おこれりといひ伝ふ。（中略）両士共、一風流を行ひし誹士なれば、後世混じて其起る所明白ならず。故に両説を用ゆ。（白露著『俳論』明和元年序）(14)

以上の考察を通じて、洒落風という語は、後世俳諧史観を述べる文章のうちに定着した語で、江戸座の点取的な俳風を批判する立場から、しばしば否定的なニュアンスをともなって用いられた用語であることを明らかにした。俳諧用語としての洒落風は、其角が芭蕉の正風から新たに興した一風であると認識されながら、必ずしも其角の作風を具体的に問題にしたものではなかったといえる。

三、其角の「しゃれ」

これまで見てきた通り、後世の洒落風は、元禄末から宝永にかけての其角の俳風と、直接結びつけられるものではなかった。しかし、其角の俳風が「しゃれ」の名で呼ばれたことには、それなりの理由があろう。そこで次に、其角の「しゃれ」について考察を行う。

まず最初に、調和ら前句付派が其角らの洒落風を難じた『つげのまくら』の序文を確認する。ここでは「今のしゃれ風」の特徴が、調和一派の側から次のように述べられている。なお、本書の編者風雲子は不角の匿名であると考えられる(15)。

> 兎や角、二三声のうちに頓作、扨も潔く句主自讃と見えて、鼻のいかりおごめきて云出すを聞ケば、占城《チャンパ》人の夢ミて譫言するか、又はもの知れる犬の申念仏かと疑る。暫ク心腑を懲し、黙して味へ見るに、漸事なりて、其句々赤下手の作、謎《ナゾ》とくにも釈するにも始末なく、麻糸の尻結ばぬがごとし。（中略）其放埒古来の法令をやぶり、式目なんど糺し用ルはふるし。第一前句へ附ルは事ふるびぬ。恋の詞なんど句の表に顕すは猶更よ。一句の落着なるは愚痴なりなん、と云て一座を捌く狼藉、たゞ狗賓の所為かと怪し。
>
> （風雲子編『つげのまくら』宝永四年序(16)）

一句が支離滅裂で意味不明であること、式目を守らないこと、前句から離れて遠く付けること、恋の詞にこだわらないことなどが、「しゃれ風」の難として指摘されている。

こうした「今のしゃれ風」に関する先行研究に、白石悌三「元禄しゃれ風の説[17]」がある。白石氏は、『色道大鏡』（延宝六年（一六七八）序）巻五「第十七非常品」の「しゃれたるといふ根元は、此道よりおこりて万物にわたる。其しやれたるといふは、格を越こえて旧風をまなばざるにあり。[18]」という記述に注目し、本来俳諧における「しゃれ[19]」も、元禄から宝永にかけて「遊里より起って万物にわたつた流行の一端を俳壇がになうものであつた」とされた。そして、そのような「格を完全にこなせてはじめて達する境地」である「しゃれ」は、俳諧においては「いわば粋の位ともいうべき疎句」の行き方を意味し、「蕉風を含んだ元禄俳壇全般の姿」であったとされる。しかし、こうした格外の名人の境地から、常に新鮮さを追求することは容易でなく、宝永期になると「しゃれ」は早くも頽廃し始めた。氏の説によれば、『つげのまくら』の「今のしゃれ風」批判は、こうした行き過ぎた「しゃれ」を非難したものということになる。

さて、白石氏の説をふまえた上で、再び其角の「しゃれ」の考察に戻りたい。『つげのまくら』の一派が、貞門の流れを汲む俳諧師たちであったことを考えれば、行き過ぎた疎句に対する非難は当然であったといえるが、「占城人の夢《ミ》て譫言するか、又はもの知れる犬の申念仏か」「謎とくにも釈するにも始末なく、麻糸の尻結ばぬがごとし」と評される句作りについては、もう少し詳しく検討する必要がある。次に引用するのは、『鳥山彦』の約一〇年前に刊行された千那追善集『鎌倉海道』の千梅の序文であるが、「しゃれ」に対して『つげのまくら』同様の批判が見える。

当時世上の俳諧を論じて春秋三とせの栄枯を見る中に、武城の俳諧は大卒二筋にわかれてしやれと云ひ化鳥と云。化鳥は吾門に非ざれば論ぜず。しやれと云は、わるじやれたる俳諧といふ名成らんにこそ、其俳諧を見るに句理一向に聞えぬやうにするを手柄とす。今新しき俳諧も云尽したるか、新しからんとする俳諧皆聞えず。

（千梅編『鎌倉海道』享保一〇年刊[20]）

編者の千梅は千那門で、千那は芭蕉が『野ざらし紀行』の旅で大津に立ち寄った際に蕉門に帰した俳人である。蕉門の流れを汲む千那の弟子千梅の立場からすると、前句付派である不角の化鳥風は他流、其角の流れに出た「しゃれ」の風は蕉風の末流ということになる。右に続く箇所には、「しゃれ風」の座興的な会の様子が具体的に述べられている。

なぞ〴〵の如クならば解てこそおかしくもあらめ、一向に解ざる謎は何ンの役に立ず。作者己レが心には解ぬるかとおもへば、我も一向に納得せず。句体当世めけり、大形是にてよからむなんど思ふ分にて出せば、一座出来されたりと諾ク。中に独リ頭を振リて合点せず、此句の心はと問フ人あれば、はて初心なと打込れて、終に我も齕分ず、人はもとより合点せずして済しぬ。

作った本人にすら説明不可能な謎の句体が当世風であるともてはやされ、句意が通らないなどと野暮な追及をすれば、かえって素人だと嘲笑された。「しゃれ風」とは、こうした難解な句風であった。(21)

『つげのまくら』や『鎌倉海道』で指摘された「しゃれ風」の性格が、其角の作風と通じていることは、其角晩年の句の大半は意味不明な難解句であると難じた、次の支考の文章からも明らかである。

武の其角が俳諧は、この比の焦尾琴・三上吟を見るに、おほくは唐人の寝言にして、世の人のしるべき句は十句の中一二句には過じ。（中略）晋子がはいかいは、をのが心の作をこのめり。翁の生前には、百句の中二三句ほどは作に作をかさねたれど、世の人も耳めづらしく、晋子は作者なりといへり。さるは、角文字のいせといひ、山雀の壱歩といふたぐひなり。先師滅後はその作にます〳〵長じて、あるいは一作二作におよぶ。たとへば九重の堤にのぼりて、あとの階子をはづしたるごとく、見る人其行筋をしらず。晋子が門葉の耳なれたる人は、掌中の玉を見るよりなをあきらかにしりたれど、それは一時の流行のみにして、千歳の後は団のはんじ物なり。

（支考編『東西夜話』元禄一五年（一七〇二）刊）(22)

「晋子が門葉の耳なれたる人」でなければ十分に句意を理解できないという批判は、「しゃれ風」の性格を見事に言い当てた鋭い指摘である。また、ここで言及されている「角もじやいせの野飼の花薄」（嵐雪編『其袋』元禄三年序）と「山陵《ガラ》の壱歩をまはす師走哉」（其角編『いつを昔』元禄三年刊）の句が、(23)いずれも元禄三年頃の作であることを考えれば、次に掲げる和及編『雀の森』（元禄三年序）の序文も、其角の「しゃれ」を考える際の重要な手がかりとなる。

初心の稽古とて、古懐紙等、頃の都鄙の板行の集ども御覧候とも、名のある作者の句どもにしやれすぎて聞へぬ句、又聞え候へばあまりすぐにて意味なき発句などおほし。上手の作とのみおもひて、かならず御まねび有まじく候。それらは皆作力のあまる所より、気を高く、常体の句立はおもしろからず、格にしばらるゝ事をきらひて、一そそげたる作意、空なる所を好にて候。たとへて申さば、大酒に長じて、水栗のたぐひを賞味するごとくにて候。作力うすく功なくして、努〳〵好ムまじき事ニ候。（和及編『雀の森』）(24)

「しやれすぎて聞へぬ句」「聞え候へばあまりすぐにて意味なき発句」は、一読しただけでは解釈不能であるが、一度解けてしまえば味わいの薄い、技巧的な難解句を指すと考えられる。(25)其角自身「横の題にては、洒落にもいかにも、我思ふ事を自由に云とるべし。」（其角編『句兄弟』元禄七年序）と述べている通り、格に縛られない「一そげそげたる作意」を好んだ結果が、「聞へぬ句」となったのであった。

四、沾徳の「しゃれ風」

ところで、化鳥風の不角の門弟、智角が著した俳論書『或問』では、どうやら「しゃれ風」は其角ではなく、沾徳らの風と見なされているようで、其角は五色墨派を門下に輩出したとして、肯定的にとらえられている。

其角が門人に露沾公と云ありて、能く芭蕉の風義を嗜給ひ、句の感情少からず。其門人多き中に勝れたる二人有て、己が及ざる身ながら、其角が功者の自由より当坐難聞句を吐しを是として、ひたぶるに師の教をうけず、ついに不聞風義となりて、発句より付合迄謎のごとくなり来るを、露沾公是を悪て、二人を勘当し給へどもやまず、此聞へぬ道を広む。世以是をしやれ風と云。されば津々浦々に広り、後には是を芭蕉の風骨なりとのゝしりて、後世に誤りを伝んとす。此とき其角が古き門人五人有。珪琳・寥和・馬光・宗瑞・麦阿と号。此面々安からぬ事に思ひ、此風儀後代に残らば、芭蕉・其角が穢名ならんとて、書を作りて彼風をうちしより、追々此風きゑて正風に戻れり。（智角著『或問』寛保三年（一七四三）成）(26)

そもそも『つげのまくら』において、調和・不角らの当面の敵となっていたのは、其角没後にその門葉を傘下に収めた沾徳一派であった。そうした状況を考慮した場合、沾徳の俳風を無視して「しゃれ風」を論じることは片手落ちであるといえよう。そこで、以下沾徳の俳論書『沾徳随筆』を手がかりに、「しゃれ風」の具体的な句作りについて考察する。

沾徳は、陸奥国岩城平藩主であった内藤風虎の江戸藩邸に出入りし、その息露沾のもとで活躍した俳諧師である。蕉門とも交流があり、特に其角と親交が深かった。次に引用する荊口宛芭蕉書簡には、芭蕉が自句の句案を沾徳に示して評を乞うたことが記されている。(27)

ほとゝぎす声や横ふ《声横ふや歟》水の上

と申候に、又同じ心にて、

一声の江に横ふやほとゝぎす

水光接ㇾ天白露横ㇾ江の字、横、句眼なるべしや。ふたつの作いづれにやと推稿（ママ）難ㇾ定処、水沼（ママ）氏沾徳と云もの吊来れるに、かれ物定のはかせとなれと、両句評を乞。沾曰、横ㇾ江の句、文に対シテ考ㇾ之時は句量尤いみじかるべければ、江の字抜て、水の上とくつろげたる句の、にほひよろしき方におもひ付べきの条、申出候。兎角する内、山口素堂・原安適など詩歌のすきもの共入来りて、水上の究よろしきに定りて事やみぬ。させる事なき句ながら、白露横レ江と云奇文を味合て御覧可レ被レ下候。（元禄六年四月二九日付荊口宛芭蕉書簡）[28]

「ほとゝぎす」の句と「一声の」の句、いずれも蘇東坡の「前赤壁賦」の一節「白露横レ江、水光接レ天」の眼目である「横」の字に注目した作であるが、どちらの句形がよいか、という芭蕉の問いに対して、沾徳は「江に横ふ」としては典拠にぴったりし過ぎるので、「水の上」とくつろげた句の方がよいと答えている。この「くつろげたる」の解釈には、以下の『三冊子』の「くつろぎ」の用例が参考になる。

師のいはく「俳諧におもふ所有。能書のもの書様に行むとすれば、初心道を損ふ所有」といへり。「いかなる所ぞ」と問へども、しかぐ共こたへ給はず。其後句を心得みるに、くつろぎ一位有。高く位に乗じて、自由をふるはんと根ざしたる詞ならんが、末弟の迷ひにて、みちを疎にせん事を、なにわ《（ママ）》に付て心に籠て、つゝしみの言葉也。

土芳は「くつろぎ」を、「高く位に乗じて、自由をふるはん」とする態度から生まれてくるものであるととらえている。この「くつろぎ」には、白石悌三氏のいう格外の「しゃれ」に通じる性格が認められよう。この点において、沾徳の行き方は、芭蕉の俳諧と同じ方向性を持っていたといえる。

しかし両者の俳風は、実際の句作の上では大きく異なっている。一例として、『沾徳随筆』から沾徳の発句と自注を掲げる。

子規の句に

ほとゝぎす日本一の下手も耳　　沾徳

ゆふぜんが傘は日本一の下手なりとゝ《衍カ》（原註朱書）狂言舞にうたふ。雨も余情にあらんが、一句にて先発句の体を済しての後が余情也。余情は句の響きなり。よくいひとれば、いかやうの事も余情につけていはるゝ也。此下手、四時をたのしむ文学の上にも見る也。誹諧ともに下手にも耳はあり。

（沾徳著『沾徳随筆』享保三年稿）[29]

この句は、日本一の下手作者にも耳はあるので、この雨中のほととぎすの声を楽しむことはできる、といった句意に解せよう。この句でふまえているとされる狂言「祐善」は、若狭国轆轤《ろくろ》谷からやって来た旅僧が、都の五条油小路で時雨にあい、傍らのあばら屋で雨宿りをしていると、昔日本一の傘張りの下手と呼ばれて傘の張り死にをした祐善という男の幽霊が現れ、その狂い死にのさまを舞って消えた、という筋の能がかりの狂言である。この句は、その狂言の中の「祐然がからかさは、〱、日本一の下手成りと」[30]という台詞をふまえて言外に雨をきかせ、雨中の時鳥を詠んだ句であるが、沾徳はそうした雨の余情よりも、まず発句の体をなす句作りが大事であると述べている。つまり、狂言「祐善」の文句をかすめる趣向は、一読しただけでは解釈が困難な謎の句体を作り上げるのに必要な道具であり、一句に雨の余情を含ませるといった働きは二の次であったのである。典拠を隠してふまえる点では、確かに「くつろげたる句」であったかもしれないが、出来上がった句の趣は蕉風のそれとは全く異なる。

直接「くつろぎ」の語が用いられているわけではないが、次に引用する『去来抄』の文章もまた、蕉風の「くつろぎ」のあり方を端的に示しているように思われる。

　　いそがしや沖のしぐれの真帆かた帆　　去来

去来曰、「猿みのは新風の始、時雨は此集の美目なるに、此句仕そこなひ侍る。たゞ、有明や片帆にうけて一時雨といはゞ、いそがしやも真帆も、その内にこもりて、句のはしりよく、心のねばりすくなからん」。先師曰、「沖の時雨といふも、又一ふしにてよし。されど、句ははるかにおとり侍る」ト也。

（去来著『去来抄』宝永元年頃成）

「いそがしや」の句は、主観が露わに表現され、また叙景のための道具も描かれ過ぎた窮屈な句であるのに対し、「有明や」の句は、それらを言外に余情として漂わせた、ゆったりとした句である。蕉風においても言い尽くされた句は嫌われ、必ずしも句意の明かな句がよいとされたわけではない。(31) しかし、それは沾徳の謎立てのような句を喜ぶものでは決してなかったのである。

発句において確認された蕉風と沾徳風との違いは、連句においても認められる。次に引用するのは、一句を言い尽くしてしまうと次の句が付けにくくなり、渋滞を招くのでよくないということを説いた『去来抄』の文章である。

はつのいのこに丁どしぐるゝ
生鯛のぴちくするをだいにのせ
どこへ行やらうらの三介

去来曰、「此付句、台にのせといへる処、いのこの祝儀と極めて、此分過たり。やはり、ぴちくとしてはねかへりなどあらまほし。しからば次の付句までもよからん。かゝる処より手おもくなれり。惣て一句に謂尽したるは、あとく付がたき物なり」。

生鯛を「台にのせ」とまで言ってしまうと、亥の子の御祝儀と限定することになるので、「ぴちく」としてはねかへり」程度に留めておくのがよいというのである。元禄期には、付句一句においても疎句的な表現が好まれた。

この点は沾徳風においても同じである。

鍛冶屋をもやかましからで眠る鹿

人家に遠きものゝかぢ屋の前に眠るは奈良の筋也。言外に出ずして、一句に其場所を長くいひたる、又今の風也。仕様も聞やうもむつかし。
（『沾徳随筆』）

本来なら人里離れたところに住んでいるはずの鹿が、うるさい鍛冶屋の前でも平気で眠っているという情景を描くことによって、奈良という語を明示することなく、奈良の句であることを巧みに表現している。しかし、ここで沾徳自身、こうした風について「仕様も聞やうもむつかし」と述べている点に注意したい。次のような付句は、解説なしに解釈することは非常に困難である。

　　久上の状にもはやはつ雪

　此句秋也。久上の禅師、曾我中村など状通也とよせてきけば、久上の状何故出たる、専なきとも云れず。越後の国はもはや初雪、といふては句にならず。是等は句になると句にならぬとの分別也。（『沾徳随筆』）

久上《くがみ》禅師（国久禅師）は、出家して越後で僧となっていた曾我兄弟の末弟である。『曾我物語』にその最期のさまが描かれ、十郎・五郎兄弟の仇討の後日譚を描いた謡曲「禅師曾我」では、母からの手紙で兄たちの死を知って自害を図るものの、頼朝の派遣した軍勢により捕らえられるとの脚色がなされている。「曾我中村」は、これらに取材した歌舞伎狂言であろうか。秋の句に「はつ雪」「久上の状」ということから、越後を暗示した句であるというが、これだけの手がかりではなかなか句意を理解することはできない。「越後の国はもはや初雪」では、表現がストレート過ぎて句にならないとして、趣向をぬくような作意の凝らし方をする点に、沾徳の「しゃれ風」の特徴があったといえよう。

　本節では、後世俳諧史観を述べる文章のうちに定着した「洒落風」の語が、反点取俳諧の立場から否定的なニュアンスをともなって用いられた用語であったことを確認し、その上で元禄・宝永期の「しゃれ風」の具体的な作風について考察を行った。其角の「しゃれ」は、「洒落にもいかにも、我思ふ事を自由に云とるべし」という精神に基づくものであり、それ自体蕉風の行き方と矛盾するものではなかったが、それが作意を凝らした難解な句風として表れたとき、聞こえぬ「しゃれ風」の句となったのであった。一方、其角没後に「しゃれ風」を推進した沾徳の俳風は、表現を「くつろげる」という点において、芭蕉の風と同じ方向性を持っていた。しかし沾徳の

「しゃれ」は、敢えて一句の解釈を困難にするような方向に活かされ、その作は芭蕉のそれとは全く趣の異なるものとなった。其角の「しゃれ」も、晩年には沾徳と同様、敢えて聞こえぬ句に興じる態度につながっていったものと考えられるが、具体的な其角の句風の変遷については別稿を期す。

注

(1) 洒落風の語の用例については、宇田久「洒落風・化鳥風等の研究」(『俳句講座2　俳風評伝篇』改造社、昭和七年)、白石悌三「元禄しゃれ風の説」(『福岡大学創立三十年記念論文集　文理編』昭和三九年一一月)等を参照した。

(2) 引用は、国文学研究資料館所蔵マイクロフィルム(夢望庵文庫蔵本、三一八—一三—五)によった。なお従来『俳諧小づち』の著者は献可堂とされていたが、平成一九年九月八日の俳文学会東京例会(於深川芭蕉記念館)において、玉城司氏は献可堂の自序がある版よりも古い版(無望庵文庫蔵本、都立中央図書館蔵本、秋田県立時雨庵文庫蔵本)には午晴の自序が付されていることから、著者は午晴であるとされた。

(3) 引用は、国文学研究資料館所蔵マイクロフィルム(柿衞文庫蔵本、三〇八—二九—一)によった。

(4) 前掲、白石悌三「元禄しゃれ風の説」に「「しやれ風」を俳諧史の用語として規程したのは、享保21年刊『鳥山彦』である。」とされる。なお『鳥山彦』の引用は、東京大学総合図書館竹冷文庫蔵本(竹冷七二三)によった。

(5) 『親うぐいす』序文に「近年猥に宗匠の系図を定め、板行せしめ、己が世渡にして、其血脈を違へ、他国を犯し、胡論の書あり。」とある。なお、潁原退蔵「続俳諧論戦史」(『潁原退蔵著作集　第四巻』中央公論社、昭和五五年所収、『俳諧史論考』星野書店、昭和一一年初出)には、「沾洲・沾涼共に露沾の系を承け、しかも現在沾洲の勢力は遥かに沾涼を凌いでゐるにも拘はらず、『綾錦』には特に沾涼門と肩書してあげた句主が多かつたので、それが沾洲の自尊心を大に傷けたものであらう。」とされる。なお、『親うぐいす』の引用は、鈴木勝忠『未刊国文資料第二期第一冊　未刊江戸座俳論集と研究』(未刊国文資料刊行会、昭和三四年)によった。

(6) 鈴木勝忠『未刊国文資料第二期第一冊　未刊江戸座俳論集と研究』の解説には、当時の俳書のいずれにも沾涼の名が見出せないことから、「沾涼は江戸座の中では無視され、全くの傍流とされていた」とある。

(7) 蟠竜・不礫著『俳諧とんと』には、「角が常にたしなむ俳諧、皆化物にして、初心若俳の性根をうばひ、魔道へ引入るゝ方便の句に、みん〳〵みといふ作あり。何事ぞやと書たるを見れば、蟬といふ字にみん〳〵の仮名を付たり。雪に長点が飛といふを見れば鷺の足、太夫にマツ、三味線にナリモノ、又は絵で見せ、はんじ物を書て、若俳未練の臆病ものを迷す。爰を化鳥とは呼也。」と化鳥風の特徴が記される。また、不角自身これに先立って、化鳥風と誹謗されたことを逆手にとり、「しやれ風の誹諧は先達のおきてを用ず新ク乾ノ如金。正風体は慶長金のごとくと也。尚可レ訕ル心より慶《ケイ》のイを略てけちやうとす。」（『正風集』（享保一五年刊か）序）と、自らの俳風を喧伝するのにこの称を用いていた。本書に関しては、平島順子「『俳諧とんと』翻刻と解題――不角に対する論難書――」（『雅俗』第三号、平成八年一月）に詳しい。なお『俳諧とんと』の引用は、東京大学総合図書館知十文庫蔵本（知十一五八）に、『正風集』の引用は、天理大学附属天理図書館綿屋文庫蔵本（わ一一一―三二）によった。

(8) 鈴木勝忠『未刊国文資料第二期第一冊　未刊江戸座俳論集と研究』の解説には、浮生について「浮生の場合、その前年まで調和派とも親しく、雪門と交渉をもちながら、突然立って反撃を加えたの感がふかい。彼を季吟門とする『綾錦』説はみとめても、『原俳論』の寓言説や宗因の推称など、沾徳に挨拶しながら自説を立てたものであり、その地盤的な野心が濃厚と解される。」と述べられる。

(9) 引用は、『俳諧文庫13　俳諧論集』（博文館、明治三二年）によった。なお、本書の成立年は不明であるが、著者積翠は元文三年（一七三八）生、享和三年（一八〇三）没である。

(10) 引用は、知十文庫蔵本（知十六九）によった。

(11)『合浦俳談草稿』も『俳諧江戸返事』も、其角の俳風の特徴を述べるのに「洒落」の語を用いているが、「洒落」は「洒落風」とは異なり、肯定的にとらえられる性格であった。

　其角流は、隠にも花美にも、鄙にも古雅にも、新製にも、易くも難くも、風流に洒落に一切得ざる事なきやうに変風・流行したる也。翁は正風の開祖、隠逸の老禅也。其角は花都大繁の地の大宗匠也。其門下常に敖遊《ガウイウ》、豪家の年少、何ゾ寂・撓を唱る人ならんや。

（『合浦俳談草稿』）


　江戸の風調は洒落にして活達なり。其活風は其角のながれなり。其角が風調にて、いくばくの人を俳諧にみちびきたると、ばせを翁の歎美も度〳〵なりと、去来が贈答の文に明らかなり。

（『俳諧江戸返事』）

(12) 引用は、鈴木勝忠『未刊国文資料第二期第一冊　未刊江戸座俳論集と研究』によった。

(13) 引用は、東京大学総合図書館洒竹文庫蔵本（洒竹二八〇八）によった。

(14) 引用は『俳諧文庫13　俳諧論集』によった。本書は、明和三年に没した白露の三三回忌追善集として弟の自笑が準備し、その八年後の文化五年に刊行したものである。なお、不角が医家であるというのは俗説である。

(15)『つげのまくら』の序文は不角の手になるものであるという風聞は当時からあり、不角はそれを『正風集』序文で否定している。しかし、不角は同書で『つげのまくら』の序者を「一芦斎風子」とする錯誤を犯していることから、かえって「風雲子」は不角自身の匿名であった、という見方が定説となっている（潁原退蔵「続俳諧論戦史」）。なお、不角は書肆を営んでおり、『正風集』序文でも『つげのまくら』の出版を引き受けたことは認めている。

(16) 引用は、鈴木勝忠『未刊国文資料第二期第一冊　未刊江戸座俳論集と研究』によった。

(17)『福岡大学創立三十年記念論文集　文理編』（昭和三九年一一月）。

(18) 引用は、新版色道大鏡刊行会編『色道大鏡』（八木書店、平成一八年）によった。

(19) 近世の「しゃれ」は、「滑稽・ふざける・浮かれるなどを基底としてその上に、気がきいたさま、当世風の洗練された趣味、粋な態度、世馴れていることなどの審美的内容」が構成され、「一種の美的理想」を指す語になっていたということが、鈴木棠三『日本語のしゃれ』（講談社、昭和五四年）に指摘されている。俳諧においても、たとえば其角編『田舎句合』（延宝八年序）に見える「しゃれ」の語に中国的な「洒落（シャラク）」のイメージがともなっているように、漢語の「洒落（シャラク）」の影響のもと、「洒落」に洗練された・洒脱であるといった、精神的な意味合が強く意識されるようになっていった。また、蕉風復古の時代に、「洒落」の語が好んで用いられたことは、尾形仂『蕪村自筆句帳』（筑摩書房、昭和四九年）の解説に「「けしき」「景気」「実景」と「不用意」とは、同じくかれがしばしば口にする「高邁」「洒落」とともに、蕪村の蕉風復古における、いわば三本の柱をかたちづくるものといってもよかった。」と言及される通りである。蕪村以外にも、風之著『俳諧耳底記』（宝暦末年頃刊か）梨一著『もとの清水』（明和四年序）闌更著『有の儘』（同六年序）等に、蕉風俳諧を「洒落」ととらえる言説が見える。

(20) 引用は『近世俳諧資料集成　第二巻』（講談社、昭和五一年）によった。

(21) なお「しゃれ風」の「しゃれ」には、遊里などを好んで題材とする都会的で伊達な句風、といった意味合いはあまり意識されていないように思われる。『つげのまくら』に収められた調和一派による百韻を見ても、素材そのものは必ずしも古風ではない。以下、百韻のうち五九句目から六四句目を掲げる。

いろはにには棒を引たが忍ブ恋　一蜂
かなぎり声の禿黄《タソ》昏月　径菊
蘭の香のふくさ被ッて鼠飛　一徳
臙脂こぼれて萩のはつ花　白鳳

露もまた深草火桶冬を待　和英
人家扇《トザセ》ば虫も穴掘ル　志交

これらを見ると、句の素材というよりは、一句の表現が直接的でわかりやすく、付筋が近いところに、彼ら前句付派の特徴があるといえよう。「能聞ゆるやうにいひつゞくるをよしとす」（不角編『籰纑輪《わくかせわ》前集』宝永四年序）というのが、不角の持論であった。なお、『籰纑輪前集』の引用は、国文学研究資料館所蔵マイクロフィルム（富山県立図書館志田文庫蔵本、二〇九―六一―八）によった。

(22) 引用は、国文学研究資料館所蔵マイクロフィルム（富山県立図書館中島文庫蔵本、三三五―一一―六）によった。
(23) 「角もじや」「山陵の」の句の解釈については、第一章第二節「其角の不易流行観」で言及する。
(24) 引用は、早稲田大学図書館蔵本（へ五―六〇五二）によった。
(25) 白石悌三氏は前掲「元禄しやれ風の説」において、この『雀の森』の文章を「元禄俳壇の上層を「しやれ風」と認めた言」で「「聞へぬ句」と「聞え候へばあまりすぐにて意味なき発句」という二つの「しやれ」の行き方」を指摘したものと解釈する。元禄俳壇上層の俳風を「しやれ」ととらえる氏の見解は認められるとしても、「聞え候へばあまりすぐにて意味なき発句」を、いわゆる田舎蕉門の流れにつながる作風とする見方にはしたがいがたい。
(26) 引用は、鈴木勝忠『俳諧伝書集』（鈴木勝忠私家版、平成六年）によった。なお、智角に関しては鈴木勝忠「二南斎智角と不角派の蕉風接近」（『俳諧伝書集』所収、『連歌俳諧研究』第八六号、平成六年三月初出）が備わる。
(27) 同じ逸話は、他にも去来・許六稿『俳諧問答』（元禄一一年許六奥）、李由・許六編『篇突』（元禄一一年刊）、去来著『旅寝論』（元禄一二年序）、土芳著『三冊子』（元禄一五年成）に記され、許六は「江に横ふ」の方が優れているとする。
(28) 引用は、今栄蔵『芭蕉書簡大成』（角川書店、平成一七年）により、解釈にあたっては今氏の注を参照した。
(29) 引用は『俳書叢刊　第四巻』（臨川書店、昭和六三年）によった。
(30) 引用は、大蔵弥右衛門虎寛自筆本を底本とした、笹野堅校訂『大蔵虎寛本　能狂言』中（岩波書店、昭和一八年）によった。
(31) たとえば『三冊子』では、「花鳥の雲にいそぐやいかのぼり」の句について「此句聞がたし。よく聞ゆる句になし侍れば、句おかしからず。いかゞ」と問われて、芭蕉は「聞の事は何とやらおかしき所有を宜とす。此類の事は有事也。」と答えている。

第二章　初期俳諧から元禄俳諧への展開

第一節　詞付からの脱却──「ぬけ」の手法を中心に

今日では、芭蕉以前の俳諧史を貞門・談林という単純な二項対立でとらえる俳諧史観は修正され、基本的な手法に関しては、両者は共通の基盤の上に立つという観点から、貞門俳諧と談林俳諧の同質性に重きを置く見解が数多く出されている。しかし一方で、貞門俳諧と談林俳諧との間には、簡単に一括りにはできない差異が存在することもまた事実である。

ところで、貞門俳諧と談林俳諧との違いを考える上での、非常に有効な指標の一つに「あしらい」がある。乾裕幸「「あしらひ」考」[1]では、詞付という貞門と同一の付合手法によりながら、「非論理性の論理化」ともいうべき「あしらい」のきかせ方をすることによっておかしみを喚起した談林俳諧の特質が浮き彫りにされる一方、「あしらい」そのものについては「その一対一の詞だけを切り離して眺めると、貞門における所謂物付の素材と何ら選ぶべきところを持っていない」と述べられていた。しかし、談林俳諧においては、前句中の語に着目し、それと連想関係にある語を対応させるという詞付の手法それ自体においても、詞の制約を逃れて自由に作意を働かせる試みが多々なされている。そうした試みの中で、本節では連句で用いられた「ぬけ」の手法に焦点を当て、連句史の上で貞門とは一線を画する談林俳諧のあり方を明らかにする。

談林俳諧において積極的に評価されながら、その全盛期を過ぎると途端に作法書類からも姿を消す「ぬけ」は、談林俳諧の本質と深く結びついた手法として、もっと注目されてよい。実際のところ「ぬけ」は、概説書等では談林俳諧特有の手法として必ずといってよい程言及されるものの、尾形仂「ぬけ風の俳諧──談林俳諧手法の一考察——[2]」以降本格的には論じられておらず、十分に掘り下げた考察がなされているとは言いがたい。

談林俳諧で「ぬけ」が盛んに用いられた理由の一つとして、奇抜な表現をともなう非道理の句を意図的に生み出すのに、「ぬけ」が有効に働いたということが指摘されている。しかし、談林俳諧において初めて「ぬけ」が手法として確立された背景には、非道理で非現実的な内容の句や意味が通らない句をめぐる、貞門談林間の俳諧観の違いがあるばかりではない[3]。どのように前句を受け取り、どう付けるかという付合観において、両者の間には根本的な差異が存在しているのである。一句の表現面においては無心所着と関係付けられ、その弊害が指摘されることの多い「ぬけ」の手法であるが、二句間における働きを細かく検討することによって、前句からの飛躍を可能にする非常に有効な手法であったことが見えてくる。

それではまずはじめに、「ぬけ」の一般的な見解を確認する意味で、『俳文学大辞典』（角川書店、平成七年）の「ぬけ」の説明を引用する。

> 「ぬき体」「ぬけがら」「ぬき句」とも。貞門俳諧での「ぬけがら」は、付句が一句の中心になるべき語を欠いて、前句なしには意味が成立しない場合をいい、特に嫌うべきものとして説かれる〈『せわ焼草』〉。談林俳諧では逆に、物付・詞付に対する倦怠感から、固定的な発想による付物を付句において除外して句作することによって新しいおかしさを追求しようとした。例えば「乗物をかたづけてやれ朝朗」という前句に「身はさぢでたつ袖の白雪」と付けて、前句の「乗物」から連想される「医者」をあえていわずに「さぢ」で暗示する〈『夢助』〉ような手法である。談林の俳論書では、これは元来和歌にも淵源があると説くが、大いに流行した結果、やがて謎だてのようになり、談林末期の混乱の一因ともなった。（下略）　（上野洋三）

右の説明によると、貞門の「ぬけがら」も談林の「ぬけ」も、本来一句にあるべき語を欠いたものであるといえる。にも関わらず、貞門の「ぬけがら」が「前句なしには意味が成立しない」と否定され、談林の「ぬけ」が

「固定的な発想による付物を付句において除外して句作する」ことを可能にすると肯定されたのには、それなりの理由がある。これについて以下詳述するが、貞門の「ぬけがら」と談林の「ぬけ」は本来別ものであり、貞門の「ぬけがら」から談林の「ぬけ」が派生したというような、連続した一続きのものではないことを、まずここで強調しておきたい。

一、貞門の「ぬけがら」

俳諧の「ぬけがら」「ぬけ」について考察する前に、[4] 俳諧に先行する連歌における「ぬけがら」について確認しておく必要がある。次に挙げる紹巴の『連歌至宝抄』では、「同意の連歌」の項で取り上げられた句について「ぬけがら」の指摘がなされている。なお「同意」とは、付句が前句と同趣になって変化に乏しいことを批判する用語である。

同意の連歌

一　うちむかひつゝ月を見るころ
　秋の夜の更はてゝ行空もおし
一句、夜の更を惜みて詮なく候。前句の月に寄りかゝり候。
一　くるゝまでながめにあかず花を見て
　たちさりがたき春の木のもと
かやうに付候ば、花のぬけがらにて候。
一　花と〳〵は色をあらそふ
　河岸に藤やまぶきの咲そひて

是等も同意にて候。（『連歌至宝抄』天正一四年（一五八六）成[5]）

二つ目の例に挙げられた「たちさりがたき春の木のもと」の付句は、一句に「花」の語を欠いているため、この句単独では、なぜ「木のもと」を立ち去りがたいのか不分明な句となっている。よって、ここで用いられた「ぬけがら」の語も、一応は一句にあるべき語が欠落していることを指摘するものであるといえる。しかし、付句に欠けている「花」の語が前句中の語であることにより、前句にもたれかかった「同意」の句となっている点が、この付句の直接的な問題であったことには注意を払う必要がある。つまり「ぬけがら」は、「同意」の句のうち、特に一句に必要な語を前句に負っているため、付句自体にそれを欠いている場合を非難するのに用いられた用語であったのである。

貞門の「ぬけがら」が、連歌の「ぬけがら」と同様「同意」の側面を持っていたことは、次に引用する皆虚著『せわ焼草』の記述に確認できる。

ぬけがらと云は、

しらでふむ足の下にも蛇《へび》の居て、と云句ニ

ぞつと心のこはき藪道《やぶみち》

前句のへびにたゞぞつとせし也。一句にはこはきものなし。是をへびのぬけがらと云べし。又、

月にこがれてはなす友どち、と云句ニ

長夜《ながきよ》も端居《はしゐ》にや目のさめつらん

一句ニ見ものなし。月のぬけがら也。又、

ちらすなよ秘蔵《ひさう》はこれぞ花の風、と云句に

耳にもかへん春の一時《ひとゝき》

おしみもの是なし。前句の花こそおしからめ、唯花のぬけがら也。又、
入道《にうだう》してももてる長刀、と云句ニ
いにしへの俗気《ぞくき》はいまにうせやらで
一句ニ俗気道具なし。是は偏《ひとへ》に入道と長刀と二つのぬけがら也。能作《よきさく》の付様と云は
藪《やぶ》いしやのしるしあらはす香薷散《かうじゆさん》
と付まほし。長刀かうじゆにいしや入道と聞ゆ。かならずしもへび・せみなど計にこれあるものかと思へば、
ぬけがらは此方のしわざ故に何ものにも有之物也。他准之。（皆虚著『せわ焼草』明暦二年（一六五六）刊）(6)

最初の「ぞつと心のこはき藪道」の句は、一句に「へび」の語を欠き、前句なしには何にぞっとしたのかわからない点が「ぬけがら」とされる。同じように残りの三句も、それぞれ「月」「花」「入道」「長刀」という、前句に詠み込まれた語によりかかった句である。つまりこれらの句は、前句に用いられた語を付句中に繰り返すことを避けるため、本来なら一句にあるべき語を詠み込まなかったもので、実質的には前句にもたれた変化に乏しい句となっているのである。このように貞門の「ぬけがら」は、一句が自立していないことに加え、一句のうちに前句とは別の新たな世界が描き切れていない点を問題にしたものであった。

次に挙げる『蝿打』の文章は、「ぬけがら」が原則として一句にあるべき語を前句に負うものであることを裏付けるものである。『蝿打』は、貞室の『正章千句』（慶安元年（一六四八）刊）に対して西武門の一雪が著した論難書『俳諧茶杓竹・追加幅紗物』（寛文三年（一六六三）刊）に貞室門下の貞恕が返答した書で、「生捕と計は」以下が一雪の批判、●印以下がそれに対する貞恕の反駁である。なお、『正章千句』所収の貞室独吟千句には貞徳の評点が付されており、「生捕は」の句には長点がかけられている。

運つき弓の影も恥かし

生捕は鹿驚《かゞし》のやうに痩こけて
生捕と計はいはれまじ。人倫生類にも渡故也。誠に一句の姿かゞしのやうなる、人のぬけがらときこゆ。●徳老長点かけられしが、そこの俳諧は朝鮮国の流やらん、日本にて貞徳の判にしくはなかりし也。たとへば、ぬけがらとは、前句に、みるも哀や運尽し人と有に、此句付侍らば、人をかりてしたしきとも云べきか、前は運尽と月を隠したる也。又生捕と云事、生類にも渡れ共、打任せては人倫の事也。それを生捕と計は、生類にも成かしらず。
（貞恕著『蝿打』寛文四年刊）(7)

一雪は「生捕は」の句を、一句に「人」を明示する語を欠いた「人のぬけがら」であると批判する。それに対し貞恕は、「運つき弓の」の句は、直接「人」の語を用いていない上に、「運尽」に「月」を掛ける趣向の句で、たとえば「みるも哀や運尽し人」のように、具体的に哀れな「人」のイメージを思い描かせるような句ではない、よって付句は必ずしも前句にもたれているとはいえず、「ぬけがら」の難にはあたらない、とする。そして、さらに「生捕」の語についても、生類について用いられることもあろうが、単に「生捕」とだけいえば人倫のことになるとして自説を補強する。この『蝿打』の反論は、「ぬけがら」が一句の表現の不十分さという観点からだけでなく、前句との関係をも視野に入れて判断されるものであったことを示していよう。

以上、談林俳諧において「ぬけ」の手法が積極的に用いられる以前の、貞門俳諧における「ぬけがら」について検討した。(8)貞門の「ぬけがら」は、基本的には連歌の「ぬけがら」の延長線上にとらえられる概念であったといってよい。

二、談林の「ぬけ」

ところで、「ぬけ」を手法として盛んに用いたのは談林俳人で、貞門俳人は「ぬけ」に対して基本的に批判的な立場であったことは周知の通りである。しかし、貞門の「ぬけがら」と、談林の「ぬけ」とは決して同じものではない。そこで次に、高政編『誹諧中庸姿』（延宝七年（一六七九）刊か）所収の高政独吟百韻に対して随流が著した難書『誹諧破邪顕正』（延宝七年跋）と、それを第三者的な立場から批評した慶安の『ふたつ盃』（延宝八年）を手がかりに、貞門の「ぬけがら」と談林の「ぬけ」の違いを考察する。高政の句に対する随流の批判はどこかかみ合っておらず、そこに貞門談林間の根本的な付合観の相違が見て取れる。

次に引用するのは「目にあやし」高政独吟百韻の二八句目・二九句目「兎《ウサギ》の足を歩《ハコ》ぶ通ひ路／大己貴《オホアナムチ》八十の神風吹とぢよ」をめぐる応酬である。この付合は、「あまつかぜ雲のかよひぢ吹きとぢよをとめのすがたしばしとどめむ」（古今集・雑歌上・八七二・遍昭）の歌と、和邇《わに》をだましてその背の上を渡ったことで皮を剝がれ、さらに八十神から教えられた誤った治療法によって傷ついた兎を大己貴が助けたという、因幡の白兎の伝説（『古事記』等）をふまえたものである。『誹諧破邪顕正』の「吹とぢ物なし」という言い回しは、先に引用した『せわ焼草』の「こはきものなし」等の「ぬけがら」の指摘の仕方に通じる。

一句、吹とぢ物なし。但、おあなむちを外の神風吹とぢよ、と云事か、なをきこへず。

天津かぜ雲のかよひぢ吹とぢよ乙女の姿しばしとゞめん

かやうに、本歌はよくことはられたり。但又、此付合も、

大あなむち八十の神風吹とぢよ兎の足をはこぶかよひぢ

何ときこへざるか、うさぎのかよひぢを吹とぢよ、といふこと也、とちんずべし。それは、二句丸じて狂歌也。狂歌にしても、一首埒あかず。誹連と狂歌と、同じ物と思へば、是非なし。さやうのわかちさへしらずして、惣本寺の和尚になるは、ちとおごりならん。かれらは、此はいかい、百句したとおもふべけれども、五十句にもならぬぞ。大かた二、三句ほど合て、一句になれり。

（『誹諧破邪顕正』）

随流は「大己貴八十の神風吹とぢよ」の句について、言葉通り素直に大己貴を吹きとじよと解釈したのでは句意が通らず、また前句を借りて「兎の足をはこぶかよひぢ」を吹きとじよと解釈したところで俳諧の付合にはならない、まるで意味不明の句であるとする。こうした随流の批判は、連歌以来の「ぬけがら」の観点に即してなされたものであった。それに対して慶安は、

詰に、吹とぢ物なし、といへり。ぬき句とて今様の一手あり。是も雲のぬきと聞ゆれど、よき句にはあらず。（『ふたつ盃』）

と、一句は前句の「兎の足をはこぶかよひぢ」を借りた句ではなく、本歌「天津かぜ」の中の「雲」をぬいた「ぬき句」という「今様の一手」であると説明する。「雲」を補って解釈すれば、大己貴を迫害した八十神が大己貴を逃がさないよう、雲の通い路を吹き閉じようとする意に解釈できよう。ここで「ぬき句」は、前句中の語ではなく、付句が典拠としてふまえた歌中の語をぬくという点で、これまで見てきた「ぬけがら」とは手法の上で明らかに異なっている。貞門の「ぬけがら」において、一句にあるべき語が欠けている場合、それはその語が前句中にあるために、付句でそれを繰り返すことを避けた場合であった。つまり、貞門の「ぬけがら」は、連句の流れに停滞を生じさせる欠点でしかなかった。それに対して談林の「ぬけ」は、付筋を考えれば当然付句中にあるべき語を、敢えて句の表から隠すものであった。そのため、談林の「ぬけ」は、一句にあるべき語を欠くという点では貞門の「ぬけがら」と同じでありながら、前句から飛躍して句を付けるのに有効な、積極的手法となり得たのである。そして「ぬけ」を支えるこうした発想の転換は、「吹とぢよ」の対象を直接前句から借りたと見て解釈する貞門俳人と、前句の意味内容とは離れた本歌から「雲」を補って解釈する談林俳人の、根本的な付合観の相違と密接に関わっている。貞門の「ぬけがら」と談林の「ぬけ」の背後にある、両者の性格の本質的な違いは見落とせない。

そこで、この貞門談林の付合観の相違について、もう少し掘り下げて考えてみる。次に引用するのは、同じく「目にあやし」高政独吟百韻の四七句目・四八句目「八雲たつ出雲に親の恩をしる／麓のちりひぢよりなりて釈尊」に対する慶安の批評である。なお「ひごんに」「親の恩をしるもの」以下「云云」までは、随流の『誹諧破邪顕正』の意見の引用である。

ひごんに、ちりつもりて山となるとはきけども、釈迦に成とはめづらし、と云云。古風の耳より左様にきかるゝは尤也。是は山のぬき句と云物也。ちりひぢより成てと云ッに山あり。其山に釈尊おはします、ときかせたる物也。又、親の恩をしるもの、釈尊斗と覚へたり、あさましと云云。釈尊に父母《フモ》恩重《ヂウ》経あり、孔子に老経《ママ》あり、或は二十四孝等、前句のうつりに依て、いづれにてもくるしかるまじ。
（『ふたつ盃』）

この付句は、前句の「八雲たつ出雲」から『古今和歌集』仮名序の「たかき山もふもとのちりひぢよりなりて」の一節を、また「親の恩」から『童子教』の「父ノ恩ハ高シ二於山一ヨリモ、須弥山尚下シ。[9]」の句を、それぞれ連想して付けたものである。ここから慶安は、この句は「山」の「ぬき句」であるから、塵が積もって出来た山に釈尊がいらっしゃる[10]、の意に解釈できるとする。しかし、慶安自身も「古風の耳より左様にきかるゝは尤也」と言っているように、前句中の語ではなく、前句から連想される語をぬくという「ぬけ」の手法に通じていなければ、塵が積もって釈尊になる、という意味不明の句に聞こえても仕方がない。裏を返せば、談林俳諧に遊んだ人々は、「ぬけ」の手法を用いることによって生じる一見不可解で奇妙な表現に面白みを見出し、ぬかれた語を読み解くことで一句が解釈可能となる、その謎解きに興じたのだといえよう。また、右の付句を解釈するにあたっては、単に「山」の語を補うばかりではなく、そのぬかれた「山」の語と「釈尊」の語とを一句のうちに結びつける論理が要求される点にも注意を払う必要がある。つまり「ぬけ」は、ぬかれた語が補われた場合に、その語が一句にどのような関係で結びついてくるかを考えさせ、文脈を構築することを迫る手法なのである。談林俳諧では貞門俳諧と比べ、想像力を強く働かせた付筋が好まれたが、「ぬけ」の手法もそうした自由な想像と発想の力を前提としているのである。前句からの大幅な飛躍を見越して付句を解釈することに慣れておらず、また無心所着の句に対して否定的な立場にある貞門俳人が、「ぬけ」の句を理解しないのは当然であった。

貞門の「ぬけがら」が、単なる詠み損ないでしかなかったのに対し、談林の「ぬけ」が積極的な手法となり得た背景には、前句中の語ではなく付筋の上から連想される語をぬくという発想を支える付合観の転換と、一句の表現の矛盾撞着の解読に面白さを求める談林特有の俳諧観が認められる。このような意味において、「ぬけ」は談林俳諧によって新たに確立された、談林ならではは手法であった。

三、詞付と「ぬけ」

以上の考察において取り上げてきた「ぬけ」の句は、主としてぬかれた語を読み解き補うことによって、一句が解釈可能になるという点に関心の向けられたものであった。しかし、談林の連句における「ぬけ」は、必ずしも奇抜な表現や非論理的な文脈を面白がるだけのものではない。従来「ぬけ」は、無心所着の句、非道理の句との関連の上に論じられることが多かったが、前句にある語そのものではなく、前句から連想される語をぬくという性格に表れた、付合の飛躍という観点からも十分に考察される必要がある。

次に、「ぬけ」が前句からの飛躍を助けている例として、宗因判『大坂独吟集』（延宝三年刊）(11)所収の悦春独吟百韻の一六句目から一八句目を取り上げる。一七句目「初瀬路に」の句と一八句目「尾上のかねに」の句はそれぞれ長点で、宗因の評が付される。

霍乱ならばうかりける旅

初瀬路に残るあつさをへその下

灸ならずばさめ申まじく候。余熱と見え候

尾上のかねに一寸の秋

されぱこそへそ一寸の灸穴にて候。秋の残なき心尤に候

「初瀬路に」の句は「うかりける旅」から「初瀬路」、「霍乱」から「霍乱」を治療する手段である「灸」[12]を連想して「へその下」と応じたものであるが、「灸」の語は直接句の表には出ていない。そのため、「尾上のかねに」の句の「一寸」は「灸」を意識して「へその下」をあしらいながら、内容的には「灸」から離れやすくなっている。ここで注意したいのが、宗因が付筋を推測する内容の判詞を記して興じている点である。直に「灸」を詠み込まずに「へその下」と置くことによって、一句の表現面に謎的な面白さが生まれているばかりでなく、前句からの連想を露わにしないことで付筋がぼかされ、ぬかれた語の解読が付筋の解読ともつながっているのである。談林の「ぬけ」が、単にぬかれた語を推測させるだけではなく、その語を補った上で一句の文脈を構築することを迫る手法であることは先に述べた。想像力を働かせて一句の文脈を通し、付筋を読み解くことに興じる姿勢は、詞付による固定化された付筋を逃れ、前句から離れて飛躍した付けを喜ぶ姿勢と方向性を一にしている。「ぬけ」の手法は、前句の世界から付句の世界への転じを命とする連句において、その本質的な意義を最大限に発揮し得たのではないだろうか。

次に引用するのは、松意著『夢助』で「ぬき体と云事あり。三句めはなれがたき所用てよし。」という解説の後、「誠のぬき体」として掲げられた例である。この中で、特に「坊主をよびに西の大寺」の句に注目したい。

青柳の糸脈細ふ覚えたり

坊主をよびに西の大寺

これ死所をぬきたり

乗物をかた付てやれ朝朗
　身はさぢでたつ袖の白雪
　　是医者をぬきたり
恨のつもるはきだめの山
我が中をぶちやあかめがかきちらす
　是犬をぬきたり
（松意著『夢助』延宝七年奥）[13]

「坊主をよびに西の大寺」の句は、西大寺の池の柳の辺りで我が子を見失い、失意のあまり狂女となった女性を描いた謡曲「百万」に基づく「柳―西の大寺」（『類船集』）の連想によって前句に付けられている。また、前句のふまえる「青柳之《アヲヤギノ》　絲乃《イトノ》細紗《ホソサヲ》　春風爾《ハルカゼニ》　不乱伊間爾《ミダレズイマニ》　令視子裳欲得《ミセムコモガナ》」（万葉集・巻一〇・一八五一）[14]の歌が、我が子のいない悲しみを詠んだ歌である点も、謡曲「百万」の連想につながる。脈が弱いことを意味する「糸脈細ふ」から、まさに死のうというところ、の意の「死所《しにどころ》」を連想し、それを「坊主をよびに」という表現で暗示した点が「ぬけ」であるとされる。この句の文脈が非常に素直で、表現にも無理のないことは、二句目の「身はさぢでたつ袖の白雪」や三句目の「我が中をぶちやあかめがかきちらす」と比べて一目瞭然である。[15]「三句めはなれがたき所用てよし」といった意図で用いられた「ぬけ」は、必ずしも奇抜な表現をともなう必要はなかったのである。

さらに、この「坊主をよびに」の「ぬけ」には、前句から離れて次の句を転じやすくする効果が見込まれていると考えられる。この句は「死所」の「ぬけ」とされるものの、一句単独で見れば「死所」をぬいた句と見なくても解釈可能である点が重要である。先に挙げた『大坂独吟集』の「初瀬路に」の句は、「灸」をぬきながら「へその下」と置いたために「灸」を意識して解釈せざるを得ない句となっており、次の「尾上のかねに」の句も「へその下」を「一寸」の語で巧みにあしらっているとはいえ、「灸」を念頭においた付けとなっていた。それに対して「坊主をよびに」の句は、前句からの連想語を直接付句に用いていないだけではなく、付句一句を別の文脈に読み替えられるようなぬき方がされているため、三句目をさらに大きく転じて付けることが可能となっているのである。

このように連句の「ぬけ」は、前句の語から付句の語へという単純な詞付の付け方に、もう一段階ひねりを加えることで付筋に新鮮さをもたらし、句を転じやすくする手法として働いた。こうした談林俳諧の付け方は、前句と付句とが横並びに連続した貞門俳諧の付け方と、一線を画しているといってよい。

四、「ぬけ」の展開

これまで考察してきた「ぬけ」の手法の意義を、貞門談林の詞付（親句）から元禄疎句へという連句史の流れの中でとらえたとき、「ぬけ」は詞付による固定化された付筋を逃れて自由に作意を働かせるのに有効な手法として、非常に重要な意味を持っていたことになる。しかし、元禄疎句と談林俳諧の間にもまた、大きな隔たりがある。結論から言えば、談林の「ぬけ」は、前句の語と付句の語を一対一で対応させて付ける詞付の範囲内で前句からの飛躍を図る手法であり、あくまで親句においてその意義が認められる手法であった。

次に引用するのは、『大坂独吟集』所収の三昌独吟百韻（延宝二年春成）の四〇句目・四一句目である。「蜻蛉に」の句には長点がかけられ、宗因の評が付されている。

出る日影やうつる天秤
蜻蛉の命惜くば落ませい
責の字なくておもしろく候

「蜻蛉の」の句は、前句の「天秤」の語から、両腕を背で天秤棒に縛りつけて責める拷問「天秤責」を連想し、直接「責」の語を用いずに「命惜くば落ませい」と悪事を白状させようとする台詞によって拷問のさまを暗示した「ぬけ」の句である。前句中の語に付句中の語を対応させる単純な詞付とは異なる、ややひねった付け方が高く評価されているといえよう。ただし、この付句について注意しなければならないのは、一句全体が意味的にまとまりを持ってはいるものの、「うつる」から「蜻蛉《かげろう》」、「天秤」から「天秤責」と、基本的には前句の語から付句の語へという詞付の連想経路に基づいて付けられているという点である。[16] このことは、先に言及した『夢助』の「青柳の糸脈細ふ覚えたり／坊主をよびに西の大寺」や、『大坂独吟集』の「霍乱ならばうかりける旅／初瀬路に残るあつさをへその下」についても同様に言える。

こうした付句の案じ方は、元禄疎句とは根本的に異なる。乾裕幸氏は元禄期の俳諧作法書兼付合辞書『俳諧小傘』の凡例中の「かならずしもその詞をたゞちに用ふるにはあらず。其こゝろをもて、ぬけて付るの便也。」という記述について、「この「ぬく」が宗因流の《ぬけ》の手法に当たることはいうまでもない。」と指摘し、「ぬけ」と元禄疎句の連続性を論じているが、[17]『俳諧小傘』が推奨する心付においては、「ぬけ」は詞付の俳諧において担っていた本来の役割を失ってしまう。以下『俳諧小傘』の説く心付の付け方と照らし合わせて、このことを確認したい。

おかし火燵《コタツ》に更て行雨、といふ前句を得て是に付物を案ずるに、こたつを肝要《カンヤウ》として付ずばうつるまじきか。是には、

栢《カヤ》　よみがるた　青のり　所化寮《(ママ)シユケレウ》　小犬《チン》

などなるべし。是を趣向と云。此内何にても一句に仕《シ》たつるに、よき句にならずば、又外を案じてよし。とかく人のおもひよるまじく、あたらしき所を案じて作る事よし。(中略) 又しよけれうを取て一句を付る時、

　　　　おかしこたつに更て行雨

同（体付）　所化寮の窓《マド》を嵐のやぶるをと

右は体付道具付などいふべし。心付の趣向と云は、

　釣瓶《ツルベ》の音　産《サン》の紐《ヒモ》とく心　妖《バケ》もの　嫉妬《シット》のさま

これらにや。付物も心付も千差《シャ》万別《ベツ》にして、浜《ハマ》の真砂《マサゴ》のつくる事なければ、かた計をあぐるのみ。余《ヨ》はこれに準《ナヅラヘ》て思惟《シユイ》あらん。（中略）またばけものをとりて一句にしたつる時、

　　　　おかしこたつに更て行雨

同（心付）　変化《バケモノ》の見かへるうちに影きえて

これらはこたつにも雨にもつかず、只うつりを本意《ホイ》とすれば、心付といふ物ならし。

（松春著『俳諧小傘』元禄五年（一六九二）刊[18]）

右の説明によると、詞付と心付の根本的な違いは、詞付が前句の語に着目して、それと連想関係にある語を単純に対応させて一句にまとめるのに対し、心付は前句全体をひとまとまりに解釈した上で、前句にふさわしい連想語を導き出し、付句の趣向とする点にある。[19]しかも、松春が付物について「よき句にならずば、又外を案じてよし。とかく人のおもひよるまじく、あたらしき所を案じて作る事よし。」と説くように、元禄になると付物で付ける場合にも、古風な付合語に縛られることなく、作者は自由に創意を働かせることができた。[20]こうした元禄疎句においては、談林の親句におけるのと同質の「ぬけ」は存在し得ないのである。

では、「かならずしもその詞をたゞちに用ふるにはあらず。其こゝろをもて、ぬけて付るの便也。」の「ぬけて付る」はどのように解釈すべきか。この文章は、直接的にはこの直前にある「今当流に便ある付心詞を集て、初門のため此道の一助となす。此中にも、打聞たる唱への古きに似たる物稀に有べし。」を受けたものとして読ま

ねばならない。つまりこれは、本書は詞付のための付合辞書ではないが、本書に「付心詞」として掲げた語の中には、稀に古風な付合語も含まれているので、その場合には直接付句に用いないようにとの注意書きなのである。[21]前句からの連想語を直接付句中に用いないということを以て、この「ぬけて付る」を「ぬけ」とみなす乾裕幸氏は、たとえば「僧都のもとへまづ文をやる　芭蕉／風細う夜明がらすの啼わたり　岱水」（『炭俵』）といった蕉風の付合を、「「文―飛脚」「使―文」（『類船集』）から「飛脚」もしくは「使」の語をぬいて、急便を届けに出立する早朝のさまを趣向した付句である。[22]」として、「ぬけ」の例に数えられるが、貞門的な付物を意識しない蕉風俳諧の付合において、このような見方が正しいものとは思われない。[23]

しかし一方で、水谷隆之氏が「『団袋』の西鶴――団水との両吟半歌仙について――[24]」で論じられた通り、既に付物に馴染んだ談林俳人が、「ぬけ」的な方法を疎句において活かした可能性は考えられる。たとえば、『西鶴独吟百韻自註絵巻』（元禄五年頃成か[25]）の三三句目「色うつる初茸つなぐ諸葛」の句に、西鶴は次のような自注を付している。

寺号の田地北の松ばら

（中略）

色うつる初茸つなぐ諸葛

薄・根笹をわけ〳〵て、里の童子、落葉をかく片手にさらえ捨置、目にかゝる紅茸・花茸によらず取集めて、細きかづらにつなぎて、草籠に付たるもこのもしき物ぞかし。一句に人倫をむすばずして、里の子の手業に聞えしを、当流仕立と、皆人此付かたになりぬ。

前句を寺が所有する松原と見て、焚きつけの木の葉を掻きに来た近在の農家の子どもが、初茸を見つけてそれを諸葛でつないで取って帰るさまを付けたものである。乾裕幸氏は、この句についても「「人倫」の語をぬきながら〈里の子の手業〉と読ませる、この《ぬけ》の手法が《当流》の手法として全俳壇を覆っているというのである。[26]」とする。しかし、西鶴が元禄の「当流仕立」と言うからには、「一句に人倫をむすばずして、里の子の手業に聞えし」というのは、「里の子」といった語を直接出さずとも、一句全体から里の子のさまが自然と思い描かれることを言ったものであると理解される。たとえこの句の背後に親句的な付物の発想が隠れており、「里の子」の連想がぬかれていたにしても、[27]敢えて「ぬけ」を意識したというよりは、付物的な発想が結果として元禄疎句に活かされたと考える方が自然ではないだろうか。いずれにしても、「ぬけ」の手法が直接的に元禄疎句を招来したとは考えにくい。

「ぬけ」は、想像力を駆使して一句の文脈を構築し、付筋を読み解くことに興じる談林俳諧ならではの自由な態度を前提とする手法であったが、奇抜で非論理的な表現を面白がるものであったばかりでなく、前句を離れて付句を大きく転じていくことを可能にする手法としても、非常に重要な意味を持っていた。しかし、元禄の心付によって詞付の制約が完全に超克されると、詞付の範囲内で前句からの飛躍を目指した「ぬけ」は、その存在意義を失うことになる。「ぬけ」の手法は、親句から元禄疎句へという連句史の大きな流れの中で、詞付による制約を逃れた自由な付けを模索しつつ、詞付を根底からは否定しなかった談林俳諧のありようを如実に反映した、極めて談林的な手法として位置付けることができる。

注

(1)『初期俳諧の展開』（桜楓社、昭和四三年）所収、『国語国文』第三三巻第七号（昭和三九年七月）初出。
(2)『俳諧史論考』（桜楓社、昭和五二年）所収、『国語と国文学』第三〇巻第三号（昭和二八年三月）初出。
(3) 第一章第三節「謎の発句」で、発句の「ぬけ」について、謎的な性格やそれにともなう奇抜な表現が、その興味の中心となっていたことを論じる。発句の「ぬけ」も、談林俳諧の自由な作句姿勢を前提とした手法であった。

(4) 貞門の「ぬけがら」と談林の「ぬけ」は本来別ものであるが、前掲、尾形仂「ぬけ風の俳諧――談林俳諧手法の一考察――」に「ぬけ・ぬき句・ぬけがら等の名称上の小異はあっても、そのさしているところはもとより異なる点はない。」と指摘される通り、必ずしも用語による厳密な呼び分けがなされていたわけではない。たとえば、惟中著『破邪顕正返答』(延宝八年二月刊)の巻末に収められた惟中独吟百韻の発句「短冊の簱《ハタ》管城の固《カタメ》前は花」に関して、惟中は『誹諧破邪顕正評判之返答』(延宝八年三月刊)で「此句、この比のぬけがら、鎗《ヤリ》梅のぬけと聞て、脇の句も発句は梅ぞと心得たる脇書也」と述べ、「ぬけがら」と「ぬけ」を同じ意味に用いている。他にも西国編『引導集』(貞享元年(一六八四)刊)に「当流ぬけがら句作と云事、世人皆新しきやうに覚へり」と、談林の「ぬけ」の意で「ぬけがら」を用いた例がある。なお、『引導集』の引用は『早稲田大学蔵資料影印叢書国書篇23　貞門談林俳諧集』(早稲田大学出版部、平成元年)によった。

(5) 引用は、伊地知鐵男編『連歌論集』下(岩波書店、昭和三一年)によった。

(6) 引用は、米谷巌編『せわ焼草』(ゆまに書房、昭和五一年)によった。

(7) 引用は、朝倉治彦校『貞門俳論集』上(古典文庫、昭和三二年)によった。

(8) 「ぬけがら」を指摘する例には、具体的な語の欠落を示すことなく、主として一句の内容の不十分さを問題とするものもみられるが、その場合にも付句が前句によりかかった点を非難するものであることに変わりはない。たとえば、高政編『誹諧中庸姿』所収の「目にあやし」高政独吟百韻の七六句目・七七句目「ほとけ教て借銭の秋／花紅葉娘あまたに生れ行」に対して、随流は次のような「ぬけがら」批判を行っている。

　一句をとりはなちて、花紅葉は其座也、せねばならず、娘あまたをば借銭のかたへ、生れ行を仏の教への方へと、前句斗すまし、一句のうへの算用かつてあはず、花も紅葉も、前句の借銭の方へうばはれ、いよ〳〵一句ぬけがらになれり。あさまし。（『誹諧破邪顕正』）

『誹諧破邪顕正』序文には「前句へのみ理屈を仕かけて、一句の出来やうを成次第に仕立るをよしとする故、異やうの狂言になれり」とあるが、右の引用箇所においても、付句の語が逐一前句の語によりかかって、一句として自立していない点が非難されているといえよう。またやや時代は下るが、元禄一三年に刊行された方山著『暁山集』の「主なき句と云事」の項では、これを「一句の魂ならん物を云はずして、うはさばかりを云事也」と説明した上で「ぬけがら」に言及する。

　一くもり打はれかしとながめ居て　いこまやま

此句何のために一くもりをはれよかしとは云事ぞ。一句に雲のかゝりてあしきと云魂《タマシヰ》を入ねば聞えぬ事也。喩ば、

一くもり打はれよかしけふの月　　みねのはな

などゝ云てこそ聞ゆべけれ。かやうの句、かならず前句に其魂有時に、其前句をかりて云もあり。大きに嫌ふ事也。又発句などにも、あまりいりもみてかくのごとくぬけがらになるも多かるべし。

前句の「魂」を借りて一句を仕立てると、その一句だけでは自立しない「ぬけがら」の句となるという説明は、貞門的な「ぬけがら」の意識が元禄期にも受け継がれていたことを示唆するものとして注目に値する。なお『暁山集』の引用は、国文学研究資料館所蔵マイクロフィルム（京都大学文学部潁原文庫蔵本、一一―一三一―二）によった。

(9) 引用は『新日本古典文学大系52　庭訓往来　句双紙』（岩波書店、平成八年）所収の『童子教諺解』によった。

(10) 釈迦は霊鷲山で『法華経』を説き、『法華経』「如来寿量品第十六」では、入滅後もここに常住するとされる。

(11) 引用は『新日本古典文学大系69　初期俳諧集』（岩波書店、平成三年）によった。なお、この悦春独吟百韻は、寛文一一年冬から延宝元年冬の成立と推定されている。

(12) たとえば、岡本一抱著『医方大成論諺解』（貞享二年刊）は、孫允賢著『医方大成論』に読み仮名を付し、原文に割注の形で注解を加えた解説書であるが、「霍乱《クワクラン》」について「俗ニ文字ノマ、クワクラント云。大抵夏ノ末ニ多キ病ナリ。」と説明し、「宜《ヨロシク》ベシ下於《ヲイ》テ二臍中《サイチウ》一ニ灼艾《シヤクガイ》シ、及《ヲヨ》ビ用《モチヒ》テ二蓼《タデ》一把《ワ》一ヲ煎《セン》ジテレ湯《ユ》ニ泡洗《ハウセン》シ、次《ツギ》ニ投《トウ》ズルニ以《モテ》中ス薑附湯《キヤウブタウ》理《リ》中湯《チウタウ》之《ノ》類《ルイ》上ヲ」という箇所について「臍《ホソ》ノ中《ナカ》ニ塩《シホ》ヲ入《イ》レ、七壮《サウ》ホド灸《キウ》ヲスルナリ。灼艾《シヤクガイ》ハ艾《モグサ》ヲ焼《ヤク》トヨム。灸治《キウヂ》ナリ。」と注釈する。なお、引用は『近世漢方医学書集成9　岡本一抱(三)』（名著出版、昭和五四年）によった。

(13) 引用は、国文学研究資料館所蔵マイクロフィルム（潁原文庫蔵本、一一―一〇―二）によった。

(14) 引用は『校本萬葉集』六（岩波書店、昭和五四年）によった。

(15) 「身はさぢでたつ袖の白雪」の句は、「あさぼらけありあけの月と見るまでによしののさとにふれるしらゆき」（古今集・冬歌・三三二・坂上是則）をふまえて「朝朗」に「白雪」と付け、「乗物―医者」（『類船集』）の連想から「身はさぢでたつ」で「医者」を暗示し、「身を立てる」と「たつ袖」の言い掛けを趣向とした句、「我が中をぶちやあかめがかきちらす」の句は、「恨のつもる」に「我が中」と応じ、「山―犬」（『類船集』）の連想から「ぶちやあかめ」で「犬」を暗示して「かきちらす」をきかせた句である。

(16) 『新日本古典文学大系69　初期俳諧集』の乾裕幸氏の注に「蜻蛉　とんぼ。「うつる」をうつろう意に取成して付けた。」とある。なお「蜻蛉」と「天秤責」を一句に結んだところには、両手を伸ばして天秤棒にしばりつけられた姿がとんぼの形に似ているとの発想も認められよう。

(17) 乾裕幸「宗因流のゆくえ――蕉風の一面」(『芭蕉と芭蕉以前』新典社、平成四年所収、『ビブリア』第九七号、平成三年一〇月初出、原題「宗因流のゆくえ――いわゆる蕉風(続)――」)「西鶴の方法――《心行》について」(『俳諧師西鶴』前田書店、昭和五四年所収、『国語国文』第四二巻第五号、昭和四八年五月初出、原題「「心行」について」)。なお、引用箇所は前者の論考によった。

(18) 引用は『近世文学資料類従参考文献編13　俳諧小傘』(勉誠社、昭和五四年)によった。

(19) この『俳諧小傘』の記述は、和及著『誹諧番匠童』(元禄二年刊)に見える「只一句の心をひつからげて心に味《アジハ》ひ、其所に何にてもさも有べき物をあんじ出し、我心にて作りて付《ル》なれば、定りたる付合の道具おぼえて益なし」という心付の説明と一致する。なお『誹諧番匠童』の引用は、雲英末雄『元禄京都俳壇研究』(勉誠社、昭和六〇年)によった。

(20) 今栄蔵「元禄初期の俳諧の問題――談林との断続の一面――」(『初期俳諧から芭蕉時代へ』笠間書院、平成一四年所収、『国語国文』第二五巻第一号、昭和三一年一月初出)に、元禄の付物の性格について「貞門的な定りたる附物と明らかに趣を異にしたものであることが認められるのである。端的にいふと、それは作者の主体的判断によつて自由に創作されるところの物である。」という指摘がなされている。

(21) 『俳諧小傘』の「付心詞」は、当流の心付・景気付において「うつり」のよい趣向を見つける手がかりとなる語で、基本的には付句中にそのまま用いることのできるものとして掲げられている。実際に、引用中の「おかしこたつに更て行雨／変化の見かへるうちに影きえて」の付合においては、趣向として挙げられた「妖もの」の語が、そのままの形で付句に用いられている。

(22) 前掲、乾裕幸「宗因流のゆくえ――蕉風の一面」。

(23) 許六が芭蕉の一七回忌に巻いた独吟千句に自ら注を付した『追善註千句』(宝永七年(一七一〇)序)には、四例の「ぬけ」の指摘が見られる。

　　風を待つ西大名の鑓じるし
　　　人見ひろげてさかな呼也
　　(中略)
　　　人見は幕のぬけ
乗物に書物を入て花の影

（中略）
目から年寄老の陽炎
目鏡のぬけ
こぼれ大豆にさはぐ君共
（中略）
菜刀に刻む思ひのうす煙
たばこのぬけがら
金ありそうで持ぬ浜町
（中略）
請出して親が死ぬると内へ入
傾城のぬけ

うち二番目の付合の「乗物に書物を入て花の影」の句には「日ノ出のはやり医者、勤学は乗物の内といふ」という注が付され、前句は「脈を見捨て逃る合点」である。「乗物に」の句を医者の「ぬけ」とせず、「ぬけ」とされた四例が、いずれも具体的な語の「ぬけ」であることは、許六が「ぬけ」を一句の表現のうちに欠落感の感じられるものとして認識していたことをうかがわせる。なお、『追善註千句』の引用は、天理大学附属天理図書館綿屋文庫蔵本（わ八九―二〇）によった。

(24)『国語と国文学』（第八六巻第七号、平成二一年七月）。
(25)引用は『新編日本古典文学全集61　連歌集　俳諧集』（小学館、平成一三年）により、解釈にあたっては加藤定彦氏の注を参照した。
(26)前掲、乾裕幸「宗因流のゆくえ――蕉風の一面」。
(27)加藤定彦氏の注には「『松ばら』に「初茸」「諸葛」の付筋による。」とされる。

第二節　元禄俳壇における「うつり」

元禄期の俳諧を、芭蕉を頂点とする蕉風に代表させる一面的な俳諧史観については、既に多くの方向から反省がなされている。長らく蕉風の付合手法として論じられてきた「うつり」に関しても、今栄蔵「「移り」考」(1)によって、元禄俳諧全般にわたって広く問題とされる理念であったことが示された。しかし一方で、元禄期に活躍した非蕉門の作者の俳風、とりわけ連句の風に関して、具体的に取り上げた研究は多くない。元禄俳壇全体を大局的にとらえ、蕉風俳諧を相対化する従来の研究をふまえた上で、元禄諸派の俳風の違いに注目し、個々の俳風について具体的に分析を行うことが、今後の重要な課題となろう。そこで本節では、再度「うつり」を切り口に元禄期の連句作品に検討を加え、元禄俳人の間の「うつり」のとらえ方の違いが、彼らの俳風にどう反映しているかを明らかにする。

一、元禄疎句と「うつり」

さて、蕉風の付合手法におけるキーワードとして早くから注目されてきた「うつり」については、これまで多くの研究が重ねられているが、前掲の今栄蔵「「移り」考」は、これを最も本格的に論じたものであった。今氏は、元禄五年（一六九二）までの「うつり」の用例を網羅的に集め、連歌以来用いられてきた「うつり」を継承した元禄の「うつり」が、「直接的なつながりを持つやうな浅い附肌に対立して、内に何等かのつながりを秘めながら而も直接的ではない、附肌の深い調和性について言はれるものである」こと、そしてそのような「うつり」

が、蕉風に限らず当時の俳壇全体で重要視されていたことを提唱した。以下、元禄期の「うつり」の性格について検討するにあたり、今氏が言及しているものと重なるが、いくつかの例を確認しておきたい。

次に引用する『祇園拾遺物語』は、京都の俳諧点者松春が初心の作者のために編んだ俳諧作法書である。松春は、芭蕉とほぼ重なる時期に京都の当流俳人たちと幅広く交流しつつ、名の通った俳諧師として活躍した人物である。(2) なお「当流」という語は、当時の作法書類にもしばしば登場する語であるが、雲英末雄「元禄俳壇と芭蕉」(3)によると、それは言水・団水・常牧・方山・和及・如泉・信徳・我黒・湖春ら、京都の主要な俳諧師を中心とするグループを指し、貞享期から次第に形を整えたものであるという。雲英氏も指摘する通り、元禄期の俳壇の主流が京都を中心に動いていたことを考えれば、元禄俳壇全般の風潮を検討するにあたって、当時流行の俳風である「当流」を無視することはできない。

さて次の引用箇所で、松春は前句に「能付ク」ようにではなく、「よくうつる」ように付けることをすすめている。

問、付心はいかなるをよしとするや。答、事しげゝれば具《ツブサ》にはいひつくすべからず。ある人の云、下手の句は能付ク、上手《ズ》の句はよくうつると。宜《ムベ》なる哉、此こと。ひつたりと付ることはやすくしてはやく見おとされ、ほのかにうつす事は成がたくして遠く感《カン》あり。（松春編『祇園拾遺物語』元禄四年刊）(4)

「能付ク」とは、前句に対して直接的なつながりを持つような付句のあり方、「よくうつる」とはそれとは反対に、前句とほのかに連続するような付句のあり方をいう。松春は、付筋が単純でわかりやすい「能付ク」付けはすぐにつまらなくなるので、前句から離れて「よくうつる」ように付けるよう説くが、近すぎず遠すぎずというバランスの上に「よくうつす」ことは、初心の作者にとっては難しいことであった。

次に和及著『誹諧番匠童』の跋文を取り上げる。本書も『祇園拾遺物語』同様、初心者向けに編まれた俳諧作法書で、幾度も刷を重ね版を改められて広く流布したものである。ここでは、前句から離れることばかりに気を取られた結果、前句への「付寄」がおろそかになった句が「うつりなき句」として非難されている。

只々《タヾ》付心前句へのうつりヲ専ニ心がくべし。如何に当流の心付遠く付ルとて、かいもく前句に付寄《ツケヨリ》うつりなき句、中《チウ》の作者までに多し。是当流誹諧の疵《キズ》也。二三句前の句にても、どこへ付ても知れぬ様成句、無念《ムネン》也。付心は遠くする共、能下心通《カヨ》ひて、其前句を取はなしてはならぬやうにしてこそおもしろけれ。

（和及著『誹諧番匠童』元禄二年刊）(5)

中級までの作者には、遠く付けようとするあまり、前句とのつながりが全く感じられない句が多く見られるといい、それに対する反省として、「うつり」を専一に心がけ、前句から離れ過ぎて付け損なわないようにすることが強調されている。

最後に、蕉風の「うつり」について『去来抄』を引用して確認しておく。蕉風においても、付物や句意によらずに、前句に調和させて付け寄せるのに「うつり」が唱えられている。

去来曰、「附け物にて附け、心づけにて附るは、其附たる道すじ知れり。附け物をはなれ、情をひかず附んには、前句のうつり・匂ひ・響なくしては、いづれの所にてかつかんや。心得べき事也」。去来曰、「蕉門の附句は、前句の情を引来るを嫌ふ。唯、前句は是いかなる場、いかなる人と、其業・其位を能見定め、前句をつきはなしてつくべし」。

『三冊子』にも「付といふ筋は匂・響・俤・移り・推量抔、形なきより起る所なり。心通ぜられば（ママ）及がたき所也。」と説かれる通り、前句全体から感じられる余情と交感するような付け方が目指される中で、「うつり」が意識されていたといえよう。

以上の例から、元禄当流においても、蕉風においても、ともに「うつり」が重要視されていたことが確認できた。ところで、こうした「うつり」の重視の背景には、元禄俳壇における疎句の流行があった。疎句の定義というのはなかなか難しいが、最大公約数的には、前句全体から立ちのぼる情趣や高次の意味を感じ取った遠い付けのことで、付物や明示的な意味の連関によって付ける親句と対をなす概念ということができよう。次の『誹諧番匠童』の序文からは、貞門談林俳諧が基盤とした詞付を古風であるとして退け、疎句を理想とする風潮がはっきりとうかがえる。

頃の当流と言は、やすらかにして、姿は古代に似たれ共、古しへの付合道具付、又は四手付などせずして、其一句の心を味ひ、景気にてあしらひ、或は心付にて各別の物を寄、木に竹をつぎたる様なれども、心はひた〳〵と付様にせり。

道具付とは付物による詞付の付け方のことで、特に前句中の語に逐一付合語を対応させて付ける四手付は嫌われた。ここで「景気にてあしらひ」とされる景気付と心付がすなわち疎句の付け方であり、一見連続性が感じられない中に深いつながりが求められたのである。しかし、疎句の風潮が高じてくると、付筋がわからない意味不明の句が量産されるという弊害が生じた。次の『去来抄』の文章は、そうした疎句の行き過ぎに対して反省を促したものである。

支考曰、「附句は付るもの也。今のはいかい、つかざる多し。先師の曰、句に一句も附ざるなし」。去来曰、「附句はつかざれば付句にあらず。付過る、病也。今の作者、附ることを初心の業の様におぼへて、却て附ざる句多し。聞人もまた聞へずと、人の謂むことをはぢて、附ざる句をとがめずして、能附たる句を笑ふやから多し。我聞るとは格別也」。

疎句においては、親句のように、付物やあからさまな意味的連関によって、前句との連続性が保証されるわけではない。そこで、前句への「うつり」が重要になってくるのである。疎句が元禄俳壇全般にわたる流行であってみれば、「うつり」の重視もまた、元禄期の俳諧に共通して見られる風潮であったのも当然であった。

二、元禄当流と蕉風における「うつり」の差異

では次に、具体的な句に関して「うつり」が問題とされた例を見ていく。まず、先に言及した『祇園拾遺物語』の著者松春が、同じく初心の作者向けに編んだ俳諧作法書兼付合辞書『俳諧小傘』の記述を取り上げる。本書は、同一前句に対して松春自身が宗鑑風・貞徳風（立圃流）・宗因風・常矩風・当風の付句を試み、当流の付け方を説いた後、本編の「当流俳諧小傘付合指南」で、約一二〇〇語の見出語について「当流に便ある付心詞」を掲げたものである。なお「付心詞」とは、当流の心付・景気付において「うつり」のよい趣向を見つける手がかりとなる語である。以下に引用するのは、「おかし火燵に更て行雨」という前句に、当流の心付で付ける場合について解説した箇所である。まず、この前句にふさわしい心付の趣向として「釣瓶の音」以下を掲げ、次にそのうちの「釣瓶の音」「妖もの」を趣向とした付句を作って見せ、それらの句が前句の「火燵」や「雨」といった語に直接付けられたものではなく、「只うつりを本意」として案じられたものであると説明する。

心付の趣向と云は、
　釣瓶《ツルベ》の音　産《サン》の紐《ヒモ》とく心　妖《バケ》もの　嫉妬《シツト》のさま
これらにや。付物も心付も千差《シヤ》万別《ベツ》にして、浜《ハマ》の真砂《マサゴ》のつくる事なければ、かた計をあぐるのみ。余《ヨ》はこれに準《ナゾラヘ》て思惟《シユイ》あらん。扨此心付の内、釣瓶を取て付る時、
　　おかし火燵に更て行雨
一　心付　いくたびぞ知死期《チシゴ》〳〵に鳴《ナル》釣瓶
またばけものをとりて一句にしたつる時、

おかしこたつに更て行雨

同　変化《バケモノ》の見かへるうちに影きえて

これらはこたつにも雨にもつかず、只うつりを本意《ホイ》とすれば、心付といふ物ならし。

（松春著『俳諧小傘』元禄五年刊）(6)

「いくたびぞ」の句は、しんとした寒い夜に、火燵に入って雨の音を聞いている風情を詠んだ前句に対して、雨に打たれて鳴る釣瓶の音が、まるでもう臨終だ臨終だと言っているかのように聞こえると付けた句である。前句から、雨に打たれて音を立てる釣瓶を導き出すところまではよいとしても、それを「知死期〳〵に鳴る」と句作りすると、前句の情景からはやや飛躍した、異様な趣を帯びるように思われる。二句目の「変化の」の句も同様で、雨夜の風情から「妖もの」の連想は必ずしも不自然なものではないが、やはり耳目をそばだてる趣向であることに違いはなく、付句に描かれた場も自然のシチュエーションとはいえない。

右の例を、蕉風における趣向の案じ方と比較すると、両者の間で意識されている「うつり」の性格に差のあることがはっきりする。次に引用する「山中三吟評語」(7)は、元禄二年秋、山中滞在中に興行された「馬かりて」歌仙（北枝編『卯辰集』所収）についての芭蕉の評語を書き留めたものである。左は、その歌仙の二〇句目「銀の小鍋にいだす芹焼」に、「手枕」を趣向とする付句をさまざまに試みている箇所である。

銀の小鍋にいだす芹焼　良（曾良）

手枕におもふ事なき身なりけり　翁

手まくらに軒の玉水詠め侘　仝

てまくら移りよし。汝も案ずべしと有けるゆへ

手枕もよだれつたふてめざめぬる　枝（北枝）

てまくらに竹吹わたる夕間暮　　全
手まくらにしとねのほこり打払ひ　　翁
ときはまりはべる。

「芹焼」とは、根付きの芹を鴨・雉子の肉とともに煮た香味のよい春先の料理のことで、それを銀の小鍋で出すというところから風流な人物を思い寄せ、前句にふさわしいのはその風流人が手枕をしてくつろぐ姿であるとして、手枕の趣向を導き出している。前句から風流人、そして手枕という連想には、前句の十分な読み込みに裏付けられた必然性が感じられ、しかも手枕の趣向が前句に付かず離れずのよく練られたものとなっている。これら一連の「手枕」の句も、先の『俳諧小傘』における「いくたびぞ知死期〳〵に鳴釣瓶」や「変化の見かへるうちに影きえて」の句も、ともに「うつり」を意識して案じ出された句であるというのであれば、両者の間で「うつり」とされるものについて、それぞれ明らかにする必要が出てくる。

それでは、松春は「釣瓶の音」以下の趣向のどのような点に「うつり」を認めたのであろうか。再び『俳諧小傘』に戻って検討する。先に触れた通り『俳諧小傘』の本編は、約一二〇〇語の見出語について、およそ一〇数個から二〇個程の「付心詞」を掲げ、当流の付合のよすがとした付合辞書となっている。ここで「付心詞」として挙げられた語には、「揚屋・歌比丘尼・傾城・小芝居・疝気・博奕」といった庶民的で卑俗な語が多いことに加え、「心中・捨子・遁世・墓守・化物・棺」など、特殊な文脈を形作るような目立って奇抜な語が多いという特徴が見られる。しかもこれらの語は、必ずしも強い連想関係にあるとは思われない見出語の下にも取り上げられている。(8)このことは、当時こうした目を引く趣向によって、前句から大胆に飛躍して付けられた句が好まれる傾向にあったことを示唆している。

そこで次に、実際にどのような句が当流俳諧師の好評を得たかを確認するために、吐雲亭天龍編『白うるり』

（元禄三年成）の中からいくつか高点句を抜き出してみる。なお本書は、編者天龍の独吟歌仙一巻に言水・我黒・団水・常牧・如泉ら五人が加点した結果を公刊したものである。次に掲げるのは、本歌仙の六句目・七句目と、一八句目から一連の三句で、「傾城の」「御墓守ﾘ」「笑ふと泣と」の句には、五人の点者全員が点をかけている。

秋は去年の秋のさまなる
傾城の文とり出す桑門《ヨステビト》
蘇鉄に鳥の巣だつ勢《イキヲヒ》

御墓守ﾘむすぶにぬるき手向水
笑ふと泣とまじる気違ﾋ
（『白うるり』(9)）

順に解釈すると、「傾城の」の句は、今年もまた秋という季節だけは去年と同じくめぐってきたという前句に、傾城への恋に破れて俄に剃髪し、すっかり形を変えてしまった人物を付けた句である。「月やあらぬ春や昔の春ならぬわが身ひとつはもとの身にして」（古今集・恋歌五・七四七・業平）を軽くひねったような発想がうかがえる。「御墓守ﾘ」の句は、前句の場を殺生禁断である貴人の霊殿の近くと見て、手向け水を汲む御墓守のさまを付けた句、次の「笑ふと泣と」の句は、前句から葬礼を連想し、悲しみで気が狂ったように泣き笑いする人物を付けた句である。「傾城・桑門・墓守・気違」など、いずれも『俳諧小傘』に多出する語が、ここでも高い評価を受けていることが確認できる。

このように、元禄当流においてまず重要であったのは、いかに想像力を働かせて前句から飛躍した趣向の面白い句を展開するかということであった。「うつり」は、そうした疎句的な付合に、最低限の連続性を確保する上で必要とされたものであったと考えられる。

一方「うつり」は、必ずしも一句の趣向となるものに意識されるわけではない。次に引用する『俳諧小傘』の文章は、松春が「雨一しきりやねあらふなり」に対して当風の付句を試みた部分であるが、ここでの「うつり」は趣向とは別に、前句への「あしらい」のうちに求められている。

前句雨一しきりやねあらふなり

当　夜あらしに人の気淋し遷宮《ミヤウツシ》

まさしくやねをあらふ所はなけれども、御せんぐうのみぎりなれば、新祠をきよめの雨もあらんか。夜あらし、人の気さびしなどは、唯うつりをおもふのみ。

「夜あらしに」の句は、前句の屋根を洗う雨を清めの雨とみて、伊勢神宮の式年遷宮を趣向として付けた句である。前句の「やねあらふ」から屋根を葺き替える「遷宮」への連想は、成り立たないわけではないが、決して自然に導かれるものではない。(10) 珍しい御遷宮の儀式を趣向にした句を付けようという意図がまず先にあり、その上で前句との調和を図るために「夜あらし」「人の気淋し」による「うつり」が求められたと考えられる。

同様の例として、次に轍士編と目される『黒うるり』(元禄三年成)の「うつり」の例を検討する。本書は『白うるり』で公にされた五人の点者の判詞とそれに対する編者天龍の批評の双方に批判を加えたものである。なお、ここで問題にする「簾にすきて見ゆる眉目よし」の句に対して、我黒・団水・如泉は珍重、言水・常牧は平点の評価を下している。

そよ〳〵と夕立くろむ方の風

(中略)

簾にすきて見ゆる眉目よし

○評曰、移りばかりの付寄、涼み所の風情も見えすきたり。いづれも片点づゝは尤なり。　(『黒うるり』(11))

「簾にすきて」の句は、夕立で空が暗くなった方からそよそよと風が吹いてくるという前句の景に対して、視点を近景に転じ、涼み所の簾越しに見える美人を付けた句である。「移りばかりの付寄」とある通り、轍士はこの付合に「うつり」を認めているが、前句の夕立がやってきそうな気配と、付句の涼み所の美人のさまとの間に、深く情趣が通っているわけではない。作者の狙いは、涼み所の美人を趣向とした句を仕立てた点にあり、ここで「うつり」とされているものは、そよそよと吹く夕風から夕涼みへという、ごく軽い連続性なのではないだろうか。(12)

以上の考察をふまえ、今度は蕉風の「うつり」の例として、『三冊子』から付句の体について説いた一連の記述を引用する。最初の付合は、元禄三年八月下旬から九月頃の興行と推定される「灰汁桶の」歌仙（『猿蓑』所収）、二番目の付合は貞享三年一月興行の「日の春を」百韻（『鶴のあゆみ』所収）、三番目の付合は元禄二年六月四日から九日にかけて興行された「有難や」歌仙（『曾良旅日記』所収）の中にそれぞれ見出せる。(13)

　　のり出て肱に余る春の駒

　摩耶が高根に雲のかゝれる

まへ句の春の駒といさみかけたる心の余、まやが高根とうつりて、雲のかゝれるとすゝみかけて、前句にいひかけて付たる句也。

　　敵寄来る村松の声

　在明のなし打烏帽子着たり梟

前句の事をうけて、其句の勢ひに移りて附たる句也。

　　月見よと引起されて恥しき

　髪あふがする羅の露

前句の様体の移りを以て付たる句也。句は宮女の体になしたる句也。

最初の付合は、乗り初めた若駒が力に溢れていて御しかねるさまを詠んだ前句に、雲のかかった摩耶山の高い頂を行く手に仰ぎ見るさまを付けたものである。近世には、二月の初午の日に飼い馬の無難を祈って、摂津国摩耶山にある仏母山天上寺に馬を引いて参詣する摩耶参という習わしがあり、この句はその摩耶参を媒として付けられている。しかし、「うつり」は摩耶参の趣向そのものではなく、さらに一歩進んで、前句の春の駒の溌剌とした勢いを、摩耶山の頂に雲がかかっているという大景で受けた点に認められている。二つ目の付合は、敵の夜襲によって、松林に颯々と風が吹き渡る軍場に緊張が走るさまを詠んだ前句に、有明月のもと梨打烏帽子を身につけた武将の勇姿を付けたものである。梨打烏帽子は甲の下に着用するもので、出陣の準備をする凛々しい武将のさまが、前句の軍場の緊張感によく映じている。直接武将といった語を出さずに、前句の勢いを受けて、戦に臨む武将の姿がありありと浮かぶように付けた点が「移りて附たる句」とされる所以である。この句について特に注意されるのが、軍場から武将という、連想自体は非常に近い中に「うつり」の面白さが見出されている点である。このようなことが可能となっているのは、「うつり」に対して非常に繊細な意識が向けられていたためであると考えられる。三つ目の付合は、美しい月夜に寝入ってしまっていたのを恥じる人物を描いた前句に、薄い絹をまとっただけの姿で侍女に洗い髪をあおがせている宮仕えの女房のさまを付けたものである。付句に描写された女性のくつろいだ姿は、気を許して眠りこんでしまったことを恥じらう人物を描く前句によく気分が通っており、ここに「うつり」が認められている。[14]蕉風においては、前句にかすかな匂いを感じ取り、それにほのかに映発するような趣向の句を付ける過程に「うつり」が意識されていたのである。

このように、微妙な呼吸のうちに「うつり」を見出し、「うつり」そのものに心を砕く蕉風の姿勢は、「うつり」のよい趣向を探る手がかりとなる語を「付心詞」として集成し、検索の便宜を図った松春のそれとは大きく異なる。『俳諧小傘』は、元禄疎句に新たに遊ぶようになった初心の作者たちを対象に編まれたものであったが、彼らに対して説かれた「うつり」は、そもそも「付心詞」として形式化・類型化し得るような、非常に手軽なものであったのである。

三、景気の句と「うつり」の関係

以上のような「うつり」に対する意識の違いは、俳風の問題とも密接に関連している。元禄当流が、庶民的で卑俗な趣向や奇抜な趣向を好んだことについては先に触れた通りであるが、それは景気の句に面白みを見出すことが難しかったことの裏返しでもある。

次に引用するのは、元禄の景気付の流行について述べた和及編『雀の森』（元禄三年序）の序文である。和及は初心の作者に対して、どのような付句を心がけるべきかを説く中で、景気の句ばかりを連続して付けることを難じている。

> 前句へのうつり、付味、三句のはなれのよしあしに気をつけ御覧じ候て、各々の御心にいり、よく聞へ申候句はよしとしり、きこえぬ句はあしきと見わけらるべく候。（中略）初心の稽古とて、古懐紙等、頃の都鄙の板行の集ども御覧候とも、名のある作者の句どもにしやれすぎて聞へぬ句、又聞え候へばあまりすぐにて意味なき発句などおほし。上手の作とのみおもひて、かならず御まねび有まじく候。（中略）又当流とて景気附をこのめば、六七句十句までもおなじ野、里、山などのけしきつゞきてうつとしく候。おほくは心付にして、景気はところ〴〵にあるべきか。さのみ一句をたくみにせず、めづらしき詞をこのまず、句作はおさなくとも前句へよくうつり付候句は、意味もふかくあかぬ物にて候。只座功をかさね次第、我人の句のよしあしも聞え感情もこもる物に候へば、随分うちすてず御はげみ専一ニ奉存候。
> （『雀の森』[15]）

前半では、「うつり」の重要性を主張して疎句の行き過ぎを戒め、まずは一句の意味がわかる句をよい句と心得るよう説いている。[16] 続いて、いくら景気付が流行しているとはいえ、同じような景気の句が何句も続いて変化がないのは面白くないので、多くは心付によって付け、景気付の句はところどころでよいという意見を述べる。前句を離れて付けるのに、景気付は初心者にも真似しやすいが、景気の句を面白く展開するのは困難であるので、心付を主とするように心がけよというのである。景気の句の面白さは、微妙な「うつり」の味わいをどれだけ感じ取ることができるかにかかっていたことを考えれば、和及の説くところも肯ける。

また次に引用するのは、「萩《ハギ》の露ちる馬持の家」という前句に、「古流・中比・当流の付心のさかい、一句の前句にて付わけぬ。是になぞらへて他を知べし。」として当流の付句を試みた『誹諧番匠童』の中の一節である。「馬持の家」とは、宿駅で輸送用の馬を飼っている家のことで、この前句は、そうした馬持の家のそばに咲いている萩の花に露が降りているという、秋の早朝の情景を描写した句である。ここでも当流の付句として景気付の句が挙げられているが、はじめの二句が前句の景に素直に付け寄せた句であるのに対し、「少功者にて付る」句とされた三句目の「更科の」の句は、それらとはやや異なる趣を持った句となっている。

又頃《コノゴロ》の景気《ケイキ》付といふは、

蕎麦《ソバ》空《ガラ》を焼《タク》らん煙《ケムリ》ぼち〳〵と

是旅《タビ》体にして、馬借《シ》なんどの家に焼《タキ》さうなけしきなり。又、

大橋《ハシ》と小橋《ハシ》のあはひ霧《キリ》とぢて

是も景気に、淀にもせよ瀬田《セタ》にもせよ、馬持の家有さうな所也。

又少功者《コウシヤ》にて付る時は、

更科《サラシナ》の月ゆへ公家を拝《ヲガ》みけり

是は公家衆、旅行《リヨカウ》に更科の月名所なれば御覧有べきため、かゝる馬持の家などに宿《リ》玉ふ。其ほとりのけ

しき、みる様なり。

「蕎麦空を」の句は、馬持の家では馬の餌にそば殻を焚くこともあろうと連想して、そば殻を焚く家の煙がだんだん見えてきたと旅の体を付けた句、二句目の「大橋と」の句は、前句の馬持の家がありそうな場所を見込んで付けた句、三句目の「更科の」の句は、前句の宿駅の様子から公家の旅を趣向し、月の名所更科では、月見にやってくる風流な公家たちに御目にかかることだと付けた句である。景気付の流行が元禄俳壇を覆う中で、前句の馬持の家から、公家の月見というひねった趣向を案じた句が、功者の句として評価されている点は注目に値する。景気付が好まれる風潮にあったとはいえ、少し気の利いた付け方をしようとすれば、かえって目を引くような趣向を構えて前句から飛躍した句に、面白みを追求することになったのであった。(17)

四、前句付派の「うつり」

最後に、やや時代の下る資料ではあるが、不角の付合高点句集『籰纑輪《わくかせわ》前集』(宝永四年(一七〇七)序)の序文を参考までに取り上げる。不角は元禄期には主として前句付点者として活動しており、『籰纑輪前集』に名を連ねる作者たちも前句付作者層と重なっている。(18) 左に引用する箇所では、前句に対する付句のあり方として、よく意味の通る句を「能句」とし、「よく付」句より「能よる」句を評価するなど、一見するとこれまで見てきた元禄当流の作法書類と、全く同様の意見が述べられている。

先哲共のよき句といふに、聞えぬはなし。嬰子もうなづく作意なり。よく聞えて能句を万代不易の句といへり。(中略)問、然らば前句へよく付しが能候や。否。答て、能付と申は甚よろしからず。八條殿の名目にも、上手は能より、下手は能付と侍る。

しかし、次のような例からは、不角が「よく付」句、「能よる」句として想定している句が、元禄風の付句とは全く別物であったことがわかる。

問、よく付といへるはいかやうなるをや。答テ、たとはゞ、

　弁慶は五條の橋へのつさのさ

　時に牛若長刀をしやん

如是なるを能付とも又したしともいへり。問、よく寄と申句はいかゞ。答テ、

　勘当をする子を江戸へやる

　忘れても鰒は喰ふなとねめ付て

　　又

　年に希成ル田舎大尽

　煩悩の犬かひ星とそやさるゝ

かくのごとく成を能よるとも能うつるともいふ。

（『篗纑輪前集』[19]）

まず「よく付」例として挙げられた「時に牛若」の句は、五条大橋で弁慶と義経とが出会う場面を思い浮かべて弁慶を描写した前句に、その時の義経の様子を付けて応じた句である。前句の「弁慶」に直接「牛若」という固有名詞を出し、「のつさのさ」という擬態語に同じく「しやん」という擬態語を対応させた点が「能付」とされている。次の「忘れても」の句は、たとえ勘当した子であっても、やはり我が子は心配でたまらないという親心を、河豚を趣向として詠んだ句、その次の「煩悩の」の句は、いい年をして遊郭で遊ぶ野暮な田舎の金持ちを牽牛（牛引き）になぞらえ、「煩悩《ぼんのう》の犬《いぬ》はうてども門《かど》をさらず」（『せわ焼草』[20]）の諺をきかせた句である。これら二句は「能よるとも能うつるともいふ」句とされてはいるものの、いずれもかなり強く前句に付いた古風なものである。「能うつる」句を理想としつつ、不角の説く俳風の実態は、元禄疎句とはかけ離れたものであった。

「うつり」は、元禄俳壇全体において一種の合い言葉のように唱えられていたが、その位置付けにはかなりの違いが見られる。蕉風において「うつり」はそれ自体に心を砕き、味わうものとして存在したのに対し、元禄当流における「うつり」は、疎句的な付合に最低限の連続性を確保する上で意識されるものであった。また、貞門的な俳風を保持する不角ら江戸の前句付派において、「うつり」が疎句とはやや異なる文脈で説かれている通り、「うつり」に対する意識の違いは、俳風の違いとも密接に関係している。蕉風においては、前句とほのかに映発するような句を付ける過程に「うつり」が意識されたため、微妙な呼吸による淡い付合が好まれたが、元禄俳壇全体としては、そうした繊細な「うつり」を感じ取ることの難しさから、庶民的で卑俗な趣向や奇抜な趣向によって前句から大きく飛躍する句の展開が好まれた。

しかし、ここで蕉風の「うつり」がいかに高等であるかということを述べるつもりはない。蕉風の付合の面白さは、「うつり」を積極的に味わおうとする姿勢があってこそのものであり、当時の俳諧人口のうちで蕉風の高度な付合理念を理解し得た作者はほんの一握りにすぎなかった。元禄俳壇を支えた多くの作者たちの関心は、そうした高次の「うつり」を追求する方向には向かず、それぞれのレベルに応じて素直に面白いと感じられる風を楽しんだのである。

注

(1)『日本文学研究資料叢書　芭蕉2』(有精堂、昭和五二年)所収、『国語国文』第二五巻第一〇号(昭和三一年一〇月)初出。
(2)松春の俳諧活動については、第二章第三節「元禄俳諧における付合の性格――当流俳諧師松春を例として」で詳述する。
(3)雲英末雄『元禄京都俳壇研究』(勉誠社、昭和六〇年)所収、『芭蕉講座　第三巻　文学の周辺』(有精堂、昭和五八年)初出。
(4)引用は『天理図書館綿屋文庫俳書集成11　元禄俳書集　京都篇』(八木書店、平成七年)によった。

(5) 引用は、雲英末雄『元禄京都俳壇の研究』によった。

(6)『俳諧小傘』の引用は、『近世文学資料類従参考文献編13　俳諧小傘』勉誠社、昭和五四年）によった。

(7) 天保一〇年（一八三九）序、金沢の俳人可大編『やまなかしう』に北枝の筆記として収録される。引用は『新日本古典文学大系71　元禄俳諧集』（岩波書店、一九九四年）によった。

(8) 先の「おかし火燵に更て行雨」に見合う趣向の一つとして挙げられていた「化物（変化）」の語を例にとると、「虚言《ウソ》・上臈・城・天井・美人・部屋・宮所・森」といった見出語の下に挙げられ、他にも「男・徒然《サビシキ》・住所《スミドコロ》・墓・夜詰」の下に「化物試（化物様）」、「抜穴」の下に「化物狩」、「立身」の下に「化物仕留」、「生死」の下に「化物ニ逢」、「踊」の下に「化物屋敷」等の語が掲げられている。なお『俳諧小傘』の語の検索にあたっては、日野英子『俳諧小傘研究並びに索引』（昭和五六年）を用いた。

(9) 引用は『近世文藝資料18　北条団水集』俳諧篇上（古典文庫、昭和五七年）によった。

(10) 伊勢神宮の式年遷宮は、近世以降は二〇年ごとに内宮外宮とも同年に行われ、御神体を旧殿から新殿へ遷す遷御の儀式は、文化六年（一八〇九）一〇月に行われた例を除いて、全て九月に行われている。一方、屋根を洗うほどの雨といえば、まず連想されるのは五月雨や八月の野分であり、式年遷宮の中核である遷御の儀式が九月に行われたことを考え合わせると、前句から御遷宮を導いてくる必然性は薄い。

(11) 引用は『近世文藝資料18　北条団水集』俳諧篇上によった。

(12) ただし「移りばかり」という口振りに、否定的なニュアンスまで感じ取る必要はなかろう。『俳諧小傘』で「ほの〴〵明《アケ》にほふ茶の湯気《ユゲ》」の前句に対して当流の付け方を説く中で、「うつりばかり」という言い回しを肯定的な意味に用いた例がある。

当　沓《クツ》作る岡べの家居ちいさくて

夜明にも、茶のゆげにも、かならず付るとはなしに、たゞ旅行の朝げしき、埜の家のいぶせきに、沓作ル老男《オウヂ》あり、茶釜くゆらす姥もあらんかと、うつりばかりをいひたてたる。

(13) 所収歌仙と興行年月日は『校本芭蕉全集』（富士見書房）の頭注にしたがった。

(14) 蕉風の「うつり」については諸論考が備わるが、たとえば宮本三郎「連句の美学」（『蕉風俳諧論考』笠間書院、昭和四九年所収、『芭蕉の本5　歌仙の世界』角川書店、昭和四五年初出）では「うつり」を「前句から付句への自然な推移・展開または照応・映発」であるととらえ、「句勢・語勢など表現面のそれもあれば、人物の様体、自然の風景のそれや気分情調のそれもあり、またそれらの渾然としたものなどさまざまな付合が含まれる。」とする。

(15) 引用は、早稲田大学図書館蔵本（ヘ五―六〇五二）によった。

(16) 鬼貫著『独ごと』（享保三年（一七一八）刊）でも「俳諧に地、自句、やり句、格外といふ事侍り。（中略）格外といふは打きこゆる所更に前句に付よるべき句とも見えねど、底にてよく付侍りて、しかも感深きをいふなるべし。」というように、高度な疎句は格外に位置付けられている。なお、引用は復本一郎校注『鬼貫句選・独ごと』（岩波書店、平成二二年）によった。

(17) これについては第二章第三節「元禄俳諧における付合の性格――当流俳諧師松春を例として」で論じる。

(18) これについては第三章第四節「不角の俳諧活動を支えた作者層」で論じる。

(19) 引用は、国文学研究資料館所蔵マイクロフィルム（富山県立図書館志田文庫蔵本、二〇九―六一―八）によった。

(20) 引用は、米谷巌編『せわ焼草』（ゆまに書房、昭和五一年）によった。

第三節　元禄俳諧における付合の性格——当流俳諧師松春を例として

蕉風俳論において「うつり・ひびき・にほひ・くらい」[1]といった用語で説かれる付合手法は、芭蕉の独創ではなく、元禄俳諧全体の風潮と軌を一にした付け方であるとする見方はもはや周知のものとなっており、とりわけ尾形仂「蕉風と元禄俳壇」[2]と今栄蔵「芭蕉俳論の周辺——元禄俳論一般をめぐって——」[3]はその基本となるものである。芭蕉の景気尊重を、当時の俳壇における景気付の流行のうちに説く尾形氏に対し、今氏は心付と景気付の並行を唱えており、元禄俳壇の動向をめぐって両者の主張は対立しているようであるが、蕉風が俳壇全体と同じ方向性を持ちながら一線を画した理由を、絶えず新しい風を求めてゆく情熱と自己鍛錬の意識の強さに求める点では一致している。しかし、芭蕉が脱皮を試みたいわゆる元禄風の実態を具体的に明らかにすることで、両者の俳諧の質の違いを具体的にとらえることもまた必要である。そこで本節では、元禄期に京都で活躍した俳諧師松春の俳諧活動を取り上げ、当時の俳壇全体を覆っていた元禄当流[4]について考察する。松春は、芭蕉の活躍期とほぼ重なる時期に、京都俳壇の主要な当流俳人たちと広く交流して彼らの撰集に句を寄せ、また、その著書『祇園拾遺物語』（元禄四年（一六九一）刊）『俳諧小傘』[5]（同五年刊）では、「当流」の語を用いて当時流行の俳諧について説いている。当時の俳壇の中心であった京都で、元禄当流を体現する俳諧師として活躍した松春の俳諧活動に注目する意義は大きい。

一、松春の俳諧活動

松春は本名坂上甚四郎、元禄四年刊の林鴻編『京羽二重』の中に「三條通ヨリ二條通マデ之間」の点者[6]「池流亭松春　衣棚通御池下ル町」として載り、同じく元禄四年序の江水編『元禄百人一句』の巻末に掲げられた「誹諧作者目録」の京の部にも名前が見える。『京羽二重』に点者として掲載され、『元禄百人一句』に句は載らないまでも「誹諧作者」としてその名の見えることから、元禄俳壇でそれなりに知られた俳諧師であったといえよう。生年は不明で、没年は『新撰俳諧年表』に宝永六年（一七〇九）とあるのが『俳文学大辞典』に踏襲されている。『誹家大系図』（天保九年（一八三八）序）にも「案ニ宝永正徳ノ頃歟」とあるので、およそこのあたりと考えておきたい。ただし『誹家大系図』に「児玉氏、好春ノ息」とするのは誤りで、好春の生没年と松春の活動時期等を勘案した場合、両者が親子関係にあるとは考えにくい[7]。著作には、先に触れた通り、問答形式で当流の俳諧の仕様について解説した『祇園拾遺物語』と、当流俳諧の付け方を例示した『俳諧小傘』がある。以下、しばらく松春の俳諧活動について順を追って確認していきたい。

まず最初に松春の名が見える撰集は、延宝八年（一六八〇）序、同九年刊の似船編『安楽音』で、発句七、付句一〇、十吟百韻一巻が入集する[8]。本書は漢詩文調の最初期の作品を含むものとされ、松春の発句も「髭《ヒゲ》が云ク千秋萬歳野老《トコロ》の春」[9]等、漢詩文調が濃厚である。また、付句の部には「句並前後不同　五句付抜書モ入」とあり、ここで挙げられた松春の句の中にも、明らかに似船点前句付興行における作と考えられる句がある。当時の似船点前句付は、宮田正信氏も言及される通り[10]、俳諧初心者に対する付合修練の意義を兼ねつつ、主として俳諧数寄者によって構成された、遊戯的な性格を持つものであったと考えられる。そうした中、十吟百韻に一座して一一句を付ける実力を持った松春は、俳諧数寄者の一人として前句付を楽しんでいたのであろう[11]。

松春は似船だけではなく、他にも多くの著名な京都俳人と交流があり、宗因・常矩両名の追善集である秋風編『うちぐもり砥』(天和二年(一六八二)序)にも「川寒くきこえ麦叟朝《バクソウアサ》の戸に眠る」[12]の追悼句を寄せている。天和三年の歳旦集『誹諧三物揃』の一晶歳旦には一一・松春・一晶の三物が載り、一晶が「似船の傘下から京俳壇に登場し、常矩を介して秋風・信徳に兄事」(『俳文学大辞典』白石悌三氏執筆)して、似船・一晶ともに『うちぐもり砥』に入集することを考慮すれば、彼らの交友圏内にいた松春が同書に追悼句を寄せているのも不思議ではない。また、元禄二年の歳旦集『誹諧大三物』の言水歳旦に良佺・未達・松春の三物が載り、言水とも親交があったことがわかる。さらに元禄三年に刊行された団水編『秋津嶋』に「一日に蟻の行つくばせをかな」「逢事のうぶめをかたれ鉢敲」[13]の二句が入集し、後者は翌元禄四年に刊行された児水編『常陸帯』にも収められる。同年には『祇園拾遺物語』を刊行し、当時の京都俳壇における主要な俳諧師と広く交わりつつ、盛んに活動を行った様子がうかがえる。なお、本書の刊記には「江戸神田新革屋町　西村半兵衛／京三條油小路東へ入町　西村市郎右衛門／坂上甚四郎」とあり、[14]西村市郎右衛門は本書で松春と両吟歌仙三巻を巻いている俳人未達、西村半兵衛は本書の江戸売捌元であると考えられる。[15]次に松春の名が現れるのは、言水序、芥舟編『あくた舟』(元禄五年刊)の十八吟十九句で、一座した連衆は信徳・言水・芥舟・秋山・雁玉・為文・定之・助叟・信由・只丸・風子・松春・阿誰・淵瀬・湖水・松木・芝蘭・梅子である。

ところで当時の京都俳壇では、信徳・言水をはじめ似船・団水など、主要な俳人たちはみな前句付点者として活動していたといってよい。[16]松春自ら点者として前句付を行ったものとしては、管見の限り『誹諧三国伝来』(宝永六年九月)のみであるが、[17]『京羽二重』においても点者のうちに数えられていることから、元禄期既に前句付興行を行っていた可能性が考えられる。[18]また、似船編『安楽音』に五句付の句が見えることは先に指摘したが、元禄四年の奥書を持つ似船編『勢多長橋』の付句の部にも「三句付ノ中　氷やふねの棹《サホ》のさまたげ／さゞなみの

魦《イサヾ》の簀あれにけり　松春」の付句が載り、作者としても依然として前句付に遊んでいたことがわかる。(19)

元禄五年一月に、松春は付合辞書『俳諧小傘』を刊行する。本書の本編にあたる「当流俳諧小傘付合指南」の冒頭に「池流亭　坂上偏《ママ》集／嘯松子　西村未達校正」と記され、また同年刊の『広益書籍目録』や同年序の阿誰軒編『誹諧書籍目録』に作者名が松春・未達の連名となっていることから、本書は未達の協力のもとになったものであることがわかる。(20) 内容は、初心者のために付合手法を説き、約一二〇〇語の見出語の下に当流の付合に役立つ連想語を「付心詞」として掲げたもので、随所に松春の俳論・俳諧観をうかがうことができる。また、雨行編『時代不同発句合』（元禄五年序）に入集し、古今の各地各派の作を一句ずつ収めた助叟編『釿始』（元禄五年刊）の作者にも選ばれていることから、当時名のある俳人と目されていたとみて間違いなかろう。元禄五、六年頃の刊行と推定される幸佐編『入船』にも「ちる花よ風のにくさをふむうらみ」(21) という一句が載る。その後しばらく目立った活動が見られず、宝永三年に刊行された団水編西鶴十三回忌追悼集『こころ葉』に「秋さればいよ〳〵見まく法師柄」(22) という追悼句を寄せている。宝永六年の『誹諧三国伝来』に松春点の前句付が見えることから、雑俳点者としての活動が主となったのかもしれない。

二、『俳諧小傘』の付合手法

以上、松春の俳諧活動を概観し、元禄期の京都で活躍した典型的な当流俳諧師としての姿を確認した。次に松春の俳論・俳諧観の検討に移るが、その際に大きな手がかりとなるのがその著作『祇園拾遺物語』と『俳諧小傘』である。まずは『俳諧小傘』を取り上げる。

『俳諧小傘』は、松春が元禄五年に刊行した俳諧作法書・付合辞書である。はじめに、同一前句に対して松春自身が宗鑑風・貞徳風（立圃風）・宗因風・常矩風・当風の付句を試み、それらを対照しつつ当流の付合について概説し、続く本編の「当流俳諧小傘付合指南」で、いろは順に並べた見出語ごとに句数・去嫌等を記し、その下に「当流に便ある付心詞」として十数個から二〇個ほどの連想語を掲げる。『俳諧小傘』の刊行意図は、凡例中で次のように説かれている。

いにしへよりの付合の書、毛吹・便船・類船集等あり。これに出る所の古きを用ひず。今当流に便ある付心詞を集て、初門のため此道の一助となす。此中にも打聞たる唱への古きに似たる物稀に有べし。かならずしもその詞をたゞちに用ふるにはあらず。其こゝろをもて、ぬけて付るの便也。(23)

詞付の時代に用いられた『毛吹草』『便船集』『類船集』などの書は古くさくてもはや役に立たないので、当流にふさわしい「付心詞」を集めて刊行し、初心の助けとするというのである。これは和及が『誹諧番匠童』(元禄二年刊)の中で「前句の馬萩《ハギ》などに目を付て付るは枝也《エダ》。只一句の心をひつからげて、心に味《アヂハ》ひ、其所に何にてもさも有べき物をあんじ出し、我心にて作りて付ルなれば、定りたる付合の道具おぼえて益なし(24)」と述べるところと共通している。さらに松春は、当流の付合について例句を用いて具体的に説明している。

前句雨一しきりやねあらふなり

当　夜あらしに人の気淋し遷宮《ミヤウツシ》

まさしくやねをあらふ所はなけれども、御せんぐうのみぎりなれば、新祠をきよめの雨もあらんか。夜あらし、人の気さびしなどは、唯うつりをおもふのみ。

句の上の「当」の字は「当風」の略で、ここでは前句中の特定の語に付けるのではなく、「うつり」を重視して前句全体と調和した句を付けることが目指されている。こうした特徴もまた、『誹諧番匠童』に「頃の当流と言は、やすらかにして、姿は古代に似たれ共、古しへの付合道具付、又は四手付などせずして、其一句の心を味ひ、景気にてあしらひ、或は心付にて各別の物を寄、木に竹をつぎたる様なれども、心はひた〳〵と付様にせり」と述べられる通り、元禄期の一般的風潮と重なるものであった。なお、右に引用したのは景気付の例であるが、「うつり」が意識されるのは景気付の場合に限ったことではない。次に引用するのは、「おかし火燵《コタツ》に更て行雨」という前句に心付で付ける場合について説かれた箇所である。

心付の趣向と云は、

　釣瓶《ツルベ》の音　産《サン》の紐《ヒモ》とく心　妖《バケ》もの　嫉妬《シツト》のさま

これらにや。付物も心付も千差《シヤ》万別《ベツ》にして、浜《ハマ》の真砂《マサゴ》のつくる事なければ、かた計をあぐるのみ。余《ヨ》はこれに準《ナツラヘ》て思惟《シユイ》あらん。扨此心付の内、釣瓶を取て付る時、

　　おかし火燵に更て行雨

一　心付　いくたびぞ知死期《チシゴ》〳〵に鳴《ナル》釣瓶

またばけものをとりて一句にしたつる時

　　おかしこたつに更て行雨

同　　変化《バケモノ》の見かへるうちに影きえて

これらはこたつにも雨にもつかず、只うつりを本意《ホイ》とすれば、心付といふ物ならし。

このような「うつり」を意識した付け方は、疎句化が進んでいた元禄期の俳壇全体を覆う特徴の一つであると解され、松春はそのような当時の一般的俳風を押さえて、それをわかりやすく説いているといえよう。(25)

三、『俳諧小傘』の「付心詞」の性格

さて、こうした当流の付合の傾向を考慮に入れた上で、次に本編の「当流俳諧小傘付合指南」で挙げられた「付心詞」の特徴を検討する。「付心詞」とは、当風の付合に役立つと考えられた語で、見出語と連想関係にある

語ではあるが、詞付における付合語とは性格を異にしている。そこで、収録語数が多く、それまでの付合語集の集大成的な性格を持つ梅盛著『類船集』（延宝四年刊）と比較することで、『俳諧小傘』の「付心詞」の性格を明らかにする。なお、先に引用した凡例中の文章に、「いにしへよりの付合の書、毛吹・便船・類船集等あり」と言及されるように、『類船集』が代表的な付合語集として松春の念頭にあったことは明白である。

まず『俳諧小傘』には、特定の古事を連想させる語や王朝語、名所といった語が少ないという特徴がある。次に一例として『類船集』と『俳諧小傘』の「朝顔」の項目を掲げる。(26)

朝顔《アサガホ》　一名しのゝめ草　○霧のまがき　露の下庵　呉竹のすゑ　手水　斎宮　賤の垣ほ　鏡　源氏　髪あぐる
ゆやの使　明石の浦　寝起　麩《フ》の焼《ヤキ》　芦垣　（『類船集』）

槿《アサガホ》　付心　筆店《フデミセ》　猪口《チヨク》　有明　虫ノ音　庵《イホリ》　花皿《ハナザラ》　秋風　手水鉢　白露　寝間　鉦《カネ》ノ音《ヲト》　蝸牛《デイムシ》　竹簀戸《タケスド》
（『俳諧小傘』）

『類船集』の「源氏」は『源氏物語』に登場する桃園式部卿宮の姫君「朝顔の斎院」からの連想、「ゆやの使」は謡曲「熊野」で、老母からの手紙を届ける侍女「朝顔」の名からの連想であるが、『俳諧小傘』にはこれらの語は挙げられていない。また『俳諧小傘』では、歌枕や名所は基本的に立項されず、全体として固有名詞が少ない傾向がある。たとえば、明石・宇治・須磨・吉野といった古来有名な土地の名についても、「付心詞」として挙げられているのは「鵆《チドリ》―明石」「太夫―宇治」「鵆・徒然《サビシキ》―須磨」「塗師《ヌシ》・木槵子《ムクロジ》・雪・椎―吉野」(27)くらいで、『類船集』とは比べものにならないほど少ない。それに対して「付心詞」として比較的よく登場してくるのが、江戸・大坂・大津・伊勢・鎌倉・箱根といった、当時人々が多く集まったであろう賑やかな都市や物見遊山の地である。「江戸」や「大坂」は『類船集』では「薢《トコロ》・常盤《トキハ》橋同（近江）一説奥州・武蔵・荒藺《アラヰ》崎武蔵―江戸」「瓦・大工・蔵―大坂」程度しか取り上げられず、「江戸○○」という付合語も「八町―江戸の堀」「十四日―江戸の山王祭」の二例に留まるのに対し、『俳諧小傘』では「井・鰹・訛《ナマル》・紫・水・比丘尼・雛《ヒイナ》・髻《モトユヒ》」の項目で「江戸」の語が挙げられ、その他に「付心詞」として「江戸女・江戸鑑・江戸店《ダナ》・江戸人・江戸ノ水・江戸挟箱・江戸橋・江戸飛脚・江戸船・江戸梅梧《ムメモドキ》・江戸髻・江戸屋敷」の語が見える。「大坂」についても同様で、「鰯・井・紡錘《ツム》・臼・河豚《フクタウ》・水・椎・汐・雪駄・炭・水仙」と、多数の見出語の下に取り上げられている。こうした『俳諧小傘』の特徴は、連歌寄合からの脱却を示すと同時に、元禄当時の俳諧作者の位相の変化による付合語彙の変質をうかがわせる。現実生活と結びついた語彙を豊富に含む『俳諧小傘』の「付心詞」の性格は、元禄俳壇の傾向をよく反映しているのである。

また『俳諧小傘』には、どんな場所にでも見出されるようなありふれたものや、日常よく使用される身近な道具、漠然とした場所や時間帯を指し示す語が「付心詞」として頻出する。たとえば、次のような語である。

庵室　石仏　井戸　御札　壁　川狩　丸薬　玄関　火燵　下屋敷　城下　師走　涼風　涼床　背戸　泉水
茶屋　挑灯　塵塚　堤　寺　寺町　道中　燈籠　殿屋敷　鳥威　掃溜　花幕　番所　普請場　湯殿　夜道
絵馬　縁先

これらは見出語に対して強い連想関係にはなく、その場にありそうなもの、その状況にふさわしい事物といった、ゆるやかな連想関係によって結びついた語である。そして、こうした「付心詞」の特徴は、元禄俳諧の付合のあり方と密接に関連している。固定的な連想に基づき、前句中の特定の語に対して連想語を導き出して付ける詞付から、「一句の心をひつからげて」前句全体に調和するように句を案じる疎句的な付け方に変わったことで、前句の場にいかにもありそうな事物を見定め、そこから連想を広げていくことが、案じ方のコツのひとつとなっていたと考えられるのである。

このような『俳諧小傘』の「付心詞」の性格は、景気を尊重した穏やかな俳風とされる、いわゆる元禄風(28)とも矛盾するものではない。しかし一方で、『俳諧小傘』にはそうした和歌・連歌的で安らかな風にそぐわない傾向も見られる。本書の「付心詞」には、「揚屋・歌比丘尼・傾城・小芝居・疝気・博奕・人喰犬」といった庶民的で卑俗な語や、「心中・捨子・遁世・墓守・化物・棺」など、連想語として全くありえなくはないが、特殊な文脈を形作るような目立って奇跋な語もかなり多く見受けられるのである。これらは『俳諧小傘』には頻繁に登場するが、『類船集』には見出語としてはおろか、付合語としてもあまり出てこない語である。特に、身近な話題として取り上げられやすい語は理解されるとしても、「死骸・魔所《マショ》」(29)といった奇警な語が随所に挙がっている点は目を引く。なぜこうした語を、初心のための付合指南書に掲げる必要があったのであろうか。

これには当時流行の景気付のあり方が関係している。松春は『俳諧小傘』「前句附仕様」の中で、景気付の付け方について次のように説明している。

夕雲雀《ヒバリ》塔《タウ》より上をなく気色、といふ前句には、多分景気付なるべし。此の景気、
　反橋《ソリ》　庵室《アンシツ》　小社　土筆《ツクヾシ》つむ　并つばなげゞななど　茶つみ　山路　旅躰　鮎《アユ》汲川
これらにや。右の内、庵室にて付句を仕立んには、
　　夕ひばり塔より上をなく気色
一　景気　菜《ナ》のはなにほふ庵室のみち
また山路にてうつらせんには、
　　夕ひばり塔よりうへをなく気色
同　うどの芽《メ》おりてかへるさの山

「夕雲雀」の句には景気で付けるのがよく、「反橋」以下の語で趣向を立てるとうまく「うつる」というのである。そして実際に『俳諧小傘』の「付心詞」には、先に『俳諧小傘』に特徴的な語として挙げた「庵室　石仏

井戸」以下の語をはじめ、景気付に用いるのに使い勝手のよい語が多く集められている。「付心詞」として挙げられた語を直接参照して用いたわけではないにせよ、「付心詞」に表れた類型的な連想パターンを基にしていれば、大きく付け損じることはなかったのであろう。裏を返せば、景気付が流行していたとはいえ、『俳諧小傘』が読者として想定する初心の作者には、個々の前句をよく見極め、その場その場でしっくりくる句を案じることによって生まれる絶妙な付合の呼吸などは、あまり期待されなかったと考えられるのである。古事や名所等をふまえて付ける親句を嫌い(30)、「景気付を当流とする意識の確立に伴う景気付になずんだ安易な態度(31)」が蔓延する中で、卑近な日常の滑稽な一場面を描写した句や、目を引くような奇警な語を用いた句が、一巻の眼目として求められたことは容易に想像される。松春と同じく京都で活躍した当流俳諧師和及は、その著作『雀の森』(元禄三年自序)の中で初心の作者に対し、景気の句ばかり連続して付けるのは変化に乏しくてよくないとして、「当流とて景気附をこのめば、六七句十句までもおなじ野、里、山などのけしきつゞきてうつとしく候。おほくは心付にして、景気はところ〴〵にあるべきか(32)。」と述べている。景気の句は初心者にも付けやすいが、面白く展開していくのは至難の業であったのである。

ところで、『俳諧小傘』に掲げられた「付心詞」には、他に人物(身分・職業)に注目した当世の人倫語彙が多いという特徴も見られる。次に『類船集』には載らず『俳諧小傘』に特徴的な語、あるいは『類船集』に出てくるにせよ、『俳諧小傘』に特に高い頻度で登場する語を試みに挙げてみる。

商人　外方《アハウ》　医者　隠居　産女　強盗《オシコミ》　落人　敵　髪結　願人坊主　気違　公家　薬売　傾城　後家
扈従《コシヤウ》　乞食　小僧　子ども　柴人　下部　順礼　職人　女中　牙婆《スアイ》　船頭　大工　太鼓持　大名　立役者
妾《テカケ》　手代　手習子　問屋　道戯方　唐人　科人　取上姥　鳥取　盗人　墓守　飛脚　百姓　古鉄屋　舞子
密夫《マヲトコ》　賄人　馬士　物売　八百屋　役者　野郎　養子　老人　牢人　若後家　若衆　餌指《エサシ》　穢多《エタ》

右のうち、「外方・医者・敵・公家・傾城・扈従・乞食・女中・大工・妾・手代・問屋・唐人・盗人・密夫・役者・牢人・若衆・餌指・穢多」は『俳諧小傘』で見出語になっている語である。その中で、たとえば「外方・扈従・女中・役者」は『類船集』には付合語として一例挙がるのみで、「手代」の語は出てこない。また「立役者・道戯方・取上姥・墓守」など、『類船集』の付合語には見られず『俳諧小傘』のみに頻出する語も多い。元禄俳壇は決して景気一辺倒であったわけではなく、卑近で滑稽な人事句に対する興味も依然として強かったのである。

四、「八衆見学」歌仙に見る元禄風

では次に、『祇園拾遺物語』下巻に収められた「八衆見学」歌仙を例に、『俳諧小傘』の「付心詞」に見られるような連想が、元禄期の俳壇でどのように評価されたか検討する。「八衆見学」歌仙は、松春未達両吟歌仙二巻を表裏の八つに分け、三都の点者八人に点をかけさせて、それぞれの好みを探ろうと試みたものである。八人の点者は、我黒・似船・言水・梅盛・調和・其角・如泉・来山で、調和・其角は江戸、来山は大坂、残りは京の点者である。松春の点取俳諧に対する態度は、句の好みは点者によっていろいろなので、「たゞ点者〳〵のすく所をみすかして点をとらんこそ、作者の才覚《サイカク》ならめ」（『祇園拾遺物語』）というもので、本歌仙も「京かたは月ごろ馴《ナレ》て粗《ホゞ》しりたれば一点もはづれず。心知《シラ》ぬは亦いかならむと武摂の両州へ此内の三ッを乞」「人〳〵の風俗《ゾク》を学《マナブ》ひとつの便とも成なん物か」という意図で刊行されたものである。[33] 事実、「当流に必嫌ふこと」として「秀句・いひかけ・とりなし」を挙げながら、梅盛へ送った六句の中には「宇治へ持名酒旧跡《キウセキ》都だち／日数ふる市今あいの山」という句が含まれている。この付合は、前句の京都の「宇治」を伊勢の「宇治」に取りなし、伊勢神宮の外宮から内宮に至る間の丘陵「あいの山（間の山）」と、その旧道沿いの集落「ふる市（古市）」を出してきたもので、「日数がふる」と「ふる市」の言い掛けのみならず、名所の取りなし付けである点でもかなり古風である。しかし、旧風を好む梅盛が(34)「珍重」の評価を下していることを考えれば、作者の狙いはあたったものといえよう。また、似船も古風な点者と目されていたようで、似船に宛てた一二句にも典拠をふまえた技巧的な句が多く見られ高点を得ている。(35)たとえば「浴衣《ユカタ》に寒し霜の朝ごり／愛宕口《コロミ》の高根《ネ》のわらぢとけにけり」の付合は、霜の降りる寒い朝、参宮の前に浴衣で身を清めるという前句に、「浴衣―愛宕・順礼」「草鞋―順礼」（『俳諧小傘』）といった連想を介して付けたものだが、『新古今和歌集』の西行歌「ふりつみしたかねのみゆきとけにけりきよ滝川の水の白なみ」（春歌上・二七）がふまえられ、愛宕入口の高根で雪ではなく草鞋が解けてしまったというおかしみが眼目となっているといった具合である。

このように旧風な梅盛・似船に対して、敢えて古風な詠み振りの句を送って狙い通りの高評価を得た松春らは、他の点者に対しては、元禄当流の付合で臨んだものと考えられる。そこで残りの点者について、特に高点を得た句に注目して、その付合の傾向を考察する。

まずは言水判の一二句の中から一連の句を取り上げる。「菅笠の」の句は「珍重」、残りの二句は一二句中最高の「秀」と評価され、「書捨る」の句には「付離よし」という評が付される。なお二句目「かへ名」の「へ」の右に「え」とあるのは言水の添削である。

菅笠《スゲガサ》の霜を着て臥す草枕

けふよ敵《カタキ》のかへ《え》名きゝ出す

書捨る文はあまたの目にふれて　　付離よし

野宿で寒さを凌ぐため霜が降りた菅笠を体にかぶせて寝ることだ、という「菅笠の」の句に、「家ヲ出ル・旅宿―敵硯《カタキネラフ》」「笠―敵討・敵持」「敵―編笠」（『俳諧小傘』）といった連想を介して、今日やっと敵の変名を聞き出した、という意の句を付け、三句目では敵の名が判明した理由を、書き捨てにした手紙が多くの人の目に触れたからであるとする。この後に続くのは「切やつしたる小指《ユビ》黒髪」という恋の句で、三句目が恋の呼び出しとなっていることから、「付離よし」とは、敵討ちの場面を描く前句を巧みに恋に転じた点を評価したものであるといえよう。また二句目の「けふよ敵の」の句については、旅寝から敵討ちへの展開が評価されたと考えられるが、『類船集』では「笠・旅」と「敵」の間に付合関係は認められない。『俳諧小傘』を直接参照したわけではないにしても、そこに示された連想が付心として有効に働いていることが確認できよう。

次に其角判の高点句を挙げる。「小硯の」と「鬼魅やどる」の句が一二句中の最高点である「掉舌」を得ている。

こや能因《ノフイン》の名のみなる寺　　たまさか山のたまさかにや
小硯の紫みるに色かへず
周忌《ムカハリ》過る秋のつれ〴〵　　古院の調度
狭《セバク》とも住居《スマキ》はかへじ軒の月
鬼魅《キミ》やどる木の露落る音　　鬼やどる木と和らげたく候か

「こや能因の」の句は、今ではすっかり様変わりした邂逅山金龍寺であるが、はるか昔に能因法師が「山ざとのはるの夕暮きて見ればいりあひの鐘に花ぞ散りける」（新古今・春歌下・一一六）と詠んだという言い伝えだけは今なお残っていることだ、の意で、付句は小硯の紫の色はあせることなく昔と変わらない、の意である。前句のすっかり変わってしまった寺のありさまに、昔と変わらない小硯の色を対照させることで、それとなく時間の推移を感じさせる気分を通わせた、高度な付け方が高い評価を受けている。「鬼魅やどる」の句は、たとえ手狭でも美しい月を賞翫できるこの住まいからは引き移るまい、という風流な人物を詠んだ前句に、「住所《スミドコロ》―化物試」

「屋敷―化物」「化物―荒屋敷」（『俳諧小傘』）といった連想を介して、妖怪変化が宿る木から露がしたたり落ちる音がする、と周囲の様子を付け寄せたものである。其角は「鬼やどる木」と和らげた方がよいとするが、景気によってあっさり付けつつ、風流人の住まいから「鬼魅」へと発想を飛躍させた点については高く評価しているといえよう。

次は来山判の六句から一連の四句を取り上げる。「あだし世に」と「まざ〳〵と」の句が朱印の確認できる高点句である。

雪めづらしくおしむ足跡
あだし世に又年ひとつ活《イキ》のびぬ　付所よし
不知赦《イサユル》されん嶋のうつろひ
まざ〳〵と明星花の木に降臨《ヲリ》て　珍し

「あだし世に」の句は、このはかない世にまた一年生き延びたことだ、の意で、珍しい雪の美しさを尊び惜しむ気持ちを詠んだ前句から飛躍しつつ、それとなく気分の通っているところが評価されたものであろう。ここでも「珍《メヅラシ》―百年ノ命」（『俳諧小傘』）の連想が活きている。「不知赦されん」の句は、いつになったら罪を赦されて都に帰れるのだろうか、島の様子は時の流れとともに移り変わってゆくのに、の意で、俊寛の面影で付けた句、その次の「まざ〳〵と」の句は、くっきりと輝くあけの明星が桜の木に降りてきてそこに宿ったかのようだ、と「流人―星拝《ヲガム》」（『俳諧小傘』）といった連想を介して前句にふさわしい景を付け寄せた句である。「まざ〳〵と」の句は疎句的な付けでありながら、前句によく映発する幻想的な情景を描き出している点が、高点につながったものと考えられる。

このように「八衆見学」歌仙では、前句から大きく付け離れた句が好評を博しており、中でも旅や菅笠から敵討ち、風流人の住まいから鬼・化物、珍しさから長寿といった、やや恣意的な印象を受ける連想を介して付けられた句が高い評価を受けている点が注目される。景気を尊重した穏やかな風とされる元禄風であるが、卑俗で時に奇警な趣向を用いて前句から飛躍した句が高点を得やすいという認識もまた、一方にあったと考えられる。

五、『白うるり』の高点句の特徴

ところで「八衆見学」歌仙は、一巻全体を見わたして加点できないことを見越した上で八人の点者に送られたもので、通常の歌仙とは性格が異なる点に注意する必要がある。そこで、最後に実際の点巻の場合として、吐雲亭天龍編『白うるり』（元禄三年歌仙前書）の中からいくつかの高点句を抜き出して補足したい。本書は、編者天龍の独吟歌仙一巻に言水・我黒・団水・常牧・如泉ら五人が加点したものを公に刊行した書で、どのような句が当流の俳諧師の好評を得たのかを知る有効な手がかりとなるものである。なお本書と同年に轍士編と目される『黒うるり』が刊行されており、『白うるり』の五人の点者の判詞とそれに関する天龍の論の双方に批判が加えられている。『黒うるり』編者による天龍独吟歌仙の解釈は、同時代人の意見として傾聴に値するものであるので、以下の句の解釈にあたって参考にした。

それではまず、『白うるり』一七句目から二〇句目にかけての一連の句を例に挙げる。

　散初て花散果る事はやき
　　蘇鉄に鳥の巣だつ　勢《イキヲヒ》
　御墓守《リ》むすぶにぬるき手向水
　　笑ふと泣とまじる気違《ヒ》(36)

「散初て」の句は、「俳うとし」の非言が付されて全体に不評であるが、残りの三句については無点の点者はなく、いずれも高評価を受けている。「蘇鉄に」の句は、前句の花のはかなさに蘇鉄のたくましさを対比させて付けた句、「御墓守ッ」の句は、貴人の遺骸を収めた霊殿の近くは殺生禁断なので、それを心得て鳥が巣を作ると付けた句、「笑ふと泣と」の句は、前句から葬礼を連想し、悲しみで気が狂ったように泣き笑いする人物を付け寄せた句である。次に挙げる四句は、六句目・七句目と二一句目・二二句目にあたる付合である。

秋は去年の秋のさまなる
傾城の文とり出す桑門《ヨステビト》
此峠こゆれば国の境川
敵討ての祝《コトブキ》の酒

「傾城の」の句については、打越「故郷《フルサト》はさぞ松茸の包焼」の気味に通うとする我黒の批言が見えるものの、我黒を含めた全員が点をかけ、特に言水は「花点」という高い評価を与えている。前句の「秋は」に限定のニュアンスを認め、今年もまた去年と同じ秋がやって来たという前句に対して、傾城への恋に破れて俄に剃髪し、すっかり形を変えてしまった人物を付けたものである。「月やあらぬ春や昔の春ならぬ我が身一つはもとの身にして」(古今集・恋歌五・七四七・業平)を軽くひねったような発想がうかがえる。また、「敵討ての」の句は、この峠を越えればもう国境を流れる川だという前句に安堵の気持ちを読み取り、敵討ちの成就を祝う場を付けたものである。この句についても全員が点をかけ、『黒うるり』では「点句にして尤也。付寄あたらし。片点は作者残念たるべし。」(37)と評価される。

以上の高点句をみると、「墓守・気違・傾城・桑門・敵討」など、いずれも『俳諧小傘』に「付心詞」として多出する語が多くの点者の好評を得ているとともに、奇抜な語を趣向とする句と景気の句を取り混ぜ、疎句的に展開する流れが評価されていることがわかる。また、最初に挙げた「散初て」の句に対する『黒うるり』の評に

「近き比の俳諧は大かた連歌多し。此句も作者はわきまへて判者をそしりの種にもしつらめ。」とある通り、連歌と区別がつかないような句は批判の対象になり、全体的としていかにも俳諧的な句が好まれている。『白うり』所収天龍独吟歌仙においても、高点句に関して「八衆見学」歌仙と同様の傾向が確認できるのである。

本節では、元禄期に活躍した当流俳諧師松春に焦点を当て、いわゆる元禄風について考察を行った。元禄期には、穏やかな景気の句が好まれる一方、思い切った発想の転換によって前句から大きく付け離れ、時には異様な非日常の世界へと飛躍していくような心付の句が一巻の随所に織り交ぜられていた。景気付と心付、両者の織りなす緩急が重視され、さまざまな句の展開の模様が楽しまれたのである。また元禄期は、前句付俳諧などを通じて、俳諧作者層が庶民にまで大幅に拡大した時代でもあり、松春の『祇園拾遺物語』や『俳諧小傘』の読者にも、そうした新興の作者が多く含まれていた。彼ら初心の作者たちにとって、景気の句は作りやすい半面、平凡なものになりやすかったため、庶民的で卑俗な、そして時に奇抜な趣向を構えて前句から飛躍した句が高い評価を受ける場合が多く、そのような風潮が元禄風に大きく関与していたと考えられる。これら大衆作者たちが元禄俳壇に与えた影響は無視できないもので、彼らの動向については、今後さらに詳しく検討していく必要がある。

注

（1）「先師曰、「ホ句はむかしよりさま〴〵替り侍れど、附句は三変也。むかしは附物を専らとす。中比は心附を専とす。今は、うつり・ひゞき・にほひ・くらいを以て附るをよしとす」。」（『去来抄』）「師のいはく「付といふ筋は匂・響・俤・移り・推量杯、形なきより起る所なり。心通ぜら《（ママ）》れば及がたき所也」。」（『三冊子』）等とある。

（2）『俳諧史論考』（桜楓社、昭和五二年）所収、『文学』第二三巻第三号（昭和三〇年三月）初出。

（3）『芭蕉の本7　風雅のまこと』（角川書店、昭和四五年）。

（4）雲英末雄「元禄俳壇と芭蕉」（『元禄京都俳壇研究』勉誠社、昭和六〇年所収、『芭蕉講座　第三巻　文学の周辺』有精堂、昭和五八年初出）によると、「当流」とは言水・団水・常牧・方山・和及・如泉・信徳・我黒・湖春等を中心とするグループで、貞享期から次第に形を整え、元禄初年に至って隆盛を極めたという。

(5)『俳諧小傘』の内題には「当流俳諧小傘」とあり、当流俳諧師言水が序を寄せている。

(6)『京羽二重』は京都の俳人を地区別に配し、「誹諧点者並誹諧師」「誹諧師並作者」「作者」に分類して掲げており、松春は「誹諧点者並誹諧師」の部に載る。これを点者としたのは、雲英末雄氏が「元禄京都俳壇の構成」（『元禄京都俳壇研究』勉誠社、昭和六〇年）の中で、「誹諧点者並誹諧師」を「点料だけで生活するプロの俳人」、「誹諧師並作者」を「俳諧にうちこんでそれほどの年期が入っていないためまだ点者になれぬ俳人か、あるいは遊俳のごとく職業を他に持っていて俳諧を余技にしている者」、「作者」を「一般俳諧愛好家」で「「誹諧師」よりさらに素人的な人たち」とするのにしたがった。なお、引用は『日本俳書大系32　俳諧系譜逸話集下巻』（春秋社、昭和五年）によった。

(7)好春は宝永四年に五九歳で没しているので、生年は慶安二年（一六四九）。後述する通り、松春は延宝八年序、同九年刊の似船編『安楽音』に発句・付句が入集し、十吟百韻にも一座していること、また天和二年序の宗因・常矩両名の追善集である『うちぐもり砥』に追悼句を寄せていることから、この頃既にある程度の年齢に達していると思われ、好春と親子にしては年齢が近すぎる。また、好春の追善集である『花すゝき』（宝永四年序）に松春は入集しない。

(8)連衆は似船・柳燕・釣軒・玉龍・如帚・鞭石・松春・方山・鉄硯・秀海。

(9)引用は田中道雄「翻刻・俳書『安楽音』」（『有明工業高等専門学校紀要』第二号、昭和四二年三月）による。

(10)宮田正信氏は延宝期の前句付に関して、「当時の前句付俳諧は俳諧入門を志す初心者を迎へ入れる付合修練の場としての機能をもはたしつゝその作者の主力はすでに一応の素養と力倆をそなへた俳諧数寄者によって構成されてゐたと認めてよいであらう。四句付・五句付の興行はそれら俳諧数寄者を中心として点取に功を競ふ場であったことはもはや疑ふ余地がない。」（『雑俳史の研究』五一頁）とされる。

(11)ただし、松春は『祇園拾遺物語』で「当時もてはやす発句合前句付など云物も此道の稽古に成候哉」という問に対して、稽古としての意義を認めながら「彼前句付に種々の賭《カケモノ》をさだむ。色紙短冊《タンザク》などは此道に便ある物なれば目にたつわざもなし。或器財絹布《キザイケンプ》其外あやしくばさらなる物を点の甲乙にしたがつて勝を付ヶ、褒美するほどに、人おほくは俳諧をすくには非《アラ》で彼かけろくに目を付（下略）」と、過度な褒美については否定的な見解を述べる。なお、『祇園拾遺物語』の引用は『天理図書館綿屋文庫俳書集成11　元禄俳書集　京都篇』（八木書店、平成七年）によった。

(12)引用は『俳書叢刊　第三巻』（臨川書店、昭和六三年）によった。

(13)引用は『近世文藝資料18　北条団水集』俳諧篇上（古典文庫、昭和五七年）によった。

(14)『天理図書館綿屋文庫俳書集成11　元禄俳書集　京都篇』の『祇園拾遺物語』の解題に「本書は京の坂上松春（書肆坂上甚四郎）が初心者のために編んだ俳諧作法書」として、松春を書肆とする。また中嶋隆氏は「西村未達と松春・高政」（『大阪俳文学研究会会報』第二〇号、昭和六一年九月）の中で、『祇園拾遺物語』と『俳諧小傘』の他に坂上甚四郎の刊行書が見られないことから、「松春の本業が本屋であるとは断定できないが（中略）松春は、両書の刊行に資本参加のような形でかかわっていた事は確実である。」とする。

(15) 未達の出版活動に関しては、中嶋隆「西村市郎右衛門未達について——その出版活動と歿年の推定——」（『近世文芸』第三二号、昭和五五年三月）に詳しい。

(16) 宮田正信氏は「蕉風と元禄俳壇」（『芭蕉の本3　蕉風山脈』角川書店、昭和四五年）で「元禄初年の京都俳壇の実勢力を鳥瞰するに便利な林鴻の『京羽二重』（元禄四年刊）によれば、随流一派を除いて、そこに俳諧点者（俳諧の点業をもって生業とする職業的俳人をいう）として名を現わす者、すべて六十七人の多数にのぼる。（中略）この中で五句付その他の前句付俳諧および雑俳の点業の事跡の伝わらぬものはわずか二、三にすぎない。」とし、雲英末雄氏も「元禄俳壇と芭蕉」（『元禄京都俳壇研究』勉誠社、昭和六〇年所収、『芭蕉講座　第三巻　文学の周辺』有精堂、昭和五八年初出）の中で同様の見解に立つ。

(17) 本書の一丁表に「京坂上《さかのうへ》松《しやう》春《しゆん》点勝句」として「わらんじつるす里《さと》の野《の》はづれ」という前句題と、五句の付句が収められる。編者名は記されていないが、宮田正信『雑俳史の研究』「雑俳書目解題」に文流と推定されている。なお引用は、天理大学附属天理図書館綿屋文庫蔵本（ざ八八—一三）によった。

(18) 随流の『貞徳永代記』（元禄五年刊）は、当時の前句付の流行を嘆き、『京羽二重』に載る点者たちを非難し、同書に掲げられた松春の「京にさへ茶をもむ人は按にけり」の句を、「あまりきこへ過て、只狂歌の上の句也」と批判する。一方『貞徳永代記』に反駁した只丸著『あしぞろへ』（元禄五年跋）は、「一句の中、何にとり付、非を云べき詞なければ、聞へ過るがあしゝとはいかに」と、随流の批判の方こそ無理があると松春の句を弁護している。なお、『貞徳永代記』の引用は早稲田大学図書館蔵本（ヘ五—六〇五六）、『あしぞろへ』の引用は東京大学総合図書館洒竹文庫蔵本（洒竹六）によった。

(19) 引用は『未刊雑俳資料六期15　勢多長橋』（鈴木勝忠、昭和三五年）によった。なお『勢多長橋』の付句の部は、元禄七年刊の似船編『堀河之水』に再録される（『雑俳史の研究』四八頁）。

(20) 本書の刊記にも『祇園拾遺物語』と同様、「江戸神田新革屋町　西村半兵衛／京三條通油小路東へ入町　西村市郎右衛門／同衣棚御池下ル町　坂上甚四郎」の三人の名がある。

(21) 引用は『校註俳文学大系1　作法編第一』（大鳳閣書房、昭和四年）によった。
(22) 引用は『近世文藝資料18　北条団水集』俳諧篇上によった。
(23) 引用は『近世文学資料類従参考文献編13　俳諧小傘』（勉誠社、昭和五四年）によった。
(24) 引用は雲英末雄『元禄京都俳壇研究』によった。
(25) 前掲、今栄蔵「芭蕉俳論の周辺——元禄俳論一般をめぐって——」には「「移り」は元禄風が詞付主義から脱皮した時から不可避的に重視しなければならない必然性を荷負って登場してきたものといえるのであって、それだけに一般に広く重視され、蕉門もその趨勢とまったく歩調を一にして歩んでいた」と述べられる。なお、元禄期の「うつり」に関しては第二章第二節「元禄俳壇における「うつり」」で論じる。
(26) 引用は『近世文藝叢刊1　俳諧類船集』（般庵野間光辰先生華甲記念会、昭和四四年）によった。
(27) 『俳諧小傘』の語の検索にあたっては、日野英子『俳諧小傘研究並びに索引』（昭和五六年）を用いた。
(28) 今栄蔵氏は前掲「芭蕉俳論の周辺——元禄俳論一般をめぐって——」の中で、「去年おとゝしよりの句のふり、世上こぞりてやすらかに好みはやりぬれば、其優美ならんとするに長じて、大かた一巻の三つがひとつは連歌の片腕なく、歌の足みじかきなんどの類こそあれ」（貞享四年刊『丁卯集』）等の記述を引用し、「付合における心付・景気付、風体上では幽美（優美）・景気の体、これが貞享元禄風の基調となる。」と述べる。
(29) 『俳諧小傘』に掲出される奇警な語の中には、既に天和期の漢詩文調の作品中に見えるような語も含まれる。しかし、漢詩文調においては、それらが空想的・文芸的な文脈を形作っていたのに対し、元禄期の作品中では庶民の現実の興味を反映するような形で用いられている。
(30) 大淀三千風は『日本行脚文集』（元禄二年序）の中で、このような風潮を「偖当風の誹は付合を除《ノゾ》き、不縁の縁、格《カク》外の格をもて、意味を専《セン》に付るゆへ、古事来歴名所等寄《ヨセ》にくゝ、有智功者分の人の力出しがたからんこそ、少は口おしくや」と嘆いている。引用は『近世文学資料類従古俳諧編37　日本行脚文集』（勉誠社、昭和五〇年）によった。
(31) 尾形仂「蕉風と元禄俳壇」。
(32) 引用は早稲田大学図書館蔵本（へ五—六〇五二）によった。
(33) 宮田正信氏は『雑俳史の研究』の中で、『高天鶯』（元禄九年刊）以下四部の雑俳撰集を刊行した俳人良弘が、多数の点者の興行に投句し、その勝句を自らの編著の中で示していることについて、「元禄以前の前句付俳諧以来の伝統的な俳諧数寄者の遺風である。」（二〇五頁）とし、その意図を「点者それぐ\の点意を楽しむため」（二〇六頁）としている。「八衆見学」歌仙の場合もこれと同様で、複数の点者に点を依頼しているとはいえ、それはわざと難を設けた歌仙に点をかけさせて誤判をあげつらった可休編『物見車』（元禄三年序）のような悪意に満ちたものではなく、松春や未達の数寄者心によるものであったと考えられる。一方、未達は『祇園拾遺物語』に先立って、京・大坂・江戸の点者一八人に独吟歌仙を送り、その評点を掲げた『俳諧関相撲』（天和二年刊）を刊行しているが、こうした試みについて快く思わない点者も少なからずいたように想像される。たとえば『黒うるり』の編者は、吐雲亭天龍編『白うるり』が五人の点者の評点を公刊したことについて、「かゝる悪心の作者有て此ごとく板行して非をあらはしぬれば、恥かくより外はなし。小相撲関相撲、何ものがこまた取けるぞ。」と、『俳諧関相撲』に対しても非難の目を向けている。

(34) 可休編『物見車』に、梅盛について「貴叟誰為古流之名師、当世誹諧之姿不合時」とする言が見える。また、天龍編『白うるり』でも、梅盛は「ふるめかしき点者」とされる。

(35) 本書における似船の判詞は、典拠の指摘やその解説に終始した、非常に古めかしいものである。

(36) 引用は『近世文藝資料18　北条団水集』俳諧篇上によった。

(37) 注（36）に同じ。

第四節　「元禄当流」という意識

俳諧研究においては、元禄期に主として上方で流行した、景気付・心付を特徴とする疎句的な俳風を指す用語として、「元禄当流」という語が用いられる。この元禄期の「当流」に関して雲英末雄氏は、言水・団水・常牧・方山・和及・如泉・信徳・我黒・湖春らを中心としたグループで、貞享期から次第に形を整え、元禄初年に至って隆盛を極めたとしている。(1) このいわゆる元禄風の性格については、尾形仂「蕉風と元禄俳壇」(『俳諧史論考』桜楓社、昭和五二年所収、『文学』第二三巻第三号、昭和三〇年三月初出)、今栄蔵「元禄初期の俳諧の問題――談林との断続の一面――」(『初期俳諧から芭蕉時代へ』笠間書院、平成一四年所収、『国語国文』第二五巻第一号、昭和三一年一月初出)「芭蕉俳論の周辺――元禄俳論一般をめぐって――」(『芭蕉の本7　風雅のまこと』角川書店、昭和四五年)をはじめとする諸論考が備わり、前節「元禄俳諧における付合の性格――松春の俳諧を例として」でも、連句の付合の側面からその特徴を論じた。本節では、「当流」の具体的な俳風からは一旦離れ、三都の俳壇状況という別の角度から、「元禄当流」の「当流」について考察する。

一、俳諧における三都の意識

「当流」の意識について論じる前に、近世初期から元禄期までの三都の俳壇の様相を、俳書の出版の面から追ってみたい。

近世初期の俳書は、数冊に及ぶ非常に大部なものが多く、全国各地の作者から募った句を大量に収めるのを特徴とする。しかし、近世の俳書出版の嚆矢である重頼編『犬子集』（寛永一〇年（一六三三）刊）に付された住国別作者句引を見ると、京五一名、堺一九名、大坂一名、伊勢山田一〇〇名、江戸五名、因幡二名となっており、当時はまだごく限られた地域でしか俳諧が行われなかったことがうかがえる。ここで貞門俳諧の拠点である京都を除けば、特に伊勢と堺が注目される。(2)

伊勢には荒木田守武以来の古い連歌の伝統があり、如之編『伊勢正直集』（寛文二年（一六六二）刊）には「慶長十五かのえいぬのとし、両太神宮内院高日山常明寺にをいて法楽の万句の発句追加にかき侍るものなり(3)」として百句が収められるなど、非常に早い時期から俳諧が盛んであった。神宮家を頂点とする特殊な階級組織を形成していた伊勢の人々は、内宮長官という地位にあった守武を始祖とする自らの俳諧に特殊な自尊意識を持っており、そうした意識は『伊勢俳諧新発句帳』（万治二年（一六五九）刊）の序文「抑俳諧の風体いにしへより他の国と異なり。しかるを国の風俗をすて、他のながれくまんもなげかし。又他の風俗をうつしかへんもあやなし。柳はみどり花はくれなゐなる物をや。(4)」など随所に見受けられる。伊勢では『伊勢正直集』『伊勢俳諧新発句帳』に続き、加友編『伊勢踊』（寛文八年刊）素閑編『伊勢躍音頭集』（延宝二年（一六七四）刊）といった、書名に「伊勢」を冠した撰集が刊行されているが、貞門系俳書においては『犬子集』以後、伊勢俳人は急激に減少し、次第に孤立化していく。(5)

一方の堺は、中世以来国際貿易港として栄え、和歌や連歌、茶道などを嗜む富裕な上層町人たちの文化的水準の高さが俳諧盛行の素地となった。(6)重頼編『毛吹草』（正保二年（一六四五）刊）同『毛吹草追加』（同四年刊）からは、大坂俳人の数が堺俳人の数を上回るようになるものの、それ以降も顕成編『境海草』（万治三年（一六六〇）刊）成安編『埋草』（寛文三年刊）方由（元順）編『寛伍集』（同一〇年刊）顕成編『続境海草』（同一〇年刊）頼広編『誹諧発句名所集』（同一二年刊）と、堺俳人の手に成る俳書が刊行されている。

　ところで重頼の『毛吹草』は、『犬子集』以後に急増した初心の俳諧作者に向けて書かれた俳諧入門書であるが、貞徳・立圃をはじめ貞門の主要な俳人の名はほとんど見えず、大坂・堺の俳人の占める割合が高くなっている。このことは、重頼が当時既に貞徳とは別の一派をなして独自の俳諧グループを形成し、大坂に勢力を拡大していたことをうかがわせ、堺も大坂とともに重頼の勢力下に組み込まれていったことを示している。試みに万治三年序の季吟撰『新続犬筑波集』と同年跋の重頼編『懐子』の入集者を比較すると、『新続犬筑波集』の山城一八〇名、和泉五名、摂津一五三名に対して、『懐子』の京一〇四名、堺五〇名、大坂周辺七八名と、その差は歴然としている。また、堺の俳人が刊行した俳書における京・大坂の作者の人数を示すと、『境海草』京四名、大坂一〇名、『埋草』山城一五名、摂津一〇九名、『寛伍集』山城一二名、摂津六五名、『続境海草』京都周辺二八名、大坂周辺六五名、『誹諧発句名所集』京一〇名、大坂周辺五七名と、明らかに大坂の割合が高い。個々の作者の入集発句数の面でも、たとえば『続境海草』において、京都周辺では任口の一四句が最多であるのに対し、大坂では玖也一七〇句・如貞六八句・意朔六一句・保友五五句など、大きな開きが見られる。以後、堺俳人は重頼を介して宗因・西鶴と交流し、堺は大坂俳壇とともに談林全盛期を迎える(7)。

　ここで『伊勢俳諧新発句帳』『境海草』『新続犬筑波集』『懐子』が刊行された万治二、三年の俳壇の様相を『俳仙三十六人』(万治三年刊)と重以編『百人一句』(万治三年跋)で確認しておきたい。両書とも、守武・宗鑑・貞徳ら故人の作を含むものの、近世初期に活躍した主要な俳人の作を収めており、当時の俳壇の勢力分布を知る手がかりになる。まず『俳仙三十六人』について、守武・宗鑑を除き、近世の作者たちの居住地を調べると、京一五名、大坂五名、堺三名、江戸三名、伊勢二名、越前・大和各一名(四名不明)、同様に『百人一句』では、京四八名、大坂一〇名、伊勢八名、江戸五名、堺四名、紀伊三名、尾張・近江・大和各二名、越前・伊賀・丹後・播磨・備前・周防各一名(八名不明)となっている。『百人一句』の人選については「一派に偏らないようにという姿勢はうかがえるものの、大阪の保友・夕翁・貞因・如貞・玖也・燕石、尾張国名古屋の不存（春流）が外れるなどやや意図的な人選も感じられる。」（『俳文学大辞典』「百人一句」母利司朗執筆）と指摘されるような事情もあってか、大坂俳人の割合が『俳仙三十六人』より低くなっているが、京の作者が半数近くを占め、次に全体の四分の一以下の人数で大坂・堺の作者が続き、江戸の作者は全体の一割以下という比率は両書で一致する。『俳仙三十六人』の序文の「みだりに道をふみまよへば俳体の義理ゑひもせずして、京も田舎も口〴〵にわかち、たつ子はふ子もにじり書を学ぶ」[8]という文章からも、京とその他の地域という認識がうかがえ、いまだ三都の意識は認めがたい。

では次に、伊勢・堺に替わって大坂・江戸が京都と並ぶ俳諧の三大中心地になるのはいつ頃かを探るため、大坂俳壇に目を転じる。大坂俳人を中心に編まれた俳書の嚆矢は休安編『ゆめみ草』（明暦二年（一六五六）奥）で、本書の句引を見ると、京八名に対して大坂一三一名、天満五八名、摂津三五名、堺七六名と、大坂周辺の作者数が京都の作者数を圧倒している。俳風は貞門風であるものの、一幽（宗因）七句・守武三句が入集していることも見落とせない。次に大坂中心の俳書として注目されるのが、吉竹（可玖）編『遠近集』（寛文六年（一六六六）跋）で、本書の天引親延の跋文の「近年難波の辺には発句のよしあしをもわかち、撰集の企あるよしもきかず。皆人の妙句もあるべければ言捨にせんもほいなし。」[9]という記述は、当時の大坂俳壇がまだきちんと組織されていない状態にあったことを伝えている。入集者は、山城の作者三六名に対して、摂州の作者二五五名となっており、鶴永（西鶴）をはじめとする大坂の新進作者八五名の句が採録されている点が目を引く。[10]こうして大坂では、堺とほぼ並行する形で談林俳諧の地盤が整えられ、寛文一一年には西翁（宗因）の発句一一を収める以仙編『落花集』[11]が編まれるなど、本格的な談林の時代を迎えていく。

最後に江戸俳壇の様相について述べる。寛文期の江戸では、貞門系俳諧師たちが中心となって活動していたが、いずれも安定した勢力を築くほどの指導力を持たず、[12] 延宝期に入ると宗因流の新風に遊ぶ俳人たちが続々と下向し、江戸の俳人たちと盛んに交流するようになった。まず延宝初期に京都から幽山・似春らが下向、延宝三年(一六七五)夏には宗因が東下し、松意が宗因の「されば爰に談林の木あり梅の花」の句を立句に百韻を興行して『談林十百韻』を刊行した。延宝四年頃には言水が下向し、奥州磐城平七万石の藩主内藤風虎の江戸藩邸で催された『六百番誹諧発句合』(延宝五年成)に入集、翌五年には大坂の才麿が下ってきて江戸の新興俳人と交友を深めている。延宝六年には京の春澄が幽山・言水・似春・桃青(芭蕉)らと歌仙を巻き『江戸十歌仙』を刊行した。また、家業の関係で京都と江戸の間を往来した信徳が、江戸滞在中に桃青・信章(素堂)と三吟三百韻を興行して『江戸三唫』(延宝六年刊)を出し、京都で宗因風を推進する連衆と巻いた百韻と五十韻を収めた『七百五十韻』(延宝九年刊)を刊行すると、桃青は江戸で『俳諧次韻』(延宝九年刊)を編んでそれに応えた。他にもこの時期、二葉子編『江戸通町』(延宝六年跋)[13] 不卜編『俳諧江戸広小路』(同六年序)言水編『江戸新道』(同六年奥)同『江戸蛇之鮓』(同七年奥)同『江戸弁慶』(同八年刊)才麿編『坂東太郎』(同七年序)千春編『武蔵曲』(天和二年(一六八二)刊)など、書名に江戸を意味する語を冠した俳書が多数刊行されている。京・大坂・江戸という三都の意識は、上方で宗因の新風に遊ぶようになった人々が、江戸の新風俳人と交流するため次々と下向し、その成果を盛んに出版した延宝期をもって確立したと考えられる。[14]

こうした意識は、京・大坂・江戸の三つが並べて詠み込まれている、次のような連句の付合にも反映していよう。

①有明の月の夜すがら発句帳　　志斗
　京都大坂江戸の秋風　　在色

②袖はえて役者中間の恋衣
都大坂江戸に名のたつ

③類船や京江戸大坂三ケの月　松意

①は『談林十百韻』第一〇「雪おれや」九吟百韻（松意・一朝・志斗・在色・卜尺・一鉄・松臼・雪柴・正友）の五九句目・六〇句目で延宝三年の作、②は常矩著『蛇之助五百韻』第一「蛇のすけが」常矩独吟百韻の六五句目・六六句目で延宝五年の作、③は延宝六年刊と推定される西鶴編『虎渓の橋』第三「類船や」三吟百韻（松意・江雲・西鶴）の発句で、いずれも延宝期の談林系俳書である。特に①の例では、「発句帳」から「京都大坂江戸」が導かれており、単なる三大都市としてではなく、俳諧興隆の面からも、大坂・江戸が京都に並ぶ地として認識されるようになったことがうかがえる。

このような中、天和二年に京都・大坂・江戸の俳諧師三六人の発句に絵を配した絵俳書『三ケ津』が大坂で出版された。巻頭は梅翁（宗因）、巻軸は西鶴で、入集者は大坂一三名、京一二名、江戸一一名となっており、はっきり京・大坂・江戸の三都を意識した人数構成となっている。次に引用するのは本書の序文で、三都の俳壇の関係を「江戸廻船、京の高瀬舟、難波のもとぶね」とたとえているのが興味深い。

天下の海浪おさまつて江戸廻船、京の高瀬舟、難波のもとぶね、所によりて海士のよびし声迄も替りて、三とせこのかた誹風古流は藻屑に埋れ、今の世の姿は、同じ桜も言葉物ふり、月も外の光ありて、こゝろの友みがき、勝れて其名たかきを、ゆく水のごとくこゝに数書て三十六挺だて。(15)

「江戸廻船」は、大坂から江戸に向けて米・綿・油・酒・醤油などを定期的に運んだ輸送船、「京の高瀬舟」は、京都・伏見間を結ぶ高瀬川を上下して物資を運んだ小船、「難波のもとぶね」は小船をしたがえる大きな親船であることから、大坂が新風の起点、江戸は新風の伝播流行の地で、京都は大坂の新風の傘下にあると述べたものと解釈できる。「三とせこのかた誹風古流は」云々という箇所は、具体的には高政編『誹諧中庸姿』（延宝七年刊）に対して出された随流の論難書『誹諧破邪顕正』（延宝七年跋）をきっかけに起こった貞門・談林間の論争の顚末をいったもので、「古流」は貞門風、「今の世」の俳風は宗因風を指す。[16]このように『三ケ津』は、旧派貞門の牙城であった京俳壇と、新たに開拓された江戸俳壇に対して、宗因の新風の本拠地たる大坂俳壇の立場を誇示したものであったが、貞享期を経て元禄期に入ってもなお、三都の俳人は京都が圧倒的に多く、俳壇の主流は京都にあった。[17]

二、三都の俳壇状況と「当流」

さて、以上の俳諧史の流れをふまえて「元禄当流」に関する考察に移りたいが、その前に「当流」の辞書的な意味を『日本国語大辞典』（小学館）で確認しておくと、次の通りである。

①自分の属している、または、今話題にしている、この流派、流儀。

②今の世にもっぱら行なわれるやり方、考え方。当代流行の流儀。現代風。当世風。当風。

貞門系の伝書の記述や貞門対談林の論争における自説を擁護する記述に顕著であるように、元禄以前には「当流」の語は基本的に①の意味を第一義として用いられている。「元禄当流」の「当流」も、主として京都の俳諧師たちが自分たちの俳風を指す語として用いたものであり、まずは元禄期に上方で流行していた俳風であると考えられる。[18]しかし、元禄期の「当流」の用例を調査した結果、「元禄当流」の「当流」は①よりも②のニュアンスを強く帯び、特定の俳諧師の俳風の特徴を具体的に指し示すものではないことが明らかとなった。以下、「当流」の具体例を挙げながら、その理由を三つの観点から説明する。

第一に、「元禄当流」の「当流」は、「他流」ではなく「古流」に対する語として用いられている。次に引用するのは、京都の俳諧師和及が著した俳諧作法書『誹諧番匠童』（元禄二年（一六八九）刊）の冒頭で、「当流」に至るまでの俳諧の歴史的変遷を述べた部分である。

凡誹諧は是和歌の一体にして、昔日《ソノカミ》守武・宗鑑などはじめ、貞徳老人此道をあらため、連歌新式になぞらへ極置れしより、誹諧世に盛になれり。中比難波の梅翁、是をやつし、風体かろぐ〵として興ありしかば、宗因風とて普くもてはやし侍りぬ。其後いろ〵に風体替り、詩のごとく声によませ、又は文字あまりなど様〵替り侍れども、好ましからぬにや、皆捨りぬ。頃の当流と言は、やすらかにして、姿は古代に似たれ共、古しへの付合道具付、又は四手付などせずして、其一句の心を味ひ、景気にてあしらひ、或は心付にて各別の物を寄、木に竹をつぎたる様なれども、心はひた〵と付様にせり(19)。

貞門談林時代の俳諧とは一線を画した新たな俳風として「当流」を位置付け、景気付と心付を特徴とした、いわゆる疎句であるとする。和及はまた本書の別の箇所で「古流・中比・当流の付心のさかい、一句の前句にて付わけぬ」として、「古流・中比」とは異なる「当流」の付け方を具体的に説いている。次に引用するのは、同じく京都で活躍した俳諧師松春が、初心の作者に向けて当時流行の俳諧について説いた『祇園拾遺物語』（元禄四年刊）と『俳諧小傘』（元禄五年刊）の中の記述である。

問、古流・当流のかはりめはさることにて、ひとつの句を同じ当流の宗匠是彼《カレ》へみするに、或は長点の上に諸色の褒美《ホウビ》あるもあり。散《サン》々批言あるあり。（『祇園拾遺物語』(20)）

問、当流に必嫌ふことありや。答、あり。秀句・いひかけ・とりなし・やあら冷《スサ》まじ（中略）但これらの詞は近年此道に入たる人々はきゝもしらねばいふ人なし。結句《ケツク》古流より当流にうつりたる人の口よりまれに出ることあり。（『祇園拾遺物語』）

いにしへよりの付合の書、毛吹・便船・類船集等あり。これに出る所の古きを用ひず。今当流に便ある付心詞を集て、初門のため此道の一助となす。（『俳諧小傘』(21)）

これらの例でも「古流」は貞門俳諧・談林俳諧を指し、「当流」は「古流」の詞付の俳諧とは別の、疎句的な風とされている。また松春は、別の箇所で「当流」の特徴として景気付にも言及しており、和及と松春の「当流」についての認識は一致していると言ってよい。

一方、同時期の西鶴の「当流」の用例はやや特殊である。一見すると「当流」を特定の一流派ととらえているような例が見受けられるのである。次に挙げるのは『西鶴独吟百韻自註絵巻』(元禄五年頃成か)の中で用いられた「当流」の例であるが、たとえばその三つ目の場合である。

寺号の田地北の松ばら／色うつる初茸つなぐ諸葛　(三二・三三句目)

一句に人倫をむすばずして、里の子の手業に聞えしを、当流仕立と、皆人此付かたになりぬ。

同じ京の水に替りの水さびて／河骨《かうほね》慈姑《おもだか》迄もちりの世　(八三・八四句目)

当流とて、かゝるかるき句がら計ならべては、意味浅くしておもしろからず。

確に不断白玉砕かれて／納所隙なき麻の小衣　(九五・九六句目)

此前句の確何と出ければ、からうすの入ける商売、酒屋・油屋、何にても付よき所なるに、大寺の斎米蹴にして、納所坊主と出しける、当流といふ俳諧の作意也。(22)

「当流といふ俳諧」という口振りからは、「当流」が一つの固有の流派として成立していたかのような印象を受ける。しかし『西鶴独吟百韻自註絵巻』においては「当流」の語が、時に「当流」を批判する文脈で用いられていることに注意しなければならない。(23) ここで「当流」が当世風という以上の、何か特別な流派の俳風のごとき意味合いを帯びているように見えるのは、自己の俳風とは距離のある俳風として「当流」をとらえる西鶴の意識が反映しているためであると考える。

第二に、「当流」の語は今風とでも言うべき「当風」の語とほぼ置き換え可能な形で用いられている。次の文章は『俳諧小傘』の中で、松春が「さびしや秋の犬のなき声」という前句に対して宗鑑風・貞徳風・立圃風・宗因風・常矩風・当風の付句を試み、それらを対照しつつ「当流」の付合について説明した部分である。

当風　客《キャク》寺の木《コ》の間〳〵をもる丶月

打出て当流といはんもさし過たるわざながら、唯初門の問にこたふる迄也。

「宗鑑風・貞徳風」以下「〇〇風」というのに対して「当風」という言い方がなされているにすぎず、「当流」と「当風」の間に有意な意味的違いは認められない。次の『誹諧番匠童』における「当流」と「当風」も、ほぼ同じ意味で用いられている。

毛吹草・山の井など、其外古代の宗匠達、初心の為編《あみ》置れし書多しといへども、時にあはざれば見るに益なし。爰に記す所は、当風を望初学の人の為になるべき要をあら〳〵書侍りぬ。是等も先書に有と云共、当流に用ると用ひざるのへだてあれば、其用所を書抜、又はあらたに書そへ、たゞ初心の為にならんかしとおもふ所也。

第三に、当時一口に「当流」といっても、その俳風は多様なものと認識されている。次に引用するのは『俳諧小傘』の冒頭部分である。

それ俳諧のもてあそび、いにしへよりさま〴〵に移替《ウツリカハ》りて一品《シナ》ならず。当流又尓之。故ニ予祇園拾遺に九重をはじめ、武蔵・なにはの名匠八人《ヤタリ》の風俗《ナラハシ》をうつして八衆見学と名づけ、我初門《ワガシヨモン》のたよりとなすといへども（下略）

同じ「当流」であっても点者によって好みの俳風に違いがあるので、『祇園拾遺物語』では京・江戸・大坂で名の通った点者八人（我黒・似船・言水・梅盛・調和・其角・如泉・来山）に点をかけさせた歌仙を「八衆見学」歌仙と名付けて公表し、初心の作者の便りとしたというのである。同様の意識が、吐雲亭天龍編『白うるり』（元禄三年成）の序文にも見て取れる。本書は、編者天龍の独吟歌仙一巻に言水・我黒・団水・常牧・如泉ら、「洛陽当俳の点者とてときめき給ふ人々達」とされる五人の点者が点を加えたものを公に刊行した書で、序文ではこの五人の点者に点を依頼する経緯が述べられている。

方山・和及、両度ながら留守にて点得とらずなりにき。惣じて此点取心いそがしくて点揃《ソロフ》までまだるく先人五人にて止《ヤミ》ぬ。さるものゝ申けるは、「右の外梅盛もいまだ在世にて墨引《ヒキ》おほし。とても事にいづれもこゝろ見られよ。」と申ける。それがし申やう、「当流とて同じ心なるべき点者達さへ如レ此たがふ也。いはんやふるめかしき点者の各別《カクベツ》なる事、見ぬさきにさとれり。しれた毒《ドク》見はあほうのする事なり。」と申ければ、はらたてゝいなれたり。其あとにておもひ出した。御幸町の晩山の点もとらふものを、はつたりと忘れたり。[24]

ここに名前の挙がっている点者はみな京都の点者であるが、同じく「当流」を称する点者たちの間でも句の好みは様々であったことがわかる。個々の点者の俳風を知るには、それぞれ個別にあたる必要があるというのが実情であった。

また「当流」の語が、『白うるり』や『祇園拾遺物語』中の「八衆見学」歌仙など、点取俳諧に関わる場面で用いられる傾向にある点に注目したい。他に、可休編『物見車』（元禄三年序）の西鶴評の中にも「俳風を見るに、当流の行方も有、古風の句作有、心付よき所有、付かた前句にうとき所有。」と「当流」の語が見え、点取において「当流」か否かが強く意識されていることがわかる。このことは「当流」の語を、自派の俳風の特徴をアピールする点者側の立場からではなく、彼らの俳諧を享受する側の立場に立ってとらえ直す必要性があることを示唆している。点取俳諧に遊んだ作者たちにとって、当時流行の俳風というのは非常に大きな関心事で、当代の流行点者の俳風が、大きく「当流」と認識されていたものと考えられる。このように視点を変えてみれば、点業を行わなかった芭蕉の名は、当流俳諧師として上がってこない一方で、「八衆見学」歌仙の点者中に、江戸の蕉門の雄である其角が含まれているのも不審とするには及ばない。

「当流」ということが盛んに言われるようになる元禄初年頃は、上方において雑俳の前句付の成立をみた時期であった。雑俳点者を兼ねていた元禄期の上方俳諧師たちは、増大する大衆作者層を視野に入れつつ、当時流行の俳風として「当流」をうたった。[25]やや時代の下る例であるが、たとえば元禄一三年に刊行された閑酔編の雑俳撰集『たみの笠』には「当流俳諧付肌仕様抜句[26]」として、雑俳ではなく一般の俳諧から付合を抜き出したものが収録されている。ここに①の「自分の属している、または、今話題にしている、この流派、流儀。」の意は汲み取れない。

以上の点から、「元禄当流」の「当流」は、「今の世にもっぱら行なわれるやり方、考え方。当代流行の流儀。現代風。当世風。当風。」という②の意味に重点を置いて解釈すべき語であり、ある特定のグループに属する俳諧師たちに固有の俳風の特徴を具体的に指し示す語としては用いられていないことが明らかとなった。「当流」の俳風については、景気付や心付といった、いわゆる元禄疎句としての特徴が指摘されるが、それはあくまで初心の作者向けの手引書において説かれた、「当流」の最大公約数的な特徴にすぎない。

三、「当流」の意味するもの

それではなぜ、元禄初期の上方、特に京都の俳人を中心に「当流」の語が用いられたのであろうか。たとえば蕉風も、俳風の面では景気付・心付など、「元禄当流」と同じ方向性を持っているが、蕉門俳書における「当流」の語は、全て「蕉風」の意で用いられたものである。[27]

ここで、先に確認した「当流」の辞書的な意味のうち、②の「今の世にもっぱら行なわれるやり方」という性格に注目したい。これまで挙げてきた例からわかる通り、「当流」は初心の作者のための俳諧手引書の中に頻出する語であったが、元禄初期に刊行された大衆向け作法書類には、書名（外題の角書を含む）に「当流」をうたったものが多い（『当流誹諧番匠童大全』（元禄三年刊）『〈当流〉増補番匠童』（同四年刊）『当流はなひ大全』（同四年刊）『当流俳諧小傘』（同五年刊）等）。そこで、国文学研究資料館の日本古典籍総合目録データベースを用いて、書名に「当流」の語を冠するものを調査した。その結果、写本の形で残された伝書の類（馬術、弓術、放鷹、武家故実、真言、天台等に分類されるものが中心）と、謡本など謡曲関係の出版物の書名に「当流」の語が多く用いられること、他に往来物の書名にも比較的多く「当流」の語が用いられていることが判明した。(29) 伝書に用いられた「当流」の語は、①の「自分の属している、または、今話題にしている、この流派、流儀。」の意で、時代遅れなものではなく、当時広く一般に通用する内容が求められた往来物において標榜されている「当流」は、②の「今の世にもっぱら行なわれるやり方、考え方。当代流行の流儀。現代風。当世風。当風。」の意である。大衆向け俳諧作法書類に冠せられた「当流」は、後者に通じるところがあろう。いわゆる当流俳諧師たちが、こうしたスタンダードともいうべき感覚をともなった「当流」を自称し得たのは、彼らが元禄初期に俳壇の主流であった京都の人気俳諧師であったことと無関係ではあるまい。

ここで、謡本における「当流」の語に目を向けたい。謡本には観世流・宝生流・金春流・金剛流・喜多流など流派の別があり、かつ寛文から正徳にかけての約五〇年間に最も多く刊行され、元禄前後がその最盛期にあたるという点で、元禄期の俳諧における「当流」意識を考える際の手がかりになると考えられる。(30) そこで、謡本における「当流」の用例を、表章『鴻山文庫本の研究――謡本の部』「第二章　江戸期版行謡本」「第三章　江戸期版行部分謡」により、調査した。(31)

謡本は、流派によってその節付法や詞章がそれぞれ異なっているが、江戸時代に板行されている謡本の過半を占めたのが観世流謡本であった。(32) そして、実際に用例を検討してみると、「当流」の語が出てくるのは主として奥付と題簽で、観世流謡本で用いられた例がほとんどである。その最も早い時期の例が、万治二年（一六五九）二月、山本長兵衛板、内組百番揃の奥付に見える。

此本者、観世左近太夫、以章句奥書之本写之。幷拍子付之本、于世往々雖有之、其誤依繁多。今当流之加秘密悉改正者也。

于時万治弐年己亥衣更着吉辰

二条通丁字屋町　山本長兵衛板　　鼎印「本家」

（観世流謡本一一四）[33]

ここに「当流」の語が新たに用いられ始めたことは、本書が後に観世流謡本刊行の中心となる山本長兵衛が出版した最初の謡本であり、本書の内組百番の組み合わせが他に同系本のない独自の組み合わせとなっていることに関連すると考えられる。山本長兵衛が「当流」の語をどこまで意識的に用いたかについては慎重に考えねばならないが、最新かつ正統性のある謡本であるとうたって本書を売り出そうとしたことは確かであろう。試みに本書刊行の二年前の明暦三年（一六五七）四月、京都野田弥兵衛によって板行された外百番本の奥付を引用する。「吟味改正」「観世左近大夫章句本」など謡本奥付における常套句が用いられ、右の山本長兵衛板の謡本の奥付と類似した文章であるが「当流」の語は出てこない。

右百番之外百番者、観世左近大夫入道暮閑、以章句本写之。秘密拍子付尚加吟味改正文字板行者也。

明暦三丁酉天初夏

洛下二条下寺町　野田弥兵衛尉梓

（観世流謡本一〇九）

この後、寛文二年（一六六二）二月、上田三郎右衛門板の進藤流謡本（一二）[34]、寛文九年（一六六九）九月、京都野田弥兵衛板の観世流謡本（一四三）の奥付に「当流」の語が用いられ、以降江戸時代を通じて非常に多くの板本、すなわち観世流謡本の奥付の大半に「当流」の語が用いられている。

江戸初期刊行の謡本は発行部数も少なく、特殊な階層のみを対象としたものであったが、寛永初年頃からは書肆が謡本の発行に乗り出し、寛永卯月本と称される観世流謡本が流布する頃には、謡本の出版は観世大夫の手を離れ、ほとんど書肆に独占されるようになったようである。(35) 書肆の主導で刊行された謡本の奥付は書肆が付したもので、多くその文句が常套化し、内容と一致しない場合も珍しくない。そのため、観世流の謡本に「当流」の語が多く用いられるのも、単に観世流謡本が多数刊行され、定型化した奥付の文句が踏襲されていった結果とも考えられるが、「当流」の語が当代のスタンダードを意味する売り文句として、プラスに働いていたことは間違いなかろう。

題簽に「当流」を用いた例としては、延宝五年（一六七七）一一月に出版された山本長兵衛板の観世流謡本（一七六八）の例が早く、題簽下部に「新板当流」とある。続く天和・貞享・元禄時代にも、題簽に「当流」と銘打った観世流謡本は出版され、江戸中期以降も「当流観世」「新刊当流」「当流改正」をうたった謡本は多い。奥付の場合と同様、多分に慣習的なものもあろうが、ここでも「当流」を冠することに積極的意義が認められていたと考えられる。

では次に、観世流以外の流派の謡本に「当流」の語が出てくる場合について検討する。まず観世流と同じ上掛りである宝生流の謡本の奥付に「当流」が使われた例を挙げる。宝生流の謡本は寛政一一年（一七九九）三月に初めて刊行され、後年新たに刊行される宝生流謡本は全てこの寛政版の系統である。(36)

当流所伝之謡曲二百拾番伝写之本、従多異令校正以令刊行畢。

于時寛政乙未暮春　宝生大夫（花押）　（宝生流謡本　一）

表章氏によると、右の奥付の後に製本所の記載がある本もあるが、後年の流布本からは製本所の名が削られており、宝生大夫のもとに板木が所蔵されていたらしい点から推して、本書の刊行者は宝生大夫であるという。よって、ここでの「当流」は「宝生流」という意味合いが強いと考えられる。しかし、宝生流謡本は元禄期には刊行されておらず、元禄期の「当流」意識とは直接つながるものではない。

下掛りの謡本については、元禄・宝永期に奥付に「当流」の語を用いたものが刊行されている[37]（下掛り謡本二五・三六）。しかし、それらはいずれも「当流秘密之加拍子令改正」といった、観世流謡本の奥付にしばしば見られた常套句をそのまま踏襲したものにすぎない。下掛りの謡本にはまた、題簽に「当流」を掲げるものも見られるが、そもそも下掛りの謡本の大半は金春流・金剛流・喜多流といった流派名を奥付に示さず、単に下掛りの謡本としてのみ刊行されており、たまたま流派名を掲げていてもそのままには信じがたいものであることから、そこに特別な流派意識を認めることはできない[38]。

このように、謡本においては「当流」の語は元禄をかなりさかのぼる早い時期から用いられているが、「当流」の語が用いられた奥付をもつ観世流謡本が元禄期に上方で非常に多く刊行され、庶民の間に流布していたことが確認できる。また、寛文以降の謡本刊行は書肆の主導であったことから、観世大夫が自流を押し出すために積極的に「当流」の語を用いたわけではなく、書肆が手を変え品を変え新版・再版・履刻版などを繰り返し出版するにあたり、宣伝文句として「当流」をうたっていたこと、そして「当流」が具体的に指し示す流派は、基本的には江戸時代を通じて主流であった観世流であることから、謡本で用いられた「当流」の語は、当代のスタンダードという意味を帯びていたことがわかる。こうした「当流」の語のニュアンスは、元禄期の上方で流行した俳諧の「当流」と通じているのではないだろうか。

以上、本節では元禄期の「当流」の語に焦点を当て、上方、特に京都を中心に「当流」の語が用いられる背景を探った。「当流」の俳諧については、今後点取俳諧や雑俳を視野に考察を深めていく必要がある。また、今回取り上げることはできなかったが、歌舞伎の「当流」の語に関する鳥越文蔵「元禄期歌舞伎の一二三の問題」（『元禄歌舞伎攷』八木書店、一九九一年所収、『早稲田大学大学院文学研究科紀要』三四号、一九八九年一月初出）の指摘は、俳諧の「当流」にも大いに関係していると思われ興味深い。

浄るりが貞享二年の「出世景清」を以て当流の時代に入ったように、歌舞伎の芸の上でもこの元禄期は当流を確立する時代であった。現代劇であった歌舞伎や浄るりが常に当風であるのは当然のことである。それなのに、一時代前はこのことを言い立てることをしなかった。元禄期では盛んに論議された。その意識こそ元禄期の特徴であり、芸の評価において当流という基準が確定したことの証左とみるのである。[39]

元禄期の俳諧における「当流」は、歌舞伎より浄瑠璃の場合に類似するとも考えられ、このことと上方俳壇で盛んに「当流」が用いられたこととの関係についても調査する必要があるが、これについては今後の課題とし、別稿を期す。

注

（1）「元禄俳壇と芭蕉」（『元禄京都俳壇研究』勉誠社、昭和六〇年所収、『芭蕉講座　第三巻　文学の周辺』有精堂、昭和五八年初出）。

（2）重頼の『犬子集』に対抗して立圃が編んだ『誹諧発句帳』（寛永一〇年奥）では、京都の作者が新たに七八名加えられ、京都の比重が大きくなっている。なお、本節における俳書の入集者・入集句数については、今栄蔵『貞門談林俳人大観』（中央大学出版部、平成元年）を参照した。

（3）引用は『近世文学資料類従古俳諧編43　伊勢正直集（下）』（勉誠社、昭和五〇年）によった。

（4）引用は岡本勝編『伊勢俳書集』（古典文庫、昭和六〇年）によった。

（5）近世初期の伊勢俳壇については、越智美登子「初期伊勢俳壇の問題」（『国語国文』第四三巻第一〇号、昭和四九年一〇月）に詳しい。

（6）近世初期の堺俳壇については、前田金五郎「地方俳壇としての堺」（『国語と国文学』第三四巻第四号、昭和三二年四月）に詳しい。

(7) 岡本勝「伊勢俳壇」（『講座元禄の文学3　元禄文学の開花2　芭蕉と元禄の俳諧』勉誠社、平成四年）には、延宝元年・同四年の宗因の伊勢訪問によって伊勢にも談林俳諧が流行し、以後、中央俳壇の流行が少し遅れた形で入り込むようになることが指摘される。
(8) 引用は『近世俳諧資料集成　第一巻』（講談社、昭和五一年）によった。
(9) 引用は『近世文学資料類従古俳諧編27　遠近集（下）』（勉誠社、昭和五〇年）によった。
(10) 八五名という数は『俳文学大辞典』（角川書店、平成七年）の「遠近集」の項（乾裕幸執筆）による。なお、本書に入集する摂津俳人の俳歴については、乾裕幸「『遠近集』の研究――西鶴初出俳書考（一）」（『俳諧師西鶴』前田書店、昭和五四年）に詳しい。
(11) 本書は阿誰軒編『誹諧書籍目録』（元禄五年序）には「五冊、内一札宗因十百韻アリ」（『日本古典文学影印叢刊32　近世書目集』貴重本刊行会、平成元年）とあり、当初は宗因独吟千句一冊と合わせて五冊本であったことがわかる。
(12) 越智美登子「初期江戸俳壇の研究」（『国語国文』第四五巻第七号、昭和五一年七月）。
(13) 自跋末尾に「松花軒二葉子十二歳撰」とあるので、実質的な編集は二葉子の父蝶々子によるものと推定される。
(14) 雲英末雄氏は「俳諧書肆の誕生――初代井筒屋庄兵衛を中心に――」（『元禄京都俳壇研究』勉誠社、昭和六〇年所収、『文学』第四九巻一一号、昭和五六年一一月初出）において、延宝元年から九年までの三都の俳書出版点数を挙げ、延宝六年に大坂・江戸関係の出版俳書が急激にその点数を増していることを指摘する。
(15) 引用は『近世文学資料類従古俳諧編30　西鶴五百韻　みつかしら　高名集　百人一首難波色紙　三ケ津　庵桜』（勉誠社、昭和五一年）によった。
(16) 『定本西鶴全集』第一一巻上（中央公論社、昭和四七年）の頭注を参照した。
(17) この時代の京都俳壇については、雲英末雄『元禄京都俳壇研究』佐藤勝明『芭蕉と京都俳壇――蕉風胎動の延宝・天和期を考える――』（八木書店、平成一八年）等に詳しい。
(18) 『祇園拾遺物語』には「当流の俳諧は武江《ブコウ》にすぐれ、わきて貴所《キソ》をさして柿の本《モト》の若生《ハヘ》と称《シヤウ》し、菅原《スガワラ》の分芽《ワケメ》ともてはやす。」とあり、「当流」は江戸ではなく京都の風であるという意識が見て取れる。
(19) 引用は、雲英末雄『元禄京都俳壇研究』によった。
(20) 引用は『俳書叢刊　第七巻』（臨川書店、昭和六三年）によった。
(21) 引用は『近世文学資料類従参考文献編13　俳諧小傘』（勉誠社、昭和五四年）によった。

(22) 引用は『新編日本古典文学全集61　連歌集　俳諧集』（小学館、平成一三年）によった。
(23) 西鶴の「当流」については今栄蔵「元禄俳諧と西鶴」（『初期俳諧から芭蕉時代へ』笠間書院、平成一四年所収、野間光辰編『西鶴論叢』中央公論社、昭和五〇年初出）に詳しい。西鶴は「当流」を宗因の談林風の意で用いる場合もあるが、こはそうではない。
(24) 引用は『近世文藝資料18　北条団水集』俳諧篇上（古典文庫、昭和五七年）によった。
(25) 宮田正信『雑俳史の研究』（赤尾照文堂、昭和四七年）「付合文芸としての雑俳の成立とその展開」第四章「雑俳の成立」で、元禄初年、上方において前句付俳諧から雑俳の前句付が成立したこと、また前句付に遊んだ大衆作者層に対して、前句付を本式の俳諧への入門階梯であると説く点者が現れたことが指摘される。
(26) 引用は『未刊雑俳資料一三期1　たみの笠』によった。
(27) 特に『宇陀法師』（元禄一五年刊）『歴代滑稽伝』（正徳五年（一七一五）跋）をはじめとする許六の編著中に多用され、元禄初頭の用例には見るべきものがない。
(28) 「日本古典籍総合目録データベース」〈http://base1.nijl.ac.jp/~tkoten/about.html〉。
(29) 元禄に近い頃の例では、貞享四年刊『女用訓蒙図彙』（内題『当流女用鑑』）、貞享三年跋『当流庸文章』、天和二年刊『〈当流〉女用文章』等がある。またデータベースでは礼法に分類されているが、元禄一〇年刊『〈当流〉嫁娶調宝記』も一般的向けの実用書という意味で、往来物に準じて考えることができよう。
(30) 表章『鴻山文庫本の研究――謡本の部』（わんや書店、昭和四〇年）に「点数で数えた場合、寛文から正徳にわたる約五十年間に最もおびただしく刊行されており、元禄前後が謡本発行の最盛期であったと見られる。」（一四七頁）とされる。
(31) 表章氏は「謡が能から半ば独立した形で流布した室町後期以後の謡本は、そのほとんどすべてが謡のテキストとして書写または刊行されたもの」（『鴻山文庫本の研究――謡本の部』一二頁）であるとし、謡本と能の台本を同一視するのは危険であるとの見方から、謡本を「節付を施し、謡を歌うためのテキストとして使用することが可能な写本または版本」と定義する（同書、一〇頁）。
(32) 『鴻山文庫本の研究――謡本の部』一二頁。なお、ここでの「観世流」は、表章氏が「江戸期の観世流の謡は観世座流と呼ぶ方が実状に近く、観世流謡本の場合も、脇方を含めた「観世座流謡本」の意に理解すべきであろう。」とするのにしたがう。表章氏は「観世流とは言っても、観世大夫流（観世座シテ方流）の意ではない。室町期以来の観世がかりの謡の普及には、能の謡の統率者であったワキや地謡役であった脇方の役者が重要な役割を果たしており、江戸前期の観世流素謡の盛況も、脇方の進藤流や福王流の人々の活動に由来するところが大きい」とされ、「進藤流の謡を嗜む人は観世流節付の本をも使用していたし、進藤系の人が編集した本が観世流を称して刊行されたことも、十分あり得る」「福王流を称した謡本が一種も版行されていないのであるから、観世流の立場で謡を教授し、謡本刊行に際しても観世流章句を称していたものに相違ない。」とする（『鴻山文庫本の研究――謡本の部』二三〇・二三一頁）。

(33)『鴻山文庫本の研究――謡本の部』の資料番号に対応する番号を示した。以下の謡本についても同様。

(34)進藤流は観世座付の脇方の流派。なお『鴻山文庫本の研究――謡本の部』では、上田三郎右衛門は京都の書肆と推定されている。

(35)『鴻山文庫本の研究――謡本の部』一四七頁。表章氏は、江戸後期になって家元制度が固まってくるにつれ、家元（大夫）の謡に対する関与が始まり、謡本の出版が家元と提携した特定の書肆に統一される傾向が表れるが、それ以前は書肆の自由競争であったとする（同書、二二一頁）。

(36)『鴻山文庫本の研究――謡本の部』四七六・四七七頁。また、宝生流の場合、写本についてもこの寛政版刊行以前のものがほとんど無く、江戸中期までは観世流の版本を訂正して使用するのが普通であったようである（同書、六六頁）。

(37)二五は元禄二年一〇月、江戸利倉屋喜兵衛板、三六は宝永八年正月、江戸戸倉屋喜兵衛板である。

(38)『鴻山文庫本の研究――謡本の部』四八九頁。

(39)これは直接的には、西山松之助氏の「古浄瑠璃時代においても、早くその口伝秘説の伝授は行われていたのであるが、それはすべて予《よが》一流・某が一流・我が一流などとして伝えられていたが、それが義太夫に至って、『当流浄瑠璃小百番』というような、当流ということ、つまり竹本義太夫を中心とする全浄瑠璃集団を統一している流儀社会を意識した呼び名が成立しているのである。」（『西山松之助著作集第一巻　家元の研究』吉川弘文館、昭和五七年、四七八・四七九頁）という指摘を受けたものである。

第三章　元禄期江戸の前句付

第一節　調和における前句付の位置

岸本調和は、芭蕉一派が台頭してくる延宝末年から天和・貞享期の江戸俳壇において、最大の勢力を誇った俳諧師である。しかし、元禄以降は前句付俳諧へと転じ、蕉門と没交渉であったことから、これまで研究が尽くされてきたとは言いがたい。荻野清「岸本調和の一生」(1)によって研究の土台が作られ、それを受けた檀上正孝「岸本調和の撰集活動」(2)において壮年期の俳諧活動が取り上げられたが、その前句付活動についてはいまだ不明な点が多い。しかし、元禄期の江戸俳壇をより立体的にとらえるためには、調和ら江戸前句付派と呼ばれる俳諧師たちが、当時の俳壇においてどのような立場にあったのかを明確にしなければならない。そこで本節では、調和の前句付高点句集と前句付清書資料を取り上げ、その興行形態を分析することによって、調和の俳諧活動において前句付が担っていた役割を明らかにする。

まずはじめに、荻野清氏、檀上正孝氏の論考を参照しつつ、調和の俳諧活動について概観しておく。調和は寛永一五年（一六三八）陸奥国岩代に生まれ、寛文中期以後江戸に出て、同八年（一六六八）以前に未得の後見によって万句興行を行った。延宝に入って地道に地歩を築くべく活動を続け、同七年（一六七九）に自句七〇句、作者数三〇〇人以上という堂々たる第一撰集『富士石』を撰し、延宝末に『金剛砂』、天和三年（一六八三）に『誹諧題林一句』、貞享二年（一六八五）に『ひとつ星』を編む。しかし、それ以後一〇年余りの間、調和一派の撰集は板行されず、蕉門に押されて衰勢に向かうさまが顕著となる。

そうした状況のもと、元禄一〇年（一六九七）に月次発句高点句集『夕紅』が刊行された。本書は、元禄七年二月から同八年一二月までの間に行われた月次会で高点を得た調和一門の発句をまとめたもので、月次発句高点句集とはいっても、その体裁・内容ともに普通の俳諧撰集と少しも選ぶところがない。そして翌一一年、調和初の前句付高点句集『洗朱』が刊行される。(3)これは、貞享四年七月五日から元禄七年一〇月二〇日までのおよそ七年間に及ぶ調和の前句付興行の高点句を収めたもので、これと一部をなすものとして、知友門弟の作を収める俳諧撰集『面々硯』も同時に刊行された。

これ以降調和は前句付に転じ、『十の指』(元禄一二年九月二〇日～同一三年三月二〇日興行)『風月の童』(元禄一三年四月五日～九月二〇日興行)『風月の童後編(仮題)』(元禄一三年一〇月五日～同一四年四月二〇日興行)(4)『相槌』(元禄一四年一〇月五日～同一五年五月二〇日興行)『続相槌』(元禄一五年六月五日～同一六年三月五日興行)と、一連の前句付高点句集を次々と刊行していく。『十の指』『風月の童』『風月の童後編』は調和・立志(二世)・艶士の三評、『相槌』『続相槌』は調和・立志の両判である。しかし、元禄も終わりに近づくと、調和の前句付興行にも衰退の兆しが見え始め、元禄末年には投句数は急激に落ち込む。(5)そして宝永二年(一七〇五)二月、『十の指』以来ともに興行を行ってきた立志が没したのを区切りに『新身』(元禄一六年三月二〇日～宝永二年一月二〇日興行)を編んで、調和は前句付界から退いた。(6)

こうした中、宝永四年二月に其角が没すると、知友の俳人子英の剃髪を記念する調和一派の百韻に、当時の江戸俳壇における洒落風の放埒を非難する序文を付した俳諧撰集『つげのまくら』が風雲子の名で刊行される。(7)本書は、其角没後に江戸俳壇を傘下に収めた沾徳一派に対して、調和・不角ら江戸前句付派が地盤回復を図る意図で編んだものであるというのが通説である。(8)この『つげのまくら』の企ては不発に終わったが、続く宝永五年には養子和英が万句興行を企画して『万句短尺集』を刊行し、宝永六年に『梅の露』が、その四年後の正徳三年(一七一三)にその続集にあたる『把菅』が門人風和によって編まれた。享保五年(一七二〇)には、正徳五年に没した調和の遺稿に調和・和英の辞世吟や門人らの句を加えた和葉編『これまで草』が成るといった状況に鑑みて、晩年も「調和とその一派の活動は決して弛緩したものとはいへなかつた」との荻野清氏の見解は首肯される。

前句付高点句集の刊行をやめ、一門の俳諧撰集によって江戸俳壇に返り咲きを図ったとされる調和の晩年の動向からは、一見前句付を切り捨てたかのような印象を受ける。しかしその一方で、調和の前句付高点句集が一般的な俳書と同様、基本的には半紙本の大きさで刊行されていること、[9] また俳諧撰集『面々硯』が前句付高点句集『洗朱』とセットで刊行され、一門の俳諧発句集『夕紅』が『洗朱』の続編を意図して編まれていること等を考えた場合、[10] 調和の前句付をその俳諧活動と切り離して考えることはできない。調和の俳諧活動において、前句付はどのように位置付けられていたのであろうか。

一、俳諧撰集と前句付高点句集における作者層の違い

調和の前句付興行の性格を考えるにあたって、まず調和の撰集における入集者を整理する必要がある。ここでは調和の撰集を、発句や連句を収めた俳諧撰集『富士石』『金剛砂』『誹諧題林一句』『ひとつ星』『夕紅』『面々硯』と、前句付興行における高点句を集めた前句付高点句集『洗朱』『十の指』『風月の童』『風月の童後編』『相槌』『続相槌』『新身』とに分け、それぞれに入集する作者の傾向を調べた。[11] すると、俳諧撰集のみ、前句付高点句集のみに入集する作者が存在する一方、両方に重ねて入集する作者も少なくないことが明らかとなった。そしてその中には、それなりに名の通った者も含まれる。そこで次に、調和の高弟知友が多く入集する俳諧撰集『面々硯』に注目し、『面々硯』に登場する作者が『洗朱』以降の前句付高点句集にどの程度入集しているかを調査し、彼らの動向を探ることとする。

まず『面々硯』と『洗朱』の入集者を比べた場合、『洗朱』にのみ入集し『面々硯』には入集しない作者が多

いのは両者の収録句数を考えれば当然として、逆に『面々硯』の入集者が『洗朱』に入集していないかというと、決してそうではないという点が注意される。しかも、『面々硯』と『洗朱』の両方に入集する作者は、二、三の例外を除いてほぼ全員が『夕紅』にも入集していることから、『面々硯』に見える調和の高弟知友たちが、抵抗なくその前句付興行や月次発句興行に句を寄せたことがうかがえる。しかし、そのような作者たちの中で、『十の指』以下の前句付高点句集に登場する者は非常に少ない。たとえば、不角・無倫・艶士・調柳・花蝶・不貫ら馴染みの俳人たちは、『十の指』以降の前句付高点句集からは姿を消す。[12]他に、和賤などは後の調和の歳旦帖には載るが、『洗朱』を最後に前句付高点句集には登場せず、前句付からは退いたようである。[13]中には忍行田の鸚言や薩摩の周言のように、『十の指』以後の前句付高点句集においても引き続き活躍している者もいるが、そうした作者の数は決して多くない。

このような傾向は『面々硯』に限らず、調和の俳諧撰集に名を連ねる常連俳諧作者全般に当てはまる。彼らは『十の指』以降の前句付興行には決して積極的に参加しているとはいえないのである。[14]その一方で『洗朱』には、調和の俳諧撰集には入集せず、『十の指』以降の前句付高点句集において活躍する作者が多く入集する。『洗朱』は、古くからの知友門弟と、後に前句付興行において活躍する作者が混在して入集する、過渡期的な性格を持つ前句付高点句集であるといえる。

そして『十の指』以後の調和の前句付高点句集には、調和の俳諧撰集には載らず、前句付高点句集のみに名前を連ねる作者たちがいよいよ目立ってくる。『洗朱』が刊行された元禄一一年以後、前句付高点集のみを出版していく調和が相手にしたのは、主としてこうした新興作者たちであった。これまでの俳諧撰集における常連作者たちの多くが、『洗朱』より後の前句付高点句集から姿を消すのと入れ替わりに、彼ら新興の投句者たちがその興行を支えたのである。

二、前句付の興行形式

では、宝永二年を境に前句付高点句集の刊行をやめ、其角没後の江戸俳壇に地盤回復を企てたとき、調和は前句付作者たちを切り捨ててしまったのであろうか。この問題を検討するにあたり、まずは調和点前句付清書資料をもとに、その前句付興行の具体的な場について明らかにする。

宮田正信氏によると、調和の前句付においては、一番勝句の作者には投句を高点順に清書した特別製の高点勝句帖と、取次所別に作成された句稿の清書帖とが褒美として与えられ、二番から五番ないし一〇番までの勝句作者にも、それぞれ「家々之秀逸小冊」と呼ばれる高点句を点数順に清書した選句帖と、その作者所属の取次所別清書帖が与えられたという（『雑俳史の研究』一四九〜一五一頁）[15]。そこで、現在残っている調和点前句付清書資料を列挙すると、元禄三年六月六日興行の取次所別清書帖（茨城県北相馬郡利根町布川の香取家蔵）、同五年三月一七日興行の取次所別清書巻（国文学研究資料館蔵）、同七年一二月二〇日興行の秀逸巻（布川の豊島家蔵）、同一五年七月二〇日興行の秀逸小冊（柿衞文庫蔵）、同一六年一一月二〇日興行の一番勝句作者宛高点勝句帖と取次所別清書帖（天理大学附属天理図書館綿屋文庫蔵）、宝永二年五月五日興行の「不盡穸《ふじのつかあな》」と題された秀逸小冊（柿衞文庫蔵）、山梨県西八代郡市川大門町の回木家所蔵の前句付資料二〇点、宝永三年一月一〇日興行の清書巻（山梨県立図書館甲州文庫蔵）となる[16]。本節では、回木家所蔵の前句付資料二〇点を中心に取り上げ、適宜その他の清書資料を対照して分析を行う。回木家は、天和二年に調和の門人となった甲州市川の俳人調実の子孫にあたり、この二〇点の前句付資料は、調実の息子豊也とノフという女性に褒美として贈られたものである[17]。なお、個々の回木家資料の呼び分けには、高室有子「回木家所蔵調和前句付資料」で用いられた資料番号を用いた。

回木家の調和前句付資料二〇点は、取次所別清書帖一四点（2B・3C・4D・5Ea・7F・8G・9H・10Ia・12J・

13Ka・15La・17M・18N・19Oa）、秀逸小冊五点（1A・6Eb・14Kb・16Lb・20Ob）、そして第一勝句の作者に褒美として与えられた高点勝句帖一点（11Ib）から成る。高点勝句帖は、他の秀逸小冊に比べて収録句数が多く、特別に豪華な装丁となっているが、取次所別点帖と秀逸小冊の装丁にはさほど大きな差異は認められず、取次所別点帖も秀逸小冊と同様枡形綴葉装で、金銀彩の模様の描かれた表紙が付されたものが多い[18]。先に言及した元禄三年六月六日興行の取次所別清書帖が横本仮綴で、同五年三月一七日興行の取次所別清書巻と同七年一二月二〇日興行の秀逸巻が、いずれも表装のない質素な巻子本であることを考えると、時代を追うにしたがって装丁が豪華になっていったとも想像される。また1Aは『風月の童』に、2Bは『続相槌』に、3Cから11Ibまでは『新身』に、その興行の全体結果が確認できるが、12Jから20Obについては『新身』収録以後の興行における資料であるため、板行された前句付高点句集には載らない。

それでは、元禄一三年六月五日興行の資料1Aから分析を始めたいが、その前にこの興行が載る『風月の童』について触れておきたい。『風月の童』は調和・立志・艶士の三人の合評による前句付高点句集で、各興行につき第一席から第一〇席までの句が掲げられ、一席二席の句には点者ごとの点数が記載される。三席以降の句には具体的な得点は記されないものの、三人の合計点が高い順に掲載されていると考えられ、右肩に「調和秀逸」「立志秀逸」といった注記の見える句もある。この興行における秀逸小冊1Aでは、各点者ごとにそれぞれの選出した高点句が順に記され、一席二席の句についてはそこに付された点印から得点が判明する。中には二人以上の点者に重複して挙げられた句も見られるが、そのような句は少数で、掲げられた高点句の数も調和一九句、立志二三句、艶士二一句と三者で異なる。そして、この1Aに示された結果を『風月の童』と比較してみると、かなりの食い違いが認められる。具体的に言うと、1Aにおける立志点の一席「高足も横にすらりか座敷鞠」は『風月の童』には見えず、二席の句「君まつに忌ん衛門がやすらはで」（ただし『風月の童』では上五が「君待と」となっている）が「立志秀逸」として『風月の童』の三番目に掲載されている。(19) また、『風月の童』に「調和秀逸」と注記された「不足には銀河を浴《アビ》ぬ夏坊主」は1Aの調和点には見えず、1Aの立志の高点句中に「不足には銀河浴ぬを夏坊主」の形で見える。また『風月の童』の七句目は和肘の句であるが、この句は1Aの調和点の六句目に見えるのみで、他の二人の点には見えない。よって本来ならばこの和肘句よりも、調和点の七句目と立志点の九句目の双方に認められる和句の句の方が入集していてもよさそうである。同様のことが、1Aの立志点の七句目のみに見える豊也の句が『風月の童』の第一〇句目に掲げられるのに対し、調和点の一〇句目、立志点の一一句目に見える好元の句が落選していることにも指摘できる。『風月の童』では三席以下の句の得点が明らかではなく、また三人の点者の合計点の推定が困難であるため、正確なところは不明であるが、あまり秩序だったやり方で興行結果が整理されていなかったことが想像される。

次に1Aと同じ秀逸小冊である6Ebを取り上げて比較を行う。6Ebは『新身』に確認できる元禄一七年二月二〇日興行の資料で、調和・立志の両判である。この資料では、調和と立志が選んだ高点句の数は同数の三六句で、調和は「以静為用」（ただし回木家所蔵調和前句付資料に見える点印は「似静為用」）（一三点）一句、「紅絲石」（一〇点）三句、「濃香」（九点）三二句、立志は「錦上加花」（一三点）一句、「蜀江錦」（一〇点）三句、「呉綾」（九点）三二句を選んでいる。以上の批点から作者ごとの得点を割り出してみると、恕角二三点、一貞二二点、渦組旦夕一九点、志角・虎玉・イセ津丹夕・芦錐・和凍・山風・破扇・杜良・鶴竹・守株・似興・風心・抱琴・柳絮の一四人が一八点で、松雨・豊也・巴水・回雪については調和・立志のうち片方が一〇点、もう片方が八点以下の合計一八点以下、その他の作者については片方が九点でもう片方が八点以下の合計一七点以下と推定される。そこで『新身』における順位はどのようになっているかというと、一席恕角、二席一貞、三席旦夕の上位三人は6Ebの得点順で、四番目に豊也、五番から一八番に志角から柳絮までの一八点の作者が並び、一九番目に巴水、二〇番目に回雪が入選している。ここから、点数が不明であった松雨・豊也・巴水・回雪のうち、豊也・巴水・回雪は一八点、松雨は一八点以下であったことが判明する。[20] ここで再び6Ebに戻ると、調和と立志の両人からそれぞれ九点を得た志角から柳絮までの作者の句は、調和点においても立志点においても『新身』と同一の順番で掲げられていることが注目される。各点者ごとに九点を得た作者を無作為に並べただけでは、このような偶然は起こるはずがない。つまり、この時期の興行においては、秀逸小冊が清書される段階には、興行結果がかなりきちんとした状態にまで整理されていたということである。先の1Aの興行が行われた元禄一三年時とは異なり、この頃には多数の投句を迅速に処理する体制が出来上がっていたと考えられる。投句数が二〇〇〇句を超えるような前句付興行において、その運営の効率化は非常に重要な課題であり、また興行結果を前句付高点句集として定期的に刊行するためにも、興行結果の迅速な処理は不可欠であった。[21]

6Ebと1Aを比較すると、元禄一七年時における前句付興行は、元禄一三年時に比べて格段に秩序だった方法で運営されるようになっていたことが想像されるが、実際にこのような効率的な運営が行われるようになったのはいつ頃からであろうか。資料的な制約から正確なところは不明であるが、少なくとも6Ebより一年半程前にはさかのぼれそうである。それを示す資料が、柿衞文庫蔵の元禄一五年七月二〇日興行における秀逸小冊である。この秀逸小冊では、調和が「紅絲石」（一〇点）三句、「濃香」（九点）一四句、「両朱」（八点）三句、立志が「錦上加花」（一三点）一句、「蜀紅錦」（一〇点）二句、「呉綾」（九点）一二句、「金章」（八点）五句を選び、挙げられた二〇句は両者で重複しているため、全ての句について得点が判明する。そして、ここから割り出された各句の得点による順位は、『続相槌』の結果とぴったり一致し、秀逸小冊における各点者ごとの高点句の並びは、『続相槌』で挙げられる順番と全く同一である。[22]

しかし、元禄も終わりに近づくと調和の前句付にも翳りが見え始め、宝永二年に二世立志が没する頃には「梓刊ニ年ヲ累ン事、作者ノ待兼ヲ察シ、清書所モ同ク苦ヲ懐ク。其上止ム事ヲ得ズ、壺瓢ガ一判ニ移リ来リ。是亦月ヲ重ネタレバ、板行センコトヲ急グ。」（『新身』[23]）という状態となっていた。『新身』の終わりに収録された元禄一七年三月五日から宝永二年一月二〇日までの興行においては、一席二席の作者については句が掲げられるもの、残り二〇番までは作者名と所付、あるいは所付のみを記載するに留まっており、何とか刊行に漕ぎ着けたというありさまである。実際のところ、立志が没する宝永二年二月三日以前にも、宝永元年九月五日、九月二〇日、一〇月五日の興行は立志の協力が得られず調和単独点で行われており、これまでのような両判による興行自体、次第に困難なものとなっていたことがうかがえる。そして「両判ノ名残」として『新身』を刊行して区切りを付けると、調和はそれ以降前句付高点句集の刊行を中止した。

では、立志没後「壺瓢ガ一判ニ移リ来リ」という時期の調和前句付の興行形態は、どのようなものであったのだろうか。回木家の前句付資料が紹介される以前、宝永二年二月以降の調和前句付に関する資料は同年五月五日興行の秀逸小冊「不盡穸」のみであったが、12Jから20Obの一連の前句付資料が紹介されるに及んで、この間の興行の実態が明らかになった。

『十の指』所収の元禄一二年九月二〇日興行以降、調和の前句付興行は毎月五日と二〇日の月二回が慣例となっていた。そして、12Jから20Obの資料から、宝永二年三月五日（12J）、四月五日（13Ka・14Kb）、四月二〇日（15La・16Lb）、閏四月五日（17M）、閏四月下旬（18N）、五月五日（19Oa・20Ob）の六回の興行が確認できるので、立志没後もしばらくの間は、それまで同様月二回の興行が行われていたことが判明する。なおこれ以降の調和の前句付資料としては、先に言及した山梨県立図書館甲州文庫蔵の宝永三年一月一〇日興行の清書巻が存在しているが、これは他の清書資料と比べてやや特異な性格を持つものであり、この頃まで従来通りの方法で興行が継続的に行われていたわけではなかろう。[24]

また、14Kb・16Lb・20Obの秀逸小冊には興行ごとの投句数は記されないが、12J・13Ka・15La・19Oaの取次所別清書帖における最高得点者の得点とその総合順位を、一番勝句作者に与えられた高点勝句帖である11Ibと突き合わせることで、宝永二年三月以降の興行における投句数をある程度推測することが可能である。11Lbは調和単独点で行われた宝永元年一〇月五日興行の資料で、「以静為用」二句、「紅絲石」四句、「濃香」三〇句が掲げられている。12J・13Ka・15Laにおける最高点はノフ女の「濃香」で、その際のノフ女の総合順位はそれぞれ四番・一一番・一八番、19Oaにおける最高点は豊也の「濃香」で、その順位は一四番である。そして「濃香」の句が総合順位四番から一八番に入るという結果は、宝永元年一〇月五日興行の「濃香」の総合順位の範疇からはずれるものではない[25]。この宝永元年一〇月五日興行における投句数は『新身』に「一千有八十余唫　番外五吟」と記載されていることから、宝永二年前半の興行における投句数もおよそこの程度であったと推定される。調和の前句付興行の投句数は、元禄一六年一二月を境に急な落ち込みを見せ[26]、それ以後は一〇〇〇句を少し超える程度の数となっていたことを考えれば、立志の死によって前句付興行そのものが困難になるほど投句数が激減したとは考えにくい。

三、調和の俳諧活動における前句付興行の意義

では、前句付高点句集の刊行に終止符を打ち、本格的な俳壇復帰を図ったとされる調和晩年の動向は、どのようにとらえるべきであろうか。結論から言えば、調和にとっては前句付も俳諧の一部であり、両者を区別する意識はなかったと考えられる。宝永七年の調和歳旦帖を見ても、和推・調実・云笑といった古くから調和の俳諧撰集に名を連ねる古参の作者が入集している一方で、山形の不白や回雪、行徳の南梢や豊政ら、前句付興行において盛んに活躍する新興作者たちの名前が、かなり多く見出される。これまで見てきた回木家資料中にたびたび登

場していた豊也もまた、そうした新参の作者の一人であったといえよう。(27) 次節以降に詳述する通り、江戸の前句付は元禄中期頃から本格的に雑俳化するが、調和・不角ら、初期前句付の時代から活躍していた点者と、元禄中期頃から台頭してくる江戸の新出点者たちとの間には、前句付に対する姿勢にかなりの違いが認められる。そもそも調和や不角らには雑俳といった観念はなく、したがって自らの行う前句付が雑俳化しようとも、それを俳諧とは別のものとして区別する意識は無かったと考えられる。

調和の前句付が、単なる点を競う勝負ではなく、俳諧修行としての側面を持っていたことは、取次所別清書帖に見える批点のあり方にもうかがうことができる。一般的に、前句付においては公平を期すという観点から、句に添削を加えて加点することはしない。(28) しかし調和は、17Mでは風也の「蛍軍朝嵐とぞ成にけり」の「り」を「る」に直し、18Nでは和同の「松は見つ月迄須磨のさくら貝」に「誹力今少」、19Oaでは豊也の「浪越さぬ契り屛風も末の松」に「誹力なを」という、俳諧指導的な批言を付している。豊也は天和期以来の門人調実の息子であり、甲州市川は古くから調和の勢力圏内にあるという点でやや特殊な例と考えられなくもないが、調和の前句付指導のあり方を示す一次資料として注目に値しよう。(29)

また、調和が前句付興行の効率化を図ったことについては既に言及した通りであるが、その際にも興行結果をただ機械的に処理したわけではないことをうかがわせる、次のような事例もある。柿衞文庫所蔵の「不盡穸」は、20Obと同じ宝永二年五月五日興行における秀逸小冊で、二三句目までは20Obと同一の句が並んでいる。しかし、20Obには二三句しか収録されていないのに対し、「不盡穸」にはその後さらに五句が書き記され、全体の句数は二八句となっている。この句数の差について宮田正信氏は、「不盡穸」が総合順位六番の未調に、20Obが一四番の豊也に与えられたものであることを指摘した上で、総合順位が高い作者に与えられた秀逸小冊ほど収録句数は多くなると推定されている。(30) しかしここでは、甲州市川の作者である豊也に与えられた秀逸小冊の最後が澗水の句で、山形の作者未調に贈られた「不盡穸」には、梅英・巻之・素白・似藤・吟水の五人の句が加えられている点に注目したい。潤水は『新身』に甲府の作者として載り、取次所別清書帖5Eaに句が見えることから、豊也と交流のあった作者であることが知れる。一方、素白は『風月の童後編』『相槌』『続相槌』に、吟水は『続相槌』に、それぞれ山形の所付が付されて入集する作者である。[31]同一興行において複数の秀逸小冊が残る例を他に見ないので、あくまで推測の域を出るものではないが、調和は総合順位によって収録句を機械的に決定したのではなく、贈る相手に合わせて何らかの配慮を加えていたと考えられるのではないだろうか。このような個々の作者に対する配慮は、調和が前句付を俳諧の延長上にとらえていたことを示唆するものであるといえよう。

一度は前句付点者に転向したものの、晩年には再び江戸俳壇に返り咲きを図ったとされる調和であるが、これまで考察してきた前句付に対する姿勢を考慮すれば、調和の中に前句付を俳諧とは別ものとして卑下する意識は無かったと考えられる。[32]調和は終生、前句付を自らの俳諧活動の一環としてとらえていたといえる。調和は前句付興行をやめることで、前句付作者たちを切り捨てたわけではなかった。むしろ、前句付興行を通じて自らの地盤を拡大し、熱心な前句付投句者を自らの勢力圏に取り込んでいったのではないだろうか。

なお、調和を追うようにして元禄初期から江戸で前句付興行を行った俳諧師に不角がいる。しかし、調和と不角とでは前句付興行を開始した時点における、俳諧師としての知名度に大きな差があったことには注意を払う必要がある。調和は、前句付興行を開始する貞享四年七月までに、『富士石』『金剛砂』『誹諧題林一句』『ひとつ星』といった堂々たる俳諧撰集を世に出し、既にある程度以上の地盤を築いていた。一方不角の場合、最初の俳諧撰集『蘆分船』（元禄七年跋）を出版する前に、『二葉の松』（元禄三年成）以下の前句付高点句集を編んでおり、はじめから前句付享受者層を相手に地盤を築いたといえる。こうした違いは、前句付興行から身を引いてからの両者の動向にも影響していると考えられるが、この問題については次節以降改めて論じる。

注

(1)『荻野清著作集第一　俳文学叢説』(赤尾照文堂、昭和四六年)所収、『国語国文』第五巻第四号(昭和一〇年四月)初出。

(2)『近世文芸』第一五号(昭和四三年一一月)。

(3)調和の後を追うように前句付興行を開始した不角が、調和より先に『二葉の松』(元禄三年成)以下の前句付高点句集を板行したため、調和古参の作者たちの間には不満の声が上がっていた。貞享四年から元禄七年までに行われた前句付興行の結果が、元禄一一年にもなって板行されたのはそのためである。次に引用する『洗朱』の一蜂序は、右の経緯を示唆するものである。なお引用は『天理図書館綿屋文庫俳書集成30　元禄前句付集』(八木書店、平成一一年)によった。

或人一夜来てつぶやかるゝは、俳諧時風のうつる事さし矢の飛に似たり。されば先作の骨折、後の人に只とられ、袴の裾踏るゝ心地して、跡なる先《(ママ)》へ趨る。此遺恨いかにとかしがましく聞えしなん、と和叟予に語られき。

(4)『天理図書館綿屋文庫俳書集成30　元禄前句付集』に『次月前句附集』として収録される。

(5)調和の前句付興行の趨勢については、第三章第二節「不角の前句付興行の性格」で言及する。

(6)現在のところ、調和の前句付高点句集は『新身』以降確認されていない。宮田正信氏は『雑俳史の研究』(赤尾照文堂、昭和四七年)の中で「調和の勝句集の板行は恐らくこれで終止符を打ったのであらう。」(一四五頁)と述べられ、荻野清氏もこれと同意見である。

(7)本書の編者風雲子は不角の匿名であるとの見方が定説となっている(潁原退蔵「続俳諧論戦史」(『潁原退蔵著作集　第四巻』中央公論社、昭和五五年所収、『俳諧史論考』星野書店、昭和一一年初出)等)。なお、本書所収の百韻の連衆は子英・径菊・調和・周竹・一徳・白鳳・和英・志交・一蜂である。

(8)前掲、潁原退蔵「続俳諧論戦史」等。

(9)『天理図書館綿屋文庫俳書集成30　元禄前句付集』に影印が収められた綿屋文庫蔵『洗朱』は、大本と半紙本の取り合わせ本であり、大本としても板行されたことがわかる。

(10)序文に「あらひ朱の追加夕紅と号す」とある。

(11)調和の俳諧撰集・前句付高点句集・歳旦帖における入集者と入集句については、今栄蔵『貞門談林俳人大観』(中央大学出版部、平成元年)伊藤善隆・金子俊之・佐藤勝明「元禄時代俳人大観」(『近世文芸研究と評論』第四四号〜第七八号、

平成五年六月〜同二二年六月）『天理図書館綿屋文庫俳書集成17　俳諧歳旦集二』（八木書店、平成八年）『天理図書館綿屋文庫俳書集成29　俳諧歳旦集三』（八木書店、平成一〇年）『天理図書館綿屋文庫俳書集成30　元禄前句付集』『未刊雑俳資料九期2　風月の童』（鈴木勝忠私家版、昭和三五年）『雑俳集成第一期2　元禄江戸雑俳集』（東洋書院、昭和五九年）を参照した。

(12) ただし、艶士は『風月の童』所収の三吟歌仙（調和・艶士・立志）には一座する。

(13) 宝永七年の調和歳旦帖に載る。なお、和賤は不角の前句付高点句集にも載らない。

(14) 『夕紅』に入集する作者が『十の指』以後の前句付高点句集に登場する例も、少数ながら見受けられる。しかし、『十の指』以降の前句付高点句集に登場する作者は、『夕紅』以前の俳諧撰集『富士石』『金剛砂』『誹諧題林一句』『ひとつ星』には、原則として入集しない。

(15) こうした取次所別清書帖は選句用に作成されたもので、これに加点したものが各取次所内で一席となった作者にそれぞれ与えられた。

(16) 元禄三年六月六日興行の取次所別清書帖については中野沙恵「元禄三年調和点前句付清書帖」（『俳文芸』第三三号、平成元年六月）に翻刻と影印が、同五年三月一七日興行の取次所別清書巻については竹下義人「元禄五年調和点前句付清書巻——国文学研究資料館蔵『調和前句付巻』の紹介——」（『国文学研究資料館紀要』第一七号、平成三年三月）に翻刻と影印が、同七年一二月二〇日興行の秀逸巻については中野沙恵「元禄七年調和点前句付俳諧」（『東京女子医科大学看護短期大学研究紀要』第七号、昭和六〇年一二月）に翻刻がある。また元禄一六年一一月二〇日興行の高点勝句帖と取次所別清書帖については宮田正信『雑俳史の研究』に、同一五年七月二〇日興行と宝永二年五月五日興行の秀逸小冊については宮田正信「回木家伝来調和前句付資料」（『連歌俳諧研究』第八九号、平成七年七月）に紹介されている。回木家所蔵の前句付資料については、高室有子「回木家所蔵調和前句付資料」（『山梨県立文学館　資料と研究』第一号〜第七号、平成八年三月〜同一四年一月）に翻刻と影印が、宮田氏の前掲論文に解説がある。宝永三年一月一〇日興行の清書巻については、宮田正信『日本書誌学大系90　雑俳史料解題』（青裳堂書店、平成一五年）に解説がある。

(17) 前掲、宮田正信「回木家伝来調和前句付資料」。

(18) 取次所別点帖の中には、12Jのように表紙の付されない簡便な体裁のものも見られ、また同一興行における取次所別点帖と秀逸小冊をそれぞれ比較すると、秀逸小冊の方がより高級な作りになっている。

(19) なお「高足も」の句、「君まつに」の句、いずれも調和点・艶士点には採られていない。

(20) 前句付興行においては同点の作者が出る場合も珍しくない。その場合の順位については、くじ引きで決められたようで、「鬮」と明記される例も見られる。

(21) こうした興行の効率化は、個々の点者の批点のあり方にも及んでいたと考えられる。調和・立志の両判による取次所別清書帖2B・3C・4D・5Ea・7F・8Gを見ると、いずれも両者の点数にばらつきがない。具体的な数字を示すと、七二句のうち調和と立志で二点以上の開きがみられる句は七句のみで、そのほとんどが二点差である。このような批点結果からは、たとえば片方がもう片方の点を参考にしながら、批点を行っていた可能性も考えられよう。もう一方の点を参照しながら点をかけることによって、批点そのものにかける時間を短縮できるばかりではなく、高点が同一句に集中する分、上位句の選出も楽になったものと考えられる。

(22) 前掲、宮田正信「回木家伝来調和前句付資料」では、個々の秀逸小冊に収められる高点句の数には、それが与えられた作者の順位によってばらつきがあったと推定されている。本資料に、調和・立志のどちらか一方のみが選んだ高点句が収められていないのは、この秀逸小冊が一一番勝句の作者桜言に贈られたものであることと関係していると思われ、同じ興行における秀逸小冊であっても、より高い順位の作者宛に作られた秀逸小冊には、より多くの句が掲げられている可能性も考えられる。実際に、回木家所蔵の秀逸小冊6Eb・14Kb・16Lb・20Ob、そして20Obと同一興行における柿衞文庫所蔵の秀逸小冊「不盡孪」を見ると、6Ebでは四番豊也に対して調和・立志各三六句、14Kbでは一一番ノフ女に対して二三句、16Lbでは一八番ノフ女に対して二三句、20Obでは一四番豊也に対して二三句、「不盡孪」では六番未調に対して二八句が書き与えられており、概ね順位が高いほど収録句数が多くなるという傾向が確認できる。

(23) 壺瓢は調和の別号。

(24) 本巻について、宮田正信氏は『雑俳史料解題』の解説中で、調唯をはじめとする甲府組の中心人物たちが相図って調和から前句を請い受け、同好の士から句を募り、自分たちの手で調えたものであると推定する。

(25) 11Ibにおいては、「濃香」の句は七番目から三六番目までに記載されているので、一見すると総合四番というのは順位が高すぎるように思われなくもないが、調和前句付における順位の付け方を考慮すればそれは当たらない。調和単独点であった宝永元年九月五日、同年九月二〇日の興行結果を『新身』で確認すると、「以静為用」二句が一番勝句、続く三席四席の句が三番勝句とされているが、五番目の句は五番ではなく四番と順位がつけられている。また、同じく調和単独点の宝永元年一〇月五日興行では、一番勝句、二番勝句、三番勝句が二句ずつ掲げられているが、それぞれ一番、二番、三番として順位の繰り合わせがなされることなく四番以下へと続いている。またこれと同様に、取次所別清書帖13Ka・15La・19Oaでそれぞれ一一番、一八番、一四番とされた句は、これと対応する秀逸小冊14Kb・16Lb・20Obにおいては一四番目、二一番目、一七番目に記されている。

(26)『洗朱』を除く調和の前句付高点句集には、興行ごとの投句数が明記される。「〇〇余」のように曖昧に記載される場合もあるが、それぞれの高点句集の投句数を平均すると、『十の指』が約二〇六〇句、『風月の童』が約二〇三五句、『風月の童後編』が約二二四〇句、『相槌』が約二二二五句、『続相槌』が約二一六五句、『新身』が約一四二五句となっており、『新身』から急減することがわかる。しかも、『新身』の元禄一六年一一月までの平均投句数は約一八二五句、一二月以降の平均は約一一五〇句で、ここを境に著しく減少している。なお、元禄一六年一一月二三日には大地震が関東地方を襲い、同月二九日には本郷追分と小石川からの出火による大火災があって、江戸はかなりの被害を受けた。これらの災害が、調和前句付興行の沈滞に拍車をかける要因の一つになったものと推定される。

(27)豊也は『続相槌』『新身』の他、宝永七年の調和歳旦帖に入集する。

(28)宮田正信氏は「普通の百韻俳諧一巻の点取では、一句の表現が稚拙でもその趣向さへよければ、点者はそれに添削を加へて加点するのが常であるが、五句付では「直し」をせず、あくまでも原作本位に加点をするのが、当時世間の通例になってゐた」(『雑俳史の研究』五〇頁)とする。

(29)調和の発句指導のさまをうかがうことのできる資料としては、佐藤勝明「元禄期江戸点取俳諧資料三点」(『和洋女子大学紀要』第五三号、平成二五年三月)に紹介された発句点取帖がある。

(30)前掲、宮田正信「回木家伝来調和前句付資料」。

(31)ただし、素白や吟水については、別の所付で入集する同名作者も存在する。

(32)前掲、荻野清「岸本調和の一生」には「調和が、ややもすれば卑陋視されようとする前句付の世界から離れ、再び正常の俳諧を以て乗り出すべく決意したとしても、あながち故のない野望とのみはいへないであらう。」と述べられる。

第二節　不角の前句付興行の変遷とその意義

立羽不角は、元禄期から享保期を中心に江戸で活躍した俳諧師であるが、その活動期間は非常に長く、宝暦三年（一七五三）に九二歳で没するまで歳旦帖を刊行している。(1) その文芸活動は俳諧のみに留まらず、『色の染衣』（貞享四年（一六八七）刊）『好色染下地』（元禄四年（一六九一）刊）『花の染分』（元禄五年刊か）といった浮世草子や怪談集『怪談録前集』（元禄五年頃成か）なども著しており、藤田理兵衛著『江戸鹿子』を増補した地誌『江戸惣鹿子』（元禄二年成）の著作もある。また、不角は書肆を営んでもおり、(2) 編著の多くは無刊記の自家版として板行された。先妻、後妻との間に六男一女をもうけ、長男の不扃と三男の寿角は父の跡を継いで宗匠となった。(3) また、年々の歳旦帖にはその他の家族の歳旦吟も並び、一家で俳諧に勤しむさまがうかがえる。

不角の俳諧活動を概観すると、大きく三つの時期に分けられる。第一期は元禄・宝永の前句付興行・月次発句興行を活動の中心とする時期である。第二期は四〇代半ばから六〇代にかけて、それまでの前句付高点句集に替わって、付合高点句集『簍纑輪《わくかせわ》』やその他の俳諧撰集の刊行に力を注ぐ時期である。これ以降が第三期で、この頃には不扃・寿角も独立しており、不角は歳旦帖の板行を続けつつ、一家の繁栄のうちに自適の日々を送った。

本節では、第一期の前句付高点句集に焦点を当て、元禄期の江戸における不角の前句付興行の様相を明らかにすることを通じて、元禄期の江戸俳壇の末端を担っていた前句付作者層の動向を考察する。

一、前句付高点句集の形式の変遷

まずはじめに、不角の前句付高点句集を年代順に掲げ、不角前句付の興行形態の変遷を追う。(4) いずれも俳書同様の半紙本の大きさで板行され、末尾に不角独吟、あるいは不角一座の連句が収められる。(5)

元禄三年　『二葉の松』（二巻二冊、下巻未発見）(6)
元禄四年　『若みどり』（二巻二冊）
元禄五年　『千代見草』（二巻二冊）
元禄六年　上半期『一息』（二巻二冊）
　　　　　下半期『二息』（二巻二冊）
元禄七年　上半期『へらず口』（二巻二冊）
　　　　　下半期『誹諧うたゝね』（二巻二冊）
元禄八年　上半期未発見、下半期『昼礫』（二巻二冊）
元禄九年　上半期『矢の根鍛冶前集』（二巻二冊）
　　　　　下半期『矢の根鍛冶後集』（二巻二冊）
元禄一〇年　上半期『双子山前集』（二巻二冊）
　　　　　下半期未発見（『双子山後集』か）
元禄一一年〜一四年　『誹諧広原海《わだつうみ》』（一二巻一二冊）
元禄一三年三、四月　『ひよく集』（全一冊）
元禄一五年二月〜宝永元年五月　『瀬取船』（三巻三冊）

宝永元年六月〜同二年四月『水馴棹』（四巻四冊）
宝永二年　　下半期未発見（『一騎討』上巻か）
宝永三年　　『一騎討』（三巻三冊、上巻未発見）
宝永四年〜同五年一月　『一騎討後集』（二巻二冊）

以上、原本未発見の期間はあるものの、元禄三年一月から宝永五年（一七〇八）一月まで、継続して前句付高点句集が板行されているのがわかる。

元禄三年から宝永四年までの一八年間、不角の前句付興行は基本的には月二回のペースで変わらず行われているが、(7) その興行形式は変化している。まず『二葉の松』から『矢の根鍛冶後集』までは短句の前句五句に長句五句を付ける五句付の形式で行われ、五句一組の合計点で順位が決定されたと推定される。(8) 評価に用いられた点階は、『二息』までは「両朱（両朱葉）・両葉」、『三息』からは「両朱」の上に「極朱」という評価が加わる。ただし、「極朱」の評価を与えられた句は極めて稀で、一集にせいぜい一、二句程度である。各回とも、前句ごとに高点句を列挙し、末尾に五句の合計点によって選ばれた一席二席の作者の名を掲げる体裁をとる。『双子山前集』では、前句が短句・長句・短句の三句となり、三句一組の合計点で順位が付けられる三句付となる。未発見の『双子山後集』については不明であるが、現在確認できるところの不角前句付高点句集で長句が前句に出題されているのは『双子山前集』のみである。点階も、「極朱・九葉・両朱・七葉・両葉」の五種に細分化された。なお、不角の五句付や三句付では、同一前句に同じ作者の句が二句以上掲載されている例が見えることから、五句あるいは三句を一組として、二組以上投句することも可能であったことがわかる。

以上の不角前句付高点句集が一年ないし半年ごとに随時板行されたのに対し、次の『誹諧広原海』は四年にわたる興行分をまとめて板行したものである。元禄一六年八月の序文で、不角は刊行が遅れた事情について「近年は一入巻の点日《ヒ》に重なり、独唫して集に加ふべき遑《イトマ》なければ」と説明するが、元禄一五年五月には川越へ、同一六年五月から九月には上方方面へ旅行したことも多忙さに拍車をかけたものと思われる。巻一から巻八には短句三句にそれぞれ一句ずつ付ける三句付が収められ、巻九の元禄一二年一一月からは短句一句に二句を付ける二句付[9]が開始される。なお『誹諧広原海』における高点句の挙げ方は、二句一組ではなく一句ごとの点数順であるが、投句を募る際には二句一組で、総合順位も二句一組の合計点で決定されたことが当時の清書巻から判明する。[10]五句付・三句付の場合と同様、二組以上投句することも可能で、三組以上投句する作者も珍しくない。点階は、元禄一一年五月二七日を境に、「大極・極（極朱）・九葉・両朱・七葉・両葉」から「大極・銀漢・九曜・蒼溟・俊・豪」へと大幅に改められた。[11]二句付に変わった巻九からは寄句数が一気に増加したためか、掲載句が「俊」以上の句となり、後には「蒼溟」以上の句となる。一方「大極」の上に「神妙・秀逸・無極」の評価が加わり、投句者の歓心を買おうとする姿勢が目立つ。また『誹諧広原海』の二句付と並行して、好柳との両判短句一句付興行も行われたことが『ひよく集』から判明する。好柳は、元禄中期頃から江戸の雑俳撰集に登場してくる江戸の新出点者の一人である。[12]本書には、他の不角の前句付高点句集と同様刊記がなく、刊年は不明であるが、元禄一三年三月下旬の不角の序が付され、同年三月二三日・四月九日の二回分の興行における高点句と、末尾に不角好柳両吟百韻が収められる。高点句の掲載方法は、まず一席二席の作者の句を半丁ずつの絵入りで掲げ、次に不角判、好柳判の順で各人の選出した高点句を列挙する形である。『ひよく集』以外に好柳との両判一句付興行を収めた不角前句付高点句集は発見されていないが、本書の「六月中ニ五月両度之前句板行出来仕候」という記載を信じるならば、定期的な興行が行われていたことが予想される。[13]

次の『瀬取船』は、不角と一蜂両判による短句一句付である。[14]一蜂は『富士石』（延宝七年（一六七九）序）以下、『誹諧題林一句』（天和二年（一六八二）成）『夕紅』（元禄一〇年刊）『面々硯』（同一一年刊）といった調和の俳諧撰集に名を連ねる作者で、不角とも元禄一五年、ともに川越に遊んだことが不角の俳諧紀行『入間川やらずの雨』に記される。不角の点階は「神妙・秀逸・無極・大極・銀漢・九曜・蒼溟・亀背・俊」と「亀背」が加わった。『瀬取船』からは一興行ごとの掲載句数が一定となり、不角点と一蜂点の総合順位一八席までの句を掲載する体裁となっている。また、下巻の巻末には、興行日不明の不角単独点の二句付が一前句分のみ収録され、この間の事情について「二句附下帳紛失。漸此一前句を見出して爰に加フ。尚追〳〵。」と注記される。『誹諧広原海』の二句付と並行して、好柳との両判短句一句付が行われていたことを考えれば、一蜂との両判一句付を興行する傍ら、従来の二句付興行が継続して行われていたとしても不思議ではない。推測の域を出るものではないが、一蜂との両判一句付が開始されるまでの興行分については『誹諧広原海』として刊行に漕ぎ着けたものの、元禄一五年以降に行われた二句付興行の下帳はそのままとなってしまい、紛失して日の目を見ることはなかったのではないだろうか。刊行された前句付高点句集に未収録である以上、そうした二句付が何回分あったかなど不明とするほかない。[15]

次に刊行された『水馴棹』は四巻四冊本で、巻四は特に「児手柏」と題されている。巻一から巻三は『誹諧広原海』と同様、短句一句に二句を付ける二句付が収められるが、掲載方法は『俳諧広原海』のような一句ごとではなく、毎回二句一組で一八席まで掲げる形式に整理されている。[16]また、巻一の途中の宝永元年八月一〇日以降、上位二席までの作者の句は半丁の絵入で掲載されるようになるのが注目される。巻四「児手柏」は、元禄一六年四月から宝永元年一〇月までの間、二句付と並行して行われた脇起表合を収録している。脇起表合とは、不角の発句を立句に七句を継ぎ、その七句の合計点を競う不角独自の興行形式である。[17]「児手柏」という巻名は、脇起表合が通常の百韻俳諧の初折の表八句に嫌うものも詠んでよいという規則で行われ、「表とも裏とも差別文《アヤ》なけん」（『水馴棹』不角序）というところから来ている。点階は、「天心月・神妙・秀逸・無極・大極・銀漢・九曜・

蒼溟・亀背・俊・豪・英・朱・長」で、さらに点印の高点化が進んでいる。最後の『一騎討』『一騎討後集』はともに短句一句付である。[18]点は一席二席の句にしか記されなくなり、『一騎討』では神妙・秀逸・無極、『一騎討後集』では天心月・神妙・秀逸・無極・大極と、高点のみが確認される。どちらも『水馴棹』同様、一席二席の句は半丁の絵入で掲載される。

以上、不角の前句付高点句集の概略を述べつつ、その興行形式の変遷を追った。不角の前句付興行は、基本的には五句付、三句付、二句一組で付ける短句一句の二句付、そして一句付へと簡略化の道をたどるが、その間一蜂・好柳との両判形式や、脇起表合のような独自の形式による興行を並行して行い、人気獲得のために試行錯誤している点は注目に値する。また、前句の出題形式の簡略化と比例して、その内容もまた単純化していることにも注意を払う必要がある。不角の場合、『双子山前集』までは百韻俳諧中の付合と変わるところのない句が前句として用いられているが、『誹諧広原海』を境に正体なき前句が急増し、特に前句が一句のみとなる二句付開始以降は、「広い事かな〳〵」のような同語反復の前句がほとんどとなる。元来、俳諧初心者のための付合修錬としての意義と、既にそれなりの力量を備えた俳諧数寄者の娯楽としての意義を兼ねて行われていた前句付俳諧は、この頃雑俳の前句付というべき真の意味での庶民文芸へと急速に展開しつつあった。[19]前句題の出題形式の簡略化、前句の内容の単純化、いずれも前句付が俳諧の付合という意識から離れて、付句一句の感興に重点を置くようになったことを示すもので、不角前句付興行の形式の変化は、こうした当時の前句付の雑俳化の傾向と軌を一にしたものであったといえる。そして実際に、前句を三句から一句へと改め、同語反復の正体なき句を前句に用いるようになったことで、不角前句付は一般に広く受け容れられ浸透していったと考えられる。『誹諧広原海』には具体的な投句数は明示されていないが、単純に各巻の丁数で比較した場合、二句付が開始されてからの一年間の興行分は、元禄一一年、元禄一二年興行分のおよそ二倍となっているのである。[20]掲載句数の増加がそのまま投句数の増加であるとは言えないまでも、両者は相関関係にあると考えられ、この時期を境に前句付投句者数が増加したことは確かであると思われる。

二、一晶・調和の前句付との関係

次に江戸の前句付興行に焦点を当て、不角の前句付興行を同時期に活躍した他の前句付点者の興行と比較することによって、その特徴を明らかにする。

江戸の前句付は、上方で既に流行していた前句付俳諧の風を移入して始まったもので、その役割を果たしたのは、延宝年間に京の常矩の五句付に遊んだ一晶であったというのが通説である。しかし、一晶の前句付俳諧については、貞享から元禄はじめまでに行われたと推定される前句付興行の高点句を収めた『万水入海』（元禄八年刊）と、本書とごく近い時期に成立したと推定される「上に成けり下になりけり」を前句題とする褒賞用清書巻一巻（天理大学附属天理図書館綿屋文庫蔵『高低集』）が紹介されるのみで、不明な点が多い。(21)『万水入海』とこの清書巻には、一前句に付句を三句一組で付ける形式が試みられており、宮田正信氏によるとこの形式は一晶のみに見られるものであるという（『雑俳史の研究』九二頁）。『万水入海』の前句は、三例の正体なき句を除き、そのほとんどが百韻俳諧の付合中に見出せるような古風な前句であることから、この一晶の前句付形式は『誹諧広原海』以下に見える不角の二句付の形式の先蹤として注意される。また『万水入海』には三句一組の付句の他に、付句が一句ないし二句のものも見られる。これに関して宮田氏は、本書に収められた三句一組の付句の前句が全て、他の付句一句または二句のものと共通し、その前句が全て短句であるということを理由に、いずれの付句も三句一組で付けられたものであるとするが、俄にはしたがいがたい（同書、九〇頁）。付句一句あるいは二句の前句が、全て三句一組の前句と共通しているのでない限り、一句付や二句付が行われていた可能性も否定できまい。さらに氏は、『万水入海』に収められた句の大半は、元禄初年以前の興行であるとの推論に加え、一晶は前句付俳諧を江戸に移植するにあたり、上方で流行していた五句付の形式を踏襲することなく、敢えて新機軸を打ち出したとするが、不角が前句付興行当初から短句五句の五句付を行っていることを勘案すれば、一晶も初期には短句のみの五句付や三句付を行っていたと考える方が自然ではないだろうか。一晶の前句付興行の実態を示す新資料の発見が待たれる。

一晶の前句付興行の形式については、資料的な制約から不明な点が多く、不角の前句付興行との影響関係を探ることは難しい。しかし、一晶に次いで江戸の前句付俳諧の中心となった調和に関してはかなりの量の資料が残っており、それらによって不角の前句付興行が調和の影響を非常に強く受けていることがわかる。調和の前句付俳諧の開始は不角より約二年半早い貞享四年七月である（『洗朱』元禄一三年序）。五句付から三句付に移行する時期も、調和が元禄七年一一月[22]、不角が元禄一〇年一月で、調和の方が二年早い。調和が一句付を開始した時期は、元禄七年一一月から元禄一二年八月までの資料を欠いているので正確には不明であるが、少なくとも元禄一二年九月の例が『十の指』（元禄一三年序）に確認できる。不角が元禄一二年一一月以降、短句一句に二句一組を付ける二句付を始めたのは、一晶の三句一組の前句付形式とともに、調和の一句付を強く意識したものであったに違いない。

なお、この『十の指』は絵入の前句付高点句集という点でも、不角に先立つものとされてきたが、今回の調査で、元禄一三年三月下旬の不角の序が付された『ひよく集』が絵入であることが確認された。調和の『十の指』との先後が問題となるが、両書とも無刊記であるため、正確な刊行年時は不明である。『十の指』には、元禄一二年九月二〇日から同一三年三月二〇日の興行が収められ、『天理図書館綿屋文庫俳書集成30　元禄前句付集』（八木書店、平成一一年）の解題では、元禄一三年頃の刊行と推定されている。一方『ひよく集』には、同年三月二三日と四月九日の興行が収められ、「六月中ニ五月両度之前句板行出来仕候」という刊行予告から、こうした高点

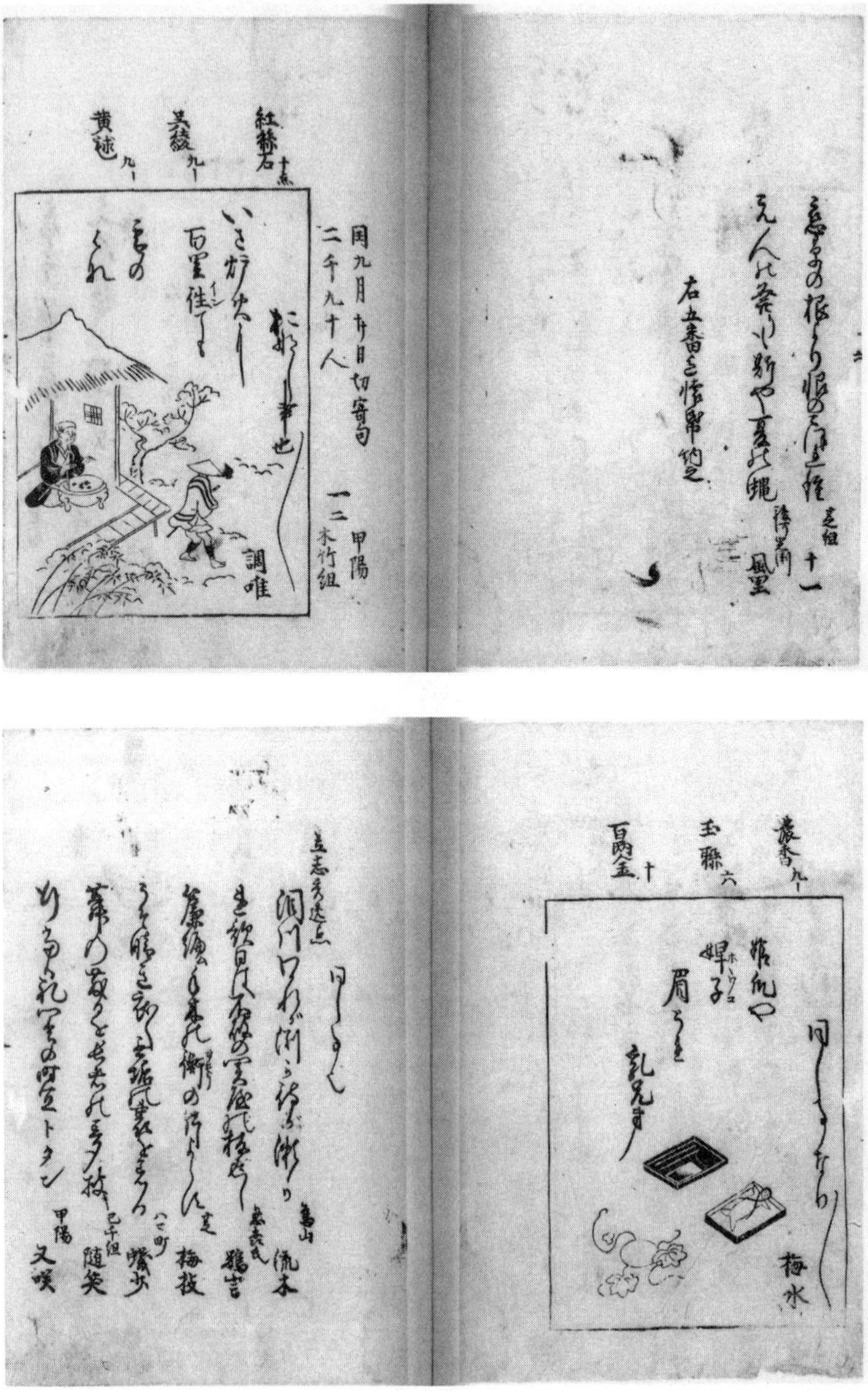

天理大学附属天理図書館綿屋文庫蔵『十の指』元禄12年閏9月20日興行

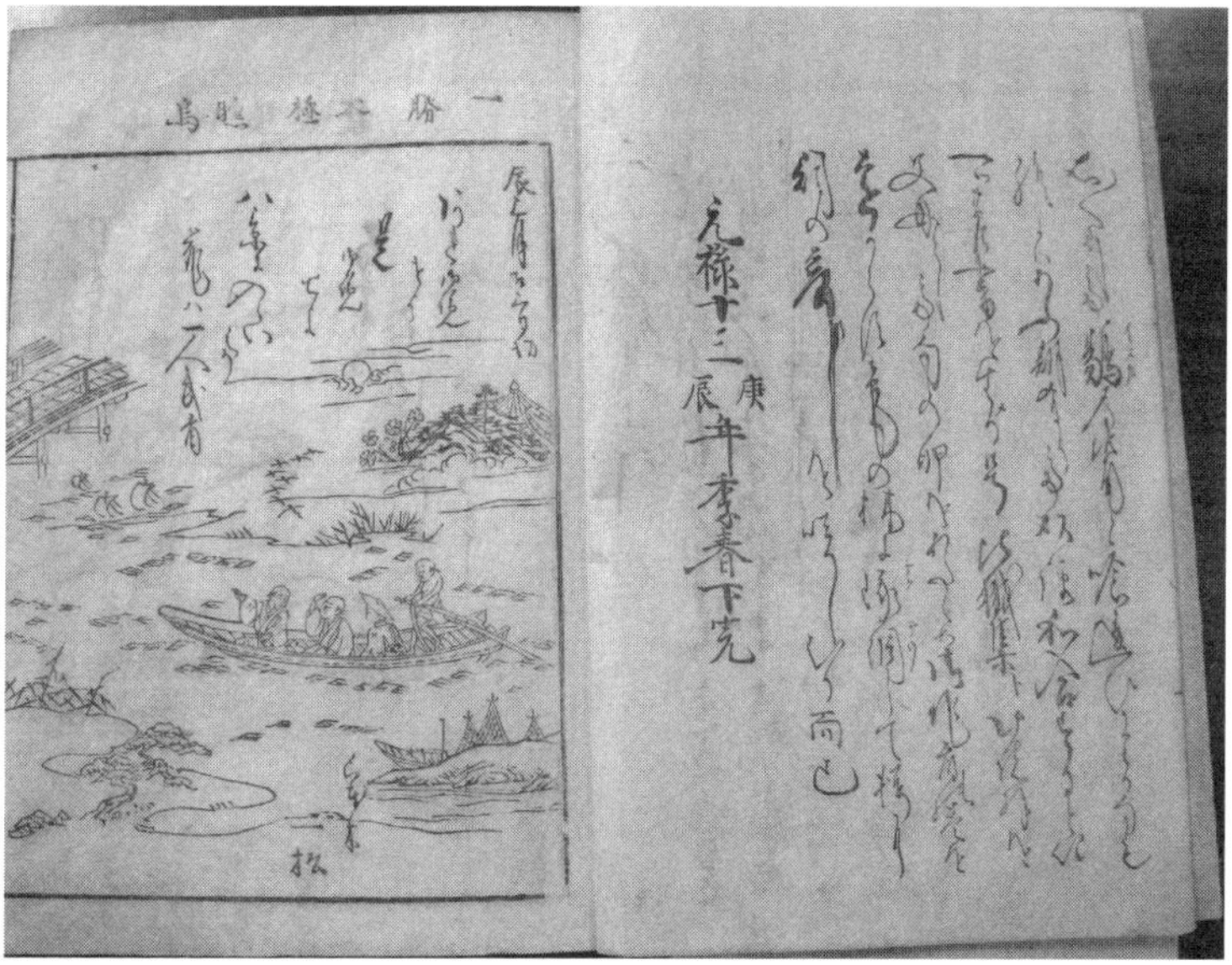

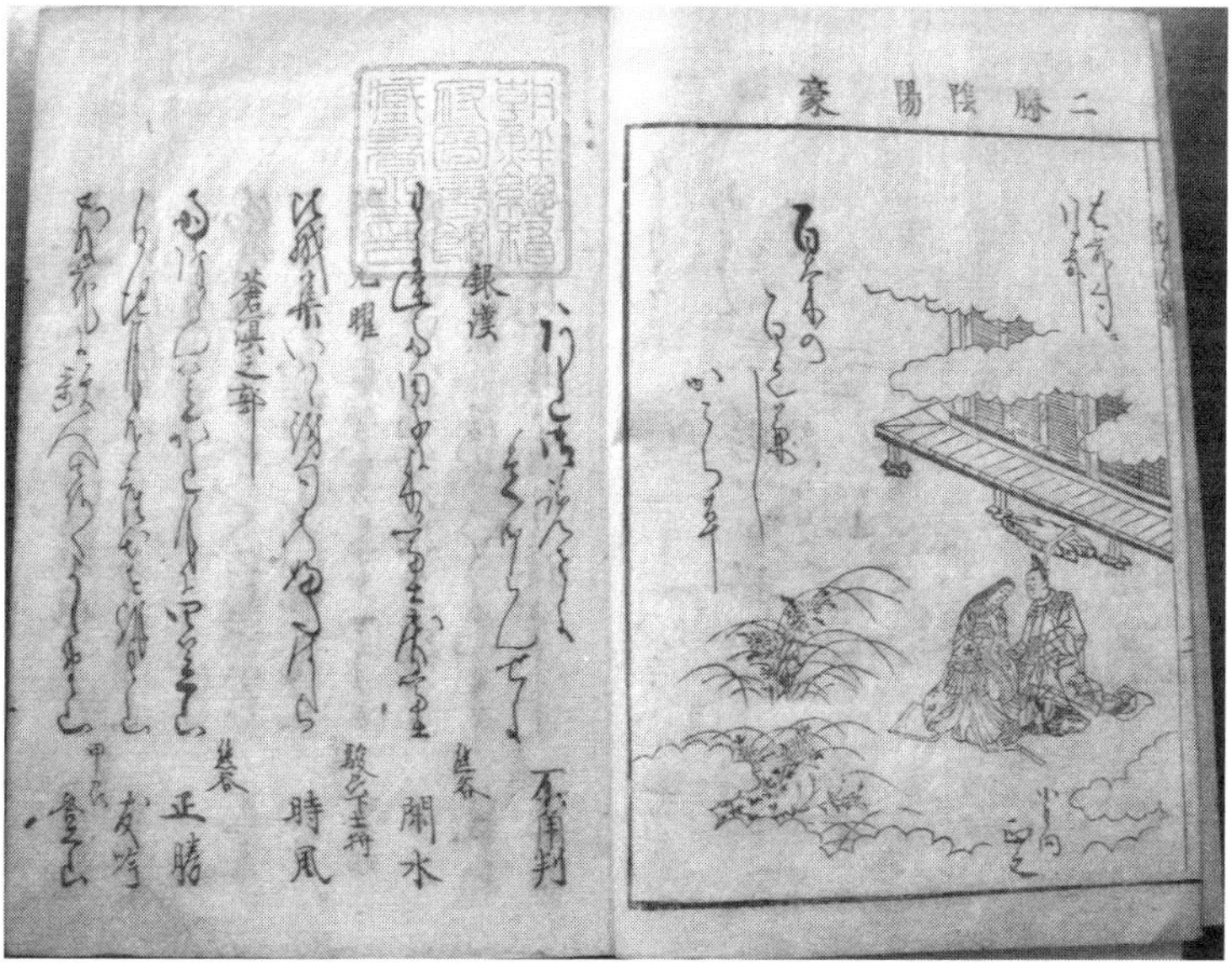

韓国国立中央図書館蔵『ひよく集』元禄13年3月23日興行

句集が興行後一ヶ月のうちに板行されたとするならば、元禄一三年五月中の刊行ということになる。なお『十の指』では、調和・立志・艶士の三評を統合し、毎回二丁ずつの整った形で高点句が掲載されているのに対し、『ひよく集』では不角・好柳それぞれの選んだ高点句が、重複のある状態のままばらばらに列挙されている。編集の手間を考慮すれば、『ひよく集』の方が『十の指』よりも早く板行に至った可能性もあろう。しかし、不角の他の前句付高点句集を見ると、『誹諧広原海』『瀬取船』ではまだ絵が入っておらず、絵入となるのはずっと後の『水馴棹』所収の宝永元年八月一〇日興行分以降である。調和の前句付高点句集が『十の指』以降も一貫して同様の絵入の体裁をとることを考えた場合、前句付高点句集を絵入で板行するという趣向は、従来の指摘通り調和に始まると考えてよかろう。

では、『ひよく集』を絵入で板行した意味はどこにあったのであろうか。ここには、調和の開始した絵入の趣向を模倣しながら、あたかも調和より先に絵入高点句集を板行する、あるいはしたかのように装う不角の意図があったように思われる。二回分の興行しか収められておらず、しかも五月興行分の刊行予告がなされているにも関わらず、「〈ゑ入〉ひよく集　全」という題簽の通り一冊本として板行されている不自然さも、四月九日の興行後、直ちに板行しようとした、または板行されたように見せかけようとしたためであったと考えれば説明がつく。不角の場合、最初の前句付高点句集『二葉の松』の板行をめぐっても、調和よりも先に前句付高点句集を板行することで、自らが前句付興行の先蹤であるかのように装っていた節が認められ、[23] 同様のことが絵入前句付高点句集に関して行われた可能性も十分に考えられるのではないだろうか。角書に「ゑ入」と強調されている点も見逃せない。

このように見てくると、元禄期の江戸の前句付は調和によって先導されていたことがはっきりする。不角は、悪い見方をすれば先行する一晶や調和の後について、その方法を真似ていったにすぎない。しかし裏を返せば、それは不角が時流を読むことに長けていたことの証明でもある。元禄期の江戸における不角の人気振りを見れば、それがたとえ模倣によるものであったにせよ、不角の前句付興行は成功を修め、その地盤の拡大に大いに貢献したといえる。

三、元禄宝永期の前句付の動向

しかし、元禄も終わりに近づくと、調和の前句付にも衰退の兆しが見え始める。『十の指』（元禄一二年九月二〇日〜同一三年三月二〇日）以降、『続相槌』（元禄一五年六月五日〜同一六年三月五日）に至るまで、二〇〇〇句を下回ることはなかった平均投句数が、『新身』（元禄一六年三月二〇日〜宝永二年一月二〇日）では一五〇〇句を切るようになるのである。さらに元禄一六年一二月以降は急激に落ち込み、それ以後の平均投句数は約一一五〇句、回によっては一〇〇〇句を下回っている。不角の場合も、元禄一六年一二月一〇日分と同月二五日分は「旧冬物騒がしき事打つゞき人数不足故両度合申候」（『瀬取船』）と二回分を一回にまとめて掲載するなど、この時期投句数が非常に少なかったことがわかる。確かに、この年の一一月二三日には大地震が関東地方を襲い、続いて一一月二九日には本郷追分・小石川からの出火による大火災があって江戸は大変な被害を受けた。[24]しかし、翌年末の不角の前句付興行にも「連不足ニ付、酉ノ正月十日切と一所にいたし候」（『水馴棹』）と注記されているのを見れば、投句数の減少は必ずしも一時の災害のせいばかりとはいえまい。調和の場合も含め、興行の不振は恒常的なものとなっていたと考えられる。

こうした中、調和の前句付興行は宝永二年には終焉を迎え、不角も宝永五年の『一騎討後集』を最後に前句付からは退いたようである。不角の前句付高点句集で投句数が明記されるのは、既に興行が低迷を迎えていたと思われる『瀬取船』（元禄一五年二月二五日〜宝永元年五月二七日）と『一騎討』（宝永三年一月一五日〜一二月一日）の二書のみであるが、これらについて平均投句数を計算すると『瀬取船』が約六七〇句、『一騎討』が約五三〇句で、同時期の調和前句付興行の平均投句数と比べて非常に少ない。(25) 前句の出題形式から句集の体裁まで、人気獲得に細心の注意を払った不角であったが、最終的には興行はかなり低調であった。

このように江戸の初期前句付から活躍していた調和や不角の興行が不振となった背景には、元禄中期頃からの新点者の登場と笠付の流行がある。笠付は、五文字の題に七五を付ける雑俳種目で、元禄初年に上方で起こったものが江戸に移入された。江戸では冠付と呼ばれることも多く、他に烏帽子付・五文字付・かしら付・笠俳諧などという異称もある。冠付の流行と前句付俳諧の雑俳化は連動しており、前句題とともに冠題が出題されているか否かは、前句付の雑俳化の程度を測る一つの指標となる。そこで、元禄から宝永にかけて江戸で刊行された高点句集及び雑俳撰集について、冠付の興行状況を調査し一覧にまとめた。(26) 一覧には、一晶・調和・不角の前句付高点句集は除き、また冠題に百人一首の五文字を出す小倉付は冠付に含めて提示した。(27) なおここに掲げた集は、個人による高点句集（▲）と、複数の点者の高点句を編集したいわゆる雑俳撰集（△）の二種類に大別できる。雑俳撰集は全て横小本一冊、個人の高点句集は玉雪編『もゝの日』（小本）と杜格撰『俳諧姿鏡』（横小本）を除き全て半紙本の大きさで板行されており、両者の性格の違いは一目して明らかである。

元禄一三年五月　▲無倫撰『蒲の穂』（半紙本二冊）

元禄一三・一四年頃▲友雅撰『女郎蜘』（半紙本一冊）

元禄一五年一月　△松淵・喜至編『冠独歩行』

露月・一調・東格・好柳・竹翁・風子・彩象・志琴・一銅・丹山・立和・路水・素桐・扇山・酔月・一有・曲水・雷雨・露水・古竹（冠付）

元禄一五年九月　△松葉軒（万屋清兵衛）編『あかゑぼし』

竹丈・古扇・露月（冠付）

元禄一五年

一〇月　△万屋清兵衛編『もみぢ笠』

丹水・蝶々・露月・酔月（前句付・冠付）梅山（冠付）

▲『蝶々子撰逸題勝句集』（半紙本欠一冊）(28)

元禄一六年一月　△松葉軒編『たから船』

露月・丹水・蝶々・彩象（前句付・冠付）南谷・梅山・古扇（冠付）

一月　△和泉屋三郎兵衛編『誹諧媒口』

曲水・露月・柳水・西柳・風角（前句付・冠付）白水・輪月・琴風・丹水・一調（冠付）

七月　▲無倫撰『不断桜』（半紙本写本一冊）

一一月　△万屋清四郎編『俳諧なげ頭巾』

丹水・柳枝（冠付）のみを新刻した『あかゐぼし』の改題本。

宝永元年一月　△冠楽堂人撰（松葉軒）『雪の笠』(29)

丹水・紫川・露月（前句付・冠付）彩象（前句付）、千葉（段々付）

一一月　△万屋清兵衛編『江戸すゞめ』

蝶々子・竹丈・紫川（前句付・冠付）可仲・鬼蜂・丁角・梅山（冠付）

一一月　▲玉雪編・友雅点『もゝの日』（小本一冊）（個）

宝永二年　▲酔月撰『花見車集』（半紙本一冊）（個）

宝永四年九月　△落葉軒編『手鼓』

点者不明の冠付と二句の前句付。

宝永五年七月　▲梅伽撰『仲人口』（半紙本一冊）

宝永六年九月　▲梅伽撰『俳諧千種染』(半紙本一冊)

一〇月　△万屋清兵衛編『つゞら笠』(30)

竹丈・蝶々子・紫川・丹水・鳳水(前句付・冠付)

一一月　△万屋清兵衛編『俳諧ちゐぶくろ』

蝶々子・紫川・井月・文考・鳳山・竹丈(前句付・冠付)

宝永七年冬　▲杜格撰『俳諧姿鏡』(横小本一冊)

△印を付した雑俳撰集を見ると、まず江戸で独自に企画された雑俳撰集の嚆矢である『冠独歩行』が、冠付のみを集めた集であることが注意される。そして、これ以後の江戸の雑俳撰集には全て冠付が収められており、そこに名を連ねる新出点者たちの中に、冠付を行わない者は皆無である。(31)こうした江戸の雑俳撰集の様相からは、冠付を行う新出点者たちの非常な活躍振りがうかがえる。逆に冠付を行わない調和や不角の名は、これらの雑俳撰集には全く載らない。(32)

次に、これらの江戸点者たちが全国規模でどの程度注目されていたかを知るために、元禄・宝永期の江戸以外で板行された雑俳撰集を調査した。(33)なお雑俳撰集では、実際には別人の点であるものを偽装して収録している場合も多く見受けられるが、今回の調査においては、偽装したものもその点者の知名度の高さを示すものとしてそのまま掲げている。

元禄六年一月『難波土産』(大坂)

調和・不角(前句付)

元禄七年二月『奈良土産』(大坂)

不角・調和・桃青(前句付)

元禄一〇年八月『江戸土産』（大坂）

不角・其角・不卜・調和・無倫・一晶（前句付）

元禄一五年一月『若えびす』（京都）

一晶・調和・其角・朝叟（前句付）了我（笠付）(34)

四月『誹諧寄相撲』（大坂）

調和・一昌《ママ》・其角・丹山・東格・好柳・扇山・露水・露月・一調（前句付）竹翁・風子・志琴・
古竹・雷雨・一有（笠付）

九月『当世誹諧楊梅』（大坂）

調和・其角・不角（前句付）

元禄一六年一月『万歳烏帽子』（京都）

芭蕉・立志・一晶・其角・調和・無倫・不角（前句付）

一月『当流誹諧村雀』（大坂）

雷雨・酔月・露月・一調・東格・好柳・風子・彩象・志琴・一銅・丹山・立和・素桐・扇山
（前句付）

一月『うき世笠』（大坂）

一調・東格・好柳・素桐・扇山・酔月・曲水・一有・雷雨・露水・古竹（笠付）古竹・露月
（段々付）

一月『誹諧かざり藁《ママ》』（大坂）(35)

其角・挙白・一昌（前句付）

元禄一七年一月『誹諧よりくり』（京都）　不角・一晶（前句付）舟月（前句付・笠付）

宝永六年九月　『誹諧三国伝来』（大坂）　不角・調和・一晶（前句付）薗女（園女）（前句付・段々付）

九月　『誹諧三国志』（大坂）　山夕・沾徳（前句付）調和・不角・桃隣（前句付・笠付）蝶々子・無倫（笠付）(36)

以上を見渡すと、初期の雑俳撰集に調和・不角らの点が掲載されるのは当然として、元禄末から宝永にかけても、江戸の新出点者を押さえて一晶・調和・不角・無倫といった古風の点者の名が見えることが注目される。『誹諧三国伝来』には、宗因を釈迦如来、文流・来山・才麿・西吟・団水・只丸・我黒・如泉・不角・調和の一〇人を十大弟子に見立てる趣向も見られ、実際の前句付興行においては翳りの見え始めた元禄末においても、調和・不角の江戸点者としての名声は依然として高かったことがうかがえる。

元禄後期、調和や不角のような前句付高点句集を板行することができたのは、初期の前句付興行から活躍していた一部の点者に限られていたが(37)、その背後には調和や不角の前句付に馴染み、そこから独立して点業を行うようになった新点者たちが台頭していた(38)。彼らは自ら高点句集を編むことがなく、江戸周辺の作者たちを相手として興行を行っていたため(39)、上方においてはさほど存在感を示すことはなかったが、当時の冠付の人気振りを考えると、江戸ではおそらく調和や不角の前句付を凌ぐ勢いがあったと思われる。そして宝永五年には、前句・冠各一題の出題形式をとった梅伽撰『仲人口』が、調和や不角の前句付高点句集と同じ半紙本絵入りの体裁で板行されているのが目を引く。『仲人口』は一興行あたり平均一〇〇〇〇句弱の投句数を誇り(40)、掲載された高点句の大半は江戸の組名で入集している。なお梅伽は、翌元禄六年にも『仲人口』と同様の高点句集『俳諧千種染』を板行しており、こちらは平均投句数一五〇〇〇句弱である。(41) これら梅伽の高点句集は、絵入の半紙本という体裁こそ調和や不角の前句付高点句集と同じであるが、投句数が五桁に及んだり、興行ごとに勝句披露用に板行された一枚物を書冊の形に再編したものであったりと、その興行形態や享受者層の面では大きく異なっている。ここに新興の大衆作者層を巻き込んで、さらなる雑俳化を遂げた江戸の前句付興行が現出したといってよい。不角が前句付興行から身を引いたのは、ちょうどこの頃であった。

前句付興行が振るわなくなったとき、不角はこれまで試行錯誤を行ってきたのと同じように、冠付を試みることもできたはずである。しかし実際に不角が試みたのは、脇起表合という、雑俳享受者層にとっては敷居の高い興行形式であった。この脇起表合は、元禄一六年四月から約一年半にわたって興行されたものの、最終的には投句数不足による失敗に終わっている。(42) しかし、それでもこのような熟練を要する形式が試みられていること自体、注意を要する。先に見た通り、江戸の初期から前句付興行で活躍していた調和や不角は、新点者たちが台頭してくる頃には、既に自家の前句付高点句集を継続して刊行するだけの地盤を築いていた。つまり彼らにとっては、これまでの前句付興行が時流に合わずに低迷したとしても、新点者たちと並んで雑俳享受者層を相手に冠付を行う必要はなかったのである。実際に、元禄期の前句付興行を通じて開拓した地方作者たちを門下に擁しながら、梅伽のように一〇〇〇〇句を超える投句をさばくことは不可能であったろう。この時期、不角の前句付高点句集において、時流に逆らうような脇起表合の形式が試みられていることも、常連作者の投句を見越したものであったと考えれば納得がいく。(43) 不角最後の前句付高点句集『一騎討後集』の序を見ると、「一向いまの様成は好むべからず。誹興有を以のざれうた也。」と当時の風潮について批判がなされ、最後は「人口に蓋ならず、目に錠もおろされず（中略）一騎討の鑓さきも是迄と勝て甲の緒を〆て懐紙は筥に筆は矢立に。」と、あたかも勝ち逃げをするかのような口振りで締め括られている。(44) 不角にとって前句付興行という形式にこだわる必要は、もはやなかったのである。

元禄末から宝永にかけて、冠付を行う新出点者の台頭と、ふくれあがる大衆作者層を前に、これまで雑俳化の波を受けつつも俳諧活動の一環として前句付興行を行ってきた不角は岐路に立たされた。そして不角は前句付を捨てて、従来の常連作者たちを門下とし、いわゆる俳諧を主とした活動を行うようになる。しかし、不角がそのような選択をしたのは、敢えて正統な俳諧に戻ろうといった積極的な意図によるものではない。当時の江戸の前句付界の様相と不角の俳諧師としての境遇を考えれば、そうした選択こそ最も無難なものであったことがわかるであろう。

注

(1) 不角の生涯の事跡に関しては、安田吉人「立羽不角年譜稿　一」(『調布学園女子短期大学紀要』第三〇号、平成一〇年三月)「立羽不角年譜稿　二」(『調布日本文化』第一〇号、平成一二年三月)「立羽不角年譜稿　三」(『調布日本文化』第一二号、平成一四年三月)「立羽不角年譜稿(終)」(『成城国文学』第二六号、平成二二年三月)の年譜が備わる。

(2) 平島順子「『俳諧とんと』翻刻と解題――不角に対する論難書――」(『雅俗』三号、平成八年一月)に、『つげのまくら』の出版をめぐる問題として、不角の書肆としての家業が寿角に引き継がれている等の言及がある。

(3) 不扃・寿角編『八十公』(寛保元年(一七四一)跋)に「予に七子有り。男子六人女子一人七寓に居ス。」と自ら記す。引用は東京大学総合図書館洒竹文庫蔵本『八十公』(洒竹二七七八)によった。従来、寿角は次男とされてきたが、安田吉人氏の年譜によると不角の子どもは不扃・玲角・寿角・辰角・財角・重角の息子六人と娘むらで、寿角は三男とされる。

(4) 参照した不角の前句付高点句集は以下の通りである。『二葉の松』上巻は『天理図書館綿屋文庫俳書集成30　元禄前句付集』(八木書店、平成一一年)、『若みどり』は国文研学研究資料館所蔵マイクロフィルム(富山県立図書館志田文庫蔵本、二〇九―六一―七)、『千代見草』は天理大学附属天理図書館綿屋文庫蔵本(わ七〇―五七)、『一息』上巻は大阪府立大学学術情報センター蔵本(ヤ四三―八)、下巻は洒竹文庫蔵本(洒竹二七六八)、『二息』は国文学研究資料館所蔵マイクロフィルム(志田文庫蔵本、二〇九―六一―五)、『へらず口』上巻は綿屋文庫蔵本(わ七二―三五)、下巻は同館所蔵マイクロフィルム(九州大学附属図書館蔵本、二五〇―二二―七)、『誹諧うたゝね』は同館所蔵マイクロフィルム(志田文庫蔵本、二〇九―六〇―六）、『昼礫』は同館所蔵マイクロフィルム（愛知県立大学附属図書館蔵本、三〇五―六―一〇）、『矢の根鍛冶前集』は綿屋文庫蔵本（わ七四―三五）、『矢の根鍛冶後集』は『雑俳集成第二期5　不角前句付集1』（鈴木勝忠私家版、平成三年）、『双子山前集』は国立国会図書館蔵本（一〇七―三〇）、『誹諧広原海』は同図書館蔵本（一八八―一一―一二四）、『ひよく集』は韓国国立中央図書館蔵本（古五―五四―六九）、『瀬取船』は国文学研究資料館所蔵マイクロフィルム（志田文庫蔵本、二〇九―九六―七）、『水馴棹』は国立国会図書館蔵本（八〇五―五）、『一騎討』は国文学研究資料館所蔵マイクロフィルム（京都大学文学部潁原文庫蔵本、一一―一二四―三）、『一騎討後集』上巻は綿屋文庫蔵本（わ八六―一四）、下巻は『雑俳集成第二期6　不角前句付集2』（鈴木勝忠私家版、平成三年）。

(5)『二葉の松』は下巻未発見のため不明であるが、おそらく同じ形式であったと推定される。

(6)『二葉の松』下巻に収められた高点句は、前句題一二句分について、その一部を抄録したものが、雑俳前句付集『難波土産』（元禄六年刊）に不角前句付として載る。

(7) 元禄三年の一月から三月までは月一回興行である。また一二月に興行が行われるようになるのは、元禄一二年末の二句付開始以降である。

(8) 不角の五句付興行の清書巻や点帖は未発見であるが、同時期の江戸の五句付の事例として中野沙恵「元禄三年調和点前句付清書帖」（『俳文芸』第三三号、平成元年六月）、竹下義人「元禄五年調和点前句付清書巻――国文学研究資料館蔵『調和前句付巻』の紹介――」（『国文学研究資料館紀要』第一七号、平成三年三月）に紹介されている調和前句付が参考になり、それらにおいては各人五句一組で句を寄せ、その合計点で順位が決められている。

(9) 宮田正信『雑俳史の研究』（赤尾照文堂、昭和四七年）には、万治の六句付から延宝の五句付への形式の変化について言及した箇所で「六句付は連歌に久しく慣例となつて来た付句の数による名称であつた。五句付はこの慣例を破つて新たに前句の数によつてその名称とした。」とされ、「この新しい命名法が延宝期に始り元禄期に及ぶ間の前句付俳諧の名称の基準となつた」（四八頁）とされる。この原則からすると、短句一句に二句を付ける不角の前句付形式を二句付と呼ぶことは不適当ということになるが、不角自身『誹諧広原海』『瀬取船』『水馴棹』で二句付の名称を用いているので、本節では二句付という呼称を用いる。

(10) 綿屋文庫蔵『松月堂不角点俳諧帖』（わ七八―四六）第一〇集〔猿猴の巻〕を参照した。本書は『誹諧広原海』巻一一に収録される元禄一三年三月三日興行で一席となった風夕に褒賞として与えられた清書巻である。また本書からは、二組以上投句した場合にも句をばらすことなく、あらかじめ組み合わされた二句一組の合計点によって順位が定められていたことがわかる。

(11) 従来の「極朱」が「銀漢」に、「両朱」が「蒼溟」に、「七曜」が「俊」に、「両葉」が「豪」に相当すると注記される。具体的な点数は、綿屋文庫蔵『松月堂不角点俳諧帖』第一〇集（猿猴の巻）の冒頭に「銀漢・九曜・蒼溟・俊・豪・英・交・朱・黒・一葉、右十点より段々一点劣り」とあることから、「銀漢＝一〇点・九曜＝九点・蒼溟＝八点・俊＝七点・豪＝六点」であることがわかる。後に「蒼溟」と「俊」の間に「亀背」という点が加わり、沾涼編『綾錦』（享保一七年刊）の印譜には「無上宝　准句・天心月　廿三・資玉　二十・千珠　十七・神妙　十五・秀逸　十三・無極　十二・大極　十一・銀漢　十・九曜　九・蒼溟　八・亀背　七・俊　六・豪　五・英　四・朱　三・長　二」と示される。

(12) 調和編『面々硯』所収の三十六吟歌仙に一座し、元禄五年歳旦に名前が見えることから、調和系の点者であると推定される。

(13) 韓国国立中央図書館蔵『ひよく集』の題簽には「〈ゑ入〉ひよく集　全」とあるので、続集が刊行されたとすれば別の書名で出されたものと考えられる。しかし不角のこれまでの前句付高点句集の例を考えれば、二回の興行で書名を変更するのは不自然で、興行は行われたものの板行には至らなかった可能性も考えられる。

(14) 『瀬取船』自体に一峰点であることを示す記載はないが、安田吉人氏が指摘する通り、元禄一五年一〇月二五日興行時の褒賞用清書巻である柿衞文庫蔵『松月堂不角一峰《（ママ）》点前句付高点句巻』（書二〇一九ざ一〇〇二）に、やや見えにくいが「一蜂」という署名が見える。また、本書に見られる点階は、大阪府立大学学術情報センター蔵『宝永五年点取帖』（山崎文庫、ヤ一二―五八）の巻末に「一蜂点倍」として示された「風體極・至極・亞極・秀至・逸至・金至・銀至・銀長・彩長・朱・長」、また龍翁編『いぬ桜』（享保三年刊）の一蜂点に用いられた「至極・亞極・秀至・逸至・金至」、また沾涼編『綾錦』の一蜂の印譜に見える「銀長・彩長・朱長・鳥長」の批点と一致する。

(15) 先に言及した通り、不角は元禄一五年には川越へ、元禄一六年には上方方面へ旅行しており、その間どのような形で興行が行われていたかは不明であるが、こうした旅行の慌ただしさもあって下帳が紛失した可能性が高いか。

(16) 『水馴棹』巻一の冒頭には「宝永元甲申六月廿五日二句付始」と二句付の開始を示す記載があるが、二句付興行自体は元禄一二年一一月以降既に行われており、『誹諧広原海』巻九の冒頭に「卯霜月十七日より二句附初ル」という同様の記載があることを考えても不審である。川越や上方への旅行等の関係で、二句付興行が一時途絶えていたのが再開されたことをいったものか。

(17) ただし脇起表合と類似した形式として、江戸点者友雅撰『女郎蜘』（元禄末年）に収められた半歌仙があり、これは友雅の発句を立句に独吟半歌仙を継いで点を競うものである。

(18)『一騎討後集』が一句付であることは、本書所収の宝永四年五月一五日興行の清書巻である洒竹文庫蔵『俳諧友千鳥』（洒竹二五五八）、同年六月一日興行の清書巻である柿衞文庫蔵『不角点巻』（軸一〇六は一〇〇二）によって明らかで、『一騎討後集』と全く同様の体裁をとる『一騎討』も一句付であることは確実である。

(19) 雑俳の前句付を説くにあたって、貞門俳諧の前句付俳諧までを一括りにとらえてきた従来の研究に対する反省として、宮田正信氏は「貞徳以来の前句付俳諧の中に新たに前句付が中心に立つて雑俳の世界が形成される動きが顕著になるのはややうやく元禄年間に入つた頃である。」との観点から、「元禄に入る頃から雑俳化の顕著になつたものをあらためて「雑俳の前句付」」と呼び、「その雑俳の前句付を生んだそれ以前の貞徳以来の前句付を（中略）「前句付俳諧」と呼ぶ」（『雑俳史の研究』二五頁）と呼び分けることを提言する。本節で「前句付俳諧」「雑俳の前句付」の用語を用いる際には、この宮田氏の定義にしたがう。

(20) 元禄一一年分は巻四までの四冊に収められ、丁数の合計は八九丁、元禄一二年分は巻五から巻八の四冊で合計七七丁、同年末に二句付が開始され、元禄一三年分は巻一〇から巻一八の九冊で合計一八九丁となっている。

(21)『万水入海』は春夏秋冬の四巻から成り、春の巻に発句、夏の巻に付句、秋の巻に歌仙、冬の巻に十種が収められる。冬の巻の内容から、「十種」とは一前句に一〇人の作者がそれぞれ一句ずつ付ける形式であると推定され、冬の巻冒頭に「余嘗テ十種点有リ。未酉三月ニ発シ同臘月ニ終ル。一月二次ニシテ十八次也。」とあることから、天和元年三月から一二月にかけて行われた形式であることがわかる。それぞれの付句には一晶の批評が加えられ、門人相手の付合指導的な性格が強くうかがえるが、その前句題は全て短句である。なお、引用は早稲田大学図書館中村俊成文庫蔵本（文庫一八―一二七）によった。

(22)『洗朱』上巻の冒頭に、元禄七年冬から三句付にうつった旨が記され、中野沙恵「元禄七年調和点前句付俳諧」（『東京女子医科大学看護短期大学研究紀要』第七号、昭和六〇年一二月）において紹介された元禄七年一二月二〇日興行の清書巻に、調和三句付の実例が確認できる。

(23)『洗朱』序で一蜂は「或人一夜来てつぶやかるゝは、俳諧時風のうつる事さし矢の飛に似たり。されば先作の骨折、後の人に只とられ、袴の裾踏るゝ心地して、跡なる先(ママ)へ趨る。此遺恨いかにと、かしがましく聞えしなん、と和叟予に語られき」と記す。なお、引用は『天理図書館綿屋文庫俳書集成30　元禄前句付集』によった。

(24) 元禄一六年一一月二二日「江戸大地震、石垣が崩れ、櫓門が倒れる。相模・安房・上総に津波。」、同年一一月二九日「江戸大火（小石川水戸屋敷より出火、水戸様火事）、湯島天神・昌平坂学問所大成殿・神田明神、類焼する。」（市古貞次ほか編『日本文化総合年表』岩波書店、平成二年）。

(25) 同時期に江戸で活躍した無倫の前句付高点句集『不断桜』（元禄一五年八月二一日〜同一六年四月二一日）の平均投句数は約一七三〇句で、これと比べても不角興行の投句数は少ない。なお、『不断桜』の平均投句数は『未刊雑俳資料一一期2　不断桜』（鈴木勝忠私家版、昭和三六年）によって計算した。

(26) 成立年時や内容等は、宮田正信『日本書誌学大系90　雑俳史料解題』（青裳堂書店、平成一五年）『未刊雑俳資料』（鈴木勝忠私家版）『雑俳集成第一期2　元禄江戸雑俳集』（東洋書院、昭和五九年）『徳川文藝類聚　第一一　雑俳』（国書刊行会、昭和四五年）を参照した。

(27) 静竹窓菊子編『咲やこの花』（元禄五年一〇月、横小本一冊）鉄の舟（都の錦）編『俳諧いかりづな』（元禄一六年一月、横小本一冊）は、江戸書肆も加わった相合版であるが、編者がそれぞれ大坂、京都の人物であるので除いた。他に、古扇撰『肘まくら』（元禄一〇年頃、横小本一冊）は江戸冠付集の嚆矢とされるものであるが、自家版ということもあり、諸々の点で特異な性格を持ったため除いた。

(28) 後年の雑俳撰集『江戸すゞめ』に蝶々子点として見える笠付の二句付を収めることから、蝶々子撰と目される。

(29) 扉に「友松・紫川・丹水・秀月・露月・柳枝・千葉・万水各判」とあるが、友松・秀月・柳枝・万水の点は見えない。また、段々付は冠付の句を継いでいく形式で、付句の下五文字を次の題としてしりとりのように詠み継ぐものである。

(30) 扉に「竹丈・蝶々子・紫川・嵐山・丹水・鳳水」とあるものの、嵐山点は見えない。

(31) 「江戸句」「江戸宗匠」などと題された雑俳撰集に載る点者は江戸点者であることが明白であるが、他にも『誹諧寄相撲』『当流誹諧村雀』『うき世笠』等、およそ地域別に点を掲載している雑俳撰集の排列を手がかりとして判断すると、『冠独歩行』以下の江戸の雑俳撰集に名前の見える点者は、全て江戸で活躍した点者であるといえる。

(32) 宮田正信氏は、江戸の雑俳撰集の板行が万屋清兵衛に独占されていたことを指摘し、「江戸の雑俳撰集に見る特定書肆を中心とした、この著しく偏つた編輯態度は、上方の同じ時期の雑俳撰集には様々な傾向が認められるのと大いに事情を異にする。」（『雑俳史の研究』二一八頁）とするが、調和や不角らが江戸の雑俳撰集から全く排除されたのも、万屋の方針によるものと考えられる。

(33) 元禄一六年一月『誹諧曲太鼓』（大坂）には露水の名が見えるが、『雑俳史の研究』の「雑俳書目解題索引」を参考に、鷺水の誤りであると推定し除外した。

(34) 他に大坂一有として一有点の前句付が見える。この一有が『冠独歩行』以下の江戸の雑俳撰集に見える一有と同一人物かどうかは不明。

(35) 風子点の前句付も見えるが、江戸の雑俳撰集に見える江戸点者の風子の他に、『若えびす』に越前、『誹諧三国伝来』に京点者として載る竹葉軒風子もおり、ここは江戸点者の風子とは別人であると推定して除外した。

(36) 本書に収められる前句付の江戸点者の点は全て『江戸土産』からの孫引きで、しかも前句は全て改竄してあることから信憑性を欠く（宮田正信『日本書誌学大系90　雑俳史料解題』）。

(37) 先の一覧で▲印を付した個人の高点句集について、一通り説明を加える。無倫は調和・不角と並んで初期の前句付俳諧で活躍し、俳諧撰集『紙文夾《かみばさみ》』（元禄一〇年序）を刊行している俳諧師、友雅は其角編の『三上吟』（元禄一三年刊）などに句が見える其角系江戸座俳人で、調和・不角の前句付作者上がりの新点者とは一線を画している。一方、新点者たちの高点句集を見ると、『蝶々子撰逸題勝句集』は、序跋がないどころか撰者名すら記さず、ただ高点句を並べただけの簡素な作りであり、杜格撰『俳諧姿鏡』は横小本一冊という雑俳書同様の形で板行されたもので、調和・不角の前句付高点句集に比肩するものではない。また酔月の『花見車集』は、江戸の点者酔月が富岡へ行脚し、その土地で興行した前句付・冠付を板行したもので、高点句集としては例外に属するものである。

(38) 宮田正信氏は『冠独歩行』の点者について、「多くは調和・不角らの前句付俳諧に馴染み新たに自立して点業をおこしたものかと思はれる」（『雑俳史の研究』一四二頁）とする。

(39) 宮田正信氏は、江戸の新点者たちに調和や不角のような勝句集や、京都点者の会所本のような大規模な句集が見られないことから「調和・不角らの門流を中心とする江戸の新点者達の興行は、その当初から一般に江戸を中心に、その周辺の地域を含む比較的小地域で行はれたものかと思はれる。」（『雑俳史の研究』一三三頁）とする。

(40) 京都大学附属図書館蔵本（四―二五キ一六）によって計算した。ただし、宝永五年一月一〇日から同年一一月二五日までの興行のうち、二月の一回と七・八月各二回の計五回分を欠き、また投句数の部分が喉にかかって読めない回がある。

(41) たばこと塩の博物館蔵本（二一八は―五）によって計算した。ただし、宝永五年一二月一〇日から同六年一一月一〇日までの興行のうち、四月二五日から九月二五日までの一一回分を欠く。

(42) 元禄一六年四月から八月までは月一回の興行であったのが、九月から一二月までは二ヶ月に一回、翌年一月から六月には三ヶ月に一回となり、七月から一〇月の一回を最後に終了した模様である。

(43) 脇起表合の入集者には、桜田の幸角・治角など、同時期の前句付興行に大量に入集する作者の他、上州・信州・会津をはじめ、古くから不角前句付が行われていた地域の常連作者が多い傾向が見られる。

(44) 参照した綿屋文庫蔵本は頁の左下が切り取られており、判読不能な箇所が多い。

第三節　享保期の不角の月次興行の性格

貞門時代には、俳諧初心者の付合修錬としての意義と、俳諧数寄者の娯楽としての意義を兼ねて行われていた前句付俳諧は、次第に俳諧の付合とは切り離されて近世一般庶民に享受され、雑俳の前句付として新たな文芸意識を獲得していった(1)。不角はこうした時代の流れに乗って前句付興行を行い勢力を拡大したが、冠付の流行に象徴される江戸前句付界の本格的な雑俳化を前に、そこから退いた(2)。

宝永期以降、四〇代半ばから六〇代にかけて、不角は俳諧撰集や歳旦帖、付合高点句集の板行に力を注ぐのであるが、またこの時期に、元禄期の前句付興行や月次発句興行に替わって、門人相手の小規模な月次興行を行っていることは注目に値する。そして晩年、宗匠として独立した息子の不扃・寿角に家業を譲るような形で隠退した後も、宝暦三年（一七五三）に没するまで、不角はそうした月次興行と歳旦帖の板行を継続して行っている。そこで本節では、晩年に至るまでその俳諧活動の柱となった、不角の歳旦帖の板行と月次興行について考察を行い、その意義を明らかにする。

一、不角歳旦帖の特徴

現在までに確認されている不角の歳旦帖は二九点で(3)、それぞれの刊年、書名、冊数を示すと以下の通りである(4)。なお大本として注記した享保一一年、同一二年歳旦帖以外は、全て半紙本の大きさで板行されている。

元禄一四年（一七〇一）歳旦帖（『福神通夜物語』一冊）同一五年歳旦帖（一冊）

宝永三年（一七〇六）歳旦帖（一冊）同四年歳旦帖（一冊）同五年歳旦帖（『俳諧みつの朝』一冊）同六年歳旦帖（『初梅花』一冊）同七年歳旦帖（『あけの玉の羽』一冊）同八年歳旦帖（『節ぶるまひ』一冊）
正徳四年（一七一四）歳旦帖（『雑煮椀』一冊）
享保五年（一七二〇）歳旦帖（『豊根種』二巻二冊）同六年歳旦帖（二巻二冊）同九年歳旦帖（一冊）同一〇年歳旦帖（一冊）同一一年（一七二六）歳旦帖（大本一冊）同一二年歳旦帖（『暁白集』大本一冊）(5)同一五年歳旦帖（一冊）同一六年歳旦帖（一冊）同二〇年歳旦帖（『筑波山』二巻二冊）
元文元年（一七三六）歳旦帖（『温和集』二巻二冊）同四年歳旦帖（『曙染』二巻二冊）同五年歳旦帖（『俳諧登り坂』二巻二冊）
寛保二年（一七四二）歳旦帖（『帆なし船』二巻二冊）
延享元年（一七四四）歳旦帖（『春の春』二巻二冊）同四年歳旦帖（『馬肝石』三巻三冊）
寛延元年（一七四八）歳旦帖（『初曙』三巻三冊）同二年歳旦帖（『福寿草』三巻三冊）同三年歳旦帖（『村雀』三巻三冊）(6)
宝暦二年歳旦帖（『金銭居士』三巻三冊）同三年歳旦帖（『鶴の声』一冊）。

まず、最も古い元禄一四年歳旦帖は、『福神通夜物語』という書名が示すように、大晦日の夜、俳道繁栄を祈願するため弁天社に参籠した不角が、夜中に福神たちの賭俳諧を目撃するという趣向で編まれた、やや特殊なものである。続く元禄一五年の歳旦帖も同じ趣向を引き継ぎ、一丁裏に福神からの使者に不角が歳旦帖を献上する絵が描かれる。しかし、元禄一四年・同一五年歳旦帖ともに中身に挿絵はなく、丁数はいずれも一一丁という小冊である。(7)

次の宝永三年歳旦帖も、原則的には文字のみの歳旦帖であるが、一箇所巻子に句を記したように見せた飾り枠が用いられ、続く同四年歳旦帖には扇に句を書いたように見せた飾り枠が、同六年歳旦帖には同三年のものと同様の巻子形の飾り枠が用いられている。また宝永五年歳旦帖には、長文の前書付きの不角の歳暮吟が見開き一丁分の挿絵とともに載る。これら宝永期の歳旦帖の丁数は、宝永三年歳旦帖が一四丁、残りは一八丁から二四丁までの間である。なお、宝永三年・同四年・同六年・同七年・同八年の歳旦帖には本文共紙表紙が認められるが、元禄一四年・同一五年・正徳四年の歳旦帖には確認できない。

以上、正徳四年までの歳旦帖が文字中心で、丁数も二〇丁前後であるのに対して、[8]享保五年の歳旦帖は上巻一五丁、下巻一八丁の二冊となり、挿絵の数も九図に増加している。享保九年歳旦帖は二五丁、同一〇年歳旦帖は二七丁、同一二年歳旦帖は二九丁の一冊本の形に戻るが、享保一二年あたりから中身に挿絵や飾り枠を多用する傾向が強まり、享保以前の歳旦帖とは大きく印象の異なるものとなってくる。そして、これ以降の歳旦帖は、基本的には享保一二年歳旦帖の様式を踏襲しつつ、次第にその分量を増していく。七〇歳を超えてからの不角歳旦帖は二巻三巻にも及ぶかなり大部なもので、その晩年の俳諧活動が、決して細々としたものではなかったことをうかがわせる。なお不角の歳旦帖は、元禄一四年・同一五年にやや特殊な趣向が見られる以外は、内容的には歳旦三物や表八句、歳旦・歳暮吟等を中心に収めるごく一般的なものである。

ところで、不角の歳旦帖には末尾に「年中引附覚」などとして、当時行っていた月次興行の季題と締切日を示すものが多く見られる。引附というと、一般的には歳旦三物に続いて付載される一門や知友の歳旦・歳暮吟のことであるが、ここでは別の意味で用いられている。たとえば享保五年歳旦帖の末尾には、次のような文章が記されている。管見の限り、享保以前の歳旦帖にはこうした引附は見られない。

初午・上巳・花見附桜・郭公・菖旦・七夕
霊祭・菊旦附名月・神無月附冬の季何にても

右引付へ御入被成候御方は、十日程前ニ奉待候。不角御組合は廿日程前に可被遣候。尤一年中引付一冊ニ被成候へば、よき一集に罷成候。以上。清書所

これによると、享保五年には不角は年九回の月次興行を行っていたようである。翌六年の歳旦帖からは期日が追加される。

初午　正月廿日迄、上巳　二月廿日、花桜　三月十日、時鳥附更衣　四月朔日、菖旦　四月廿日、涼　五月廿日、七夕　六月廿日、盆　七月十日、菊旦　八月廿日、神無月但し冬の季何にても　九月廿日

右年中引付御句奉待候。一年の引付合巻ニ被成候へば、よき集に罷成申候。

「涼」の回が追加され、前年には年九回だった月次興行が年一〇回となったことがわかる。享保九年歳旦帖には以下の一三回の興行が予告される。この頃から月一回の興行が恒例となるようである。

初午　正月廿日、上巳　二月廿日、花桜　三月十日、時鳥附更衣　四月朔、閏四月何にても夏の季の発句閏四月朔日、菖　後四月廿日、すゞみ　五月廿日、七夕　六月廿日、盆　七月十日、名月　八月十日、菊八月廿五日、十月冬の季何にても　九月廿日、かほみせ　十月十日

右月〴〵へかゝさず御入候て、一年中引付を一冊に御綴被成候へば、よき一集に罷成候。

一　例年泰角歳旦引付仕候。御句奉待候。[9]

享保一二年歳旦帖には、以下の文章が四行にわたって細字で記されている。

閏正月季の何にても　正月廿日、初午　後正月廿日、上巳　二月廿日、花桜　三月十日、時鳥更衣　三月廿五日、菖　四月廿日、涼　五月廿日、七夕　六月十五日、盆　七月朔、名月　七月廿五日、菊十三夜を加八月十五日切、十月冬の季何にても　九月十五日、かほみせ　十月十日

例年泰角も引付出候。御句奉待候。清書

享保一二年には閏月の分を含め、年一三回の月次興行が行われたことが判明する。享保一五年の歳旦帖にも同様の引附が付され、末尾に「入料一句百銅」と入花料が記されるのが注意される。享保一六年歳旦帖に掲載された引附は、一〇月一〇日締切の「皃見」が「雪見」に差し替えられた以外は享保一五年のものと全く同一である。享保二〇年・元文元年歳旦帖にも、基本的には同様の引附が付される。

元文元年までの引附が、歳旦帖の末尾に細字で記されているのに対し、元文四年の引附は、最終丁裏の全面に一覧表の形で、大々的に掲げられている。

初午　御句正月中旬迄、上巳　二月中旬迄、汐干雛　二月末迄、花桜　三月中旬迄、更衣時鳥　四月初、端午　四月中旬迄、納涼　五月中旬迄、七夕　六月初、盆　六月末迄、名月　七月中旬、菊幷ニ十三夜　八月末迄、神無月　九月中旬、雪　十月中旬迄、閏　当季何にても日限は上ニ同。年〱此板用候間、閏何月に有りても前の月ニ準。

右之通御句奉待候。不扃義も毎月引付出候。御句奉待候。例年歳旦は不扃・寿角・珍角（二字分空白）も集め候間、御句可被下候。清書に而識

季題と締切日は元文元年の引附と一致する。そして「年〱此板用候間」とある通り、以後宝暦三年までの不角歳旦帖には全てこれと全く同一の引附が付されている。これにより、不角が没する年まで月次興行を行っていたことが判明する。不角の歳旦帖の板行と月次興行は、不角晩年の俳諧活動の主軸であった。

二、月次興行の性格の変化

次に、不角の月次興行についての考察に移りたい。現在確認されているところの不角の月次句集を、その興行日とともに掲げると以下の通りである。(10)

元禄六年九月～一二月　『としぐ〳〵草』（半紙本、全一冊）
元禄七年一月～六月　『底なし瓢』（半紙本、二巻二冊）
　七月～一二月　『足代』（半紙本、二巻二冊）
元禄八年一月～六月　『水車』（半紙本、二巻二冊）
　七月～一二月　『草結』（半紙本、二巻二冊、下巻未発見）
元禄九年一月～五月　『松蘿前集《さるをがせ》』（半紙本、上巻存）
　六月～一二月　未発見
享保一四年一月～一二月　『ことぶき車』（大本、全一冊）
享保一七年　書名不明　不角月次句集

不角の月次句集は、『としぐ〳〵草』巻末に「年々草懈怠なく例年編集仕候」と見える通り、元禄九年までは間断なく刊行されているが、それ以降享保一四年までの約三〇年間については、現在のところ資料が発見されていない。しかも、元禄期に刊行された六点と、享保一四年の『ことぶき車』や享保一七年の書名不明の不角月次句集とでは、体裁その他の点で大きな違いが見られる。そこで、まず元禄期の六点について順に確認していく。

元禄期における不角の月次発句興行は、『底なし瓢』までは毎月一五日締切の月一回興行であったが、『足代』以降は毎月一日・一五日の月二回興行となる。点階は『としぐ〳〵草』から『松蘿前集』まで一貫して「五葉・交玉・交葉・朱玉・朱葉・日葉」の六段階で、いずれも高点順に発句を掲載する形式がとられている。月次興行ではあるが、掲載句は当季の句に限定されない。また、一回の興行に複数句が入選している作者の見えることから、二句以上投句することも可能であったことがわかる。『底なし瓢』から『草結』までの各巻巻頭には、冒頭に置かれた興行で一席となった作者の句を立句に不角が巻いた独吟脇起歌仙が収められ、『松蘿前集』上巻巻頭には不角独吟の替わりに不角・好角・讃秋による三吟脇起歌仙が収められる。また、上位の作者には褒美が贈られたものと思われ、『としぐ〳〵草』から『水車』までの月次発句高点句集には、各回の末尾に上位作者の名前が掲げられる。掲載人数は、はじめは上位二席までであったのが、『としぐ〳〵草』の途中から三席までとなり、『底なし瓢』の元禄七年閏五月からは五席までとなるが、『水車』では再び二席までとなる。こうした人数の増減は、全体の投句数と連動しているものと考えられる。

なお『松蘿前集』について、安田吉人氏は「丁付は「卅終」とあり、一冊本の中に一月〜五月締切分を収録する。前年上半期分の『俳諧水車』が二冊本で、合計四七丁分であるのに比較すると、大幅に縮小されている。また、「前集」とあるので、九年下半期分の「後集」の存在も予測されるが、原本未発見。その後の月次発句高点句集も未発見なので、興行が行き詰まり、それ自体から撤退した可能性もある。[11]」とするが、この説明にはいくつか首肯しがたい点がある。まず安田氏は『松蘿前集』を一冊本としているが、現在確認されている唯一の原本である東京大学総合図書館洒竹文庫蔵本の刷題簽には「〈俳諧〉さるをかせ前集　下　不角選」とある。これは、本書が改装される際に、何らかの理由で下巻の表紙が上巻に付されたものであると推定される。[12]『底なし瓢』以下の月次発句高点句集と同様、元禄九年の上半期に『松蘿前集』が二冊本で刊行されたとすると、上巻に五月分までを収めている点に疑問が残るが、あるいは『松蘿前集』は元禄九年一年分の興行を収録するものであるとも考えられよう。

また安田氏は、本書が『水車』と比べて大幅に分量が縮小されていることを理由に、不角が月次発句興行から撤退した可能性について言及するが、この点についても速断は下せない。不角の月次発句興行における投句数を正確に知ることはできないが、興行ごとの掲載句数が興行規模をある程度反映しているとの推測のもと、『としぐ〳〵草』から『松蘿前集』までの六点について、一興行あたりの掲載句数の平均を算出すると、『としぐ〳〵草』

八八句、『底なし瓢』一一五句、『足代』九三句、『水車』六四句、『草結』六八句、『松蘿前集』六〇句となっている。『としぐ〱草』『底なし瓢』が月一回の興行であったことを勘案すれば、『松蘿前集』の平均六〇句という数字が極端に少ないわけではない。また、これらの月次発句高点句集においては、興行ごとの掲載句数にかなりのばらつきが見られる。たとえば『水車』の一月一五日から五月一日までの計八回の興行の掲載句数を順に挙げると、五八句・五三句・五三句・四三句・三二句・六三句・九〇句・六五句となっており、これは『松蘿前集』の一月一五日から五月一日までの八回の興行における掲載句数、五一句・四六句・五八句・五五句・六三句・五八句・八三句・六七句を合計数において下回る。現在の資料状況ではこれ以上のことは不明とするほかないが、このような月次発句興行が早晩打ち切られたとするならば、それは月次発句高点句の作風が前句付高点句のそれと選ぶところがなくなり、敢えて季語や切字といった発句の制約を設けた興行を行う意味がなくなったなどという理由も考えられる。なお、不角の月次発句興行の作風については、本節の後半で詳述する。

では次に『ことぶき車』の考察に移る。まず注目すべきは、元禄期の月次発句高点句集がいずれも半年ないし一年分の興行をまとめて板に起こしたものであったのに対し、本書はもともと独立して板行された一三冊の月次小冊子を一括して板行し直したものであるという点である。[13] 書名不明の享保一七年不角月次句集も同種の集である。[14] 現在のところ、月次小冊子の類は他に確認できないが、この時期の不角の月次興行においては、毎回こうした小冊子が板行され、出句者に返送されていたものと推定される。[15]『ことぶき車』に収められた各小冊子には「初午・上巳・花・卯月・菖蒲・納涼・七夕・霊祭・月・菊後之月・閏九月・無神月（ママ）・顔見」の題が掲げられ、それぞれ当季の句が収められている。また本書には句の評価が一切記されず、高点句を披露する目的で編まれたものではない点も、元禄期の月次発句高点句集とは大きく異なる。冒頭に不角とその息子、高弟らによる三物が置かれ、次に門人の発句が続き、「うら白」と題された表八句が掲載されるといった内容は、むしろ不角の歳旦帖と重なるものであるといえる。そして、「享保十四己酉初午」のように、各興行ごとの表題が雲形の枠の中に掲げられ、巻子に見立てられた飾り枠や挿絵が多用されているといった体裁の面でも、本書は同時期の不角歳旦帖と全く一致する。「顔見」の回の末尾には「戌年歳旦幷歳暮、如例当極月早々可被遣候。奉待候。」という引附が付され、月次興行の延長として歳旦・歳暮吟が募集されている点も注意される。さらに、『ことぶき車』の入集者のうち、四割強の作者が享保一二年不角歳旦帖に、およそ三分の二の作者が同一五年不角歳旦帖にも入集することから、興行の規模に違いは認められるものの、月次句集と歳旦帖に共通した性格が認められることは確実である。享保一七年不角月次句集も、一門や高弟らによる三物・発句・表六句を収め、入集者の約半数が享保一六年歳旦帖に重ねて入集している。

不角の月次興行は、元禄期には広く投句を募って高点を競わせる競技的な性格の強いものであったが、享保一四年には一部の限られた門人を相手に出句を促し、それらを掲載した月次小冊子を板行するという全く別の興行形態となっていた。こうした享保期の月次興行は、熱心に句を寄せてくる門人の存在を前提とするものであるが、不角の場合、門人の多くが地方に居住する富裕層であったこともまた重要な条件となっている。[16]先に享保一六年歳旦帖の引附に「入料一句百銅」の記載があることを指摘したが、不角の前句付高点句集『誹諧うたゝね』(元禄七年成)の序文に「予が五句附は二十五銭」とあるのと比べると、歳旦帖の入花料はかなり高額であったといえる。[17]享保期の月次小冊子の入花料も、こうした歳旦帖の料金の高さに準じるものであったろう。しかし、江戸から離れた地域で裕福な生活を送り、余技として俳諧に遊んでいた人々にとって、百銅という金額は決して高いものではなかった。百銅で不角一家の作と並んで自らの句が掲載された絵入の月次小冊子を手にすることができれば、彼らは十分満足を得たに違いない。

三、月次発句高点句集の作風

元禄期の不角の俳諧活動は、競技性の強い前句付興行や月次発句興行を中心としたものであったが、享保期には歳旦帖・俳諧撰集の板行や、『ことぶき車』や享保一七年不角月次句集に確認されたような、門人相手の小規模な月次興行に力を注ぐようになった。しかし、このような方針転換は、必ずしも不角の俳諧活動に本質的な断絶があったことを意味しない。以下、元禄期の月次発句高点句集と『ことぶき車』所収の月次小冊子の作風を考察することを通して、元禄期から享保期にかけての不角の俳諧活動の連続性を明らかにする。(18)

まず確認しておきたいのは、不角が不卜門の貞門俳諧師として出発している点である。不角の句の初出は、調和編『誹諧題林一句』（天和三年（一六八三）成）所収の「糉《ちまき》頸青蠅蕀に止ッてけり(19)」という天和調の異風の句であるが、以下に掲げる貞享から元禄はじめにかけての句は、いずれも不角の作風が貞門風の延長にあることをうかがわせるものである。

①ちるさくら妻なき我を泣セけり
②八日より素兒やすらん女七夕　（調和編『ひとつ星』貞享二年（一六八五）序(20)）
③入相の鐘に割《サケ》たる芭蕉かな
④三日月は梅におかしきひづみ哉
⑤舟よせてさしに碁を打涼哉
⑥稲妻にかくさぬ僧の舎り哉　（不卜編『続の原』貞享五年序(21)）
⑦三保干潟けふ計富士ふたつなし
⑧吹あげて雲に声有ル落葉哉　（等躬編『葱摺』元禄二年成(22)）

⑨歌念仏申さぬ嵯峨の桜刈　（路通編『俳諧勧進帳』元禄四年跋）[23]

どれも難解な句ではないが、貞門風の理知的滑稽句である②④⑦⑨について一通り解説を加える。まず②は織女と牽牛が会えるのは年に一度の七夕の夜だけであるので、その翌日の八日からは、織女は化粧をせずに素顔で過ごしていることであろうという句、④は三日月があのような形にゆがんでいるのは、梅干の酸っぱさを想像しているからであろうという句、⑦は松原と富士の美景で有名な三保では、普段は水面に富士が映るので二つの富士を拝むことができるが、上巳の今日ばかりは干潟が遠くまで干上がり一つだけしか見えないという句、⑨は三月六日から一五日にかけて、嵯峨の清涼寺では大念仏会が行われるが、桜狩の折には鉦や太鼓を打ち鳴らして花を散らせては惜しいので、念仏は唱えまいという句である。残りの句についても、自然の情感を詠みながらどこか説明くささの残るものが多い。

では次に、元禄六年の『としぐ〵草』以下の月次発句高点句集に載る句を順に取り上げ、その作風を分析する。なお句の引用にあたっては、作者名と所付は省いた。

次に掲げる①から⑦の句は『としぐ〵草』からの引用である。

①霜解や足跡拾ふ細小路
②初雪をはたかず戻ス合羽哉
③一寸と足駄の濡レぬ時雨哉
④五月雨や隣リの稚《ヤヽ》を連テこい
⑤何が扨呼に行かでは秋の昏
⑥野ざらしやどこを男と女郎花
⑦大原女や雪に来ル日は白木売

①から③は理に勝ったところはあるが、自然の情感をとらえた穏当な句で、続く④⑤はそれぞれ五月雨の無聊と秋の暮の寂しさを素直にとらえてそのまま表現した句、⑥は女郎花を女性に見立て、⑦は黒木売を白木売ともじった、典型的な理知的滑稽句である。⑥⑦のように伝統的な本意には背かず、その裏をかいて対象を滑稽化する句が多く見える一方、①から③のような叙景句もそれなりに詠まれているというのが『としぐ〵草』の特徴である。そして、このような『としぐ〵草』の作風は、同時期の不角の俳諧撰集『蘆分船』の作風とよく似ている。

⑧山風に入日をくゝる薄哉　　松醒

⑨とてもならば二人泣たし秋の昏　　吹角

⑩雪の日や呼声ばかり黒木売　　立些

（『蘆分船』元禄七年跋）(24)

⑧は理知的ではあるが穏当な叙景句、⑨は秋の暮の寂しさを素朴に表現した句、⑩は雪のために黒木売まで白くなったという滑稽句で、いずれも先の『としぐ〵草』の句風と重なる。『蘆分船』は『としぐ〵草』よりも叙景句が多い傾向にあるが、かたや俳諧撰集、かたや月次発句高点句集というほど、両者の作風に差は認められない。

次の『底なし瓢』からは叙景句が減少し、自由な発想と表現で対象をとらえた句が増加する。中には、「春雨や雀静まる萱《カヤ》が軒」「むく犬のほそく成たる時雨哉」のような素直な佳句も採られているが、全体としては滑稽に重点を置いた句が多い。

①名月の明日《アス》や更科惣朝寝

②花を打雨や短慮な乳母《ヲチ》の人

③頭剃《アタマソラ》で心剃かも放生会

①は更科の月の見事さを、②は桜を散らす雨の憂さを、③は放生会における自省の念を、それぞれ庶民的な発想でとらえ、軽く滑稽をきかせて表現している。また一方で、次のような極端な見立てや言語遊戯に陥った句も見

える。

④船頭か物いふ鷺か雪のくれ
⑤死出の山嘸や鬼百合《ヲニユリ》鬼薊《アザミ》
⑥人五十十九日めよ廿日草

④は雪が真っ白に降り積むさまを詠むのに、「船頭」を「物いふ鷺」とする奇抜な見立てを用いている。⑤は鬼百合・鬼薊の描写からは離れて「鬼」と「死出の山」を詠み込む言語遊戯に終始している。⑥は五〇歳の感慨を牡丹（廿日草）に重ねて詠んだ句であるが、数字の操作による表現の面白さが先に立っている。なお、『としぐ〳〵草』や『蘆分船』に見られた秋の暮の寂しさを詠んだ句は、『底なし瓢』にも「気の付ばつく程淋し秋の昏」などといくつも詠まれ、これ以降の月次発句高点句集にも繰り返し詠まれているが、いずれも同工異曲の作である。

続く『足代』も、基本的には『底なし瓢』と同様の作風であるが、季語の本意に縛られず、日々の生活の中の身近な対象のうちに季節を感じ、庶民的な発想と表現によってそれを表出した句が多くなる点は注目される。たとえば「障子一《ト》間張残しけり後の月」「子を持て鰒汁喰ぬ寛活《ヤッコ》哉」のような、万人に理解可能な通俗的な発想と衒いのない表現に、不角の高点句の特徴が認められる。しかし、技巧のための技巧に堕ちた句も引き続き詠まれ、また滑稽に重点が置かれるあまり、季語は詠み込まれるものの季感をともわない句も目に付くようになる。

①七月の末や灯籠の六十過
②雨露は父母雪や麦にはお乳の人
③簑むしの左《サラバ》落葉と云ん落葉哉
④昼皃や昼の寝起の朝皃か

⑤日に日向あれば月には月なたぞ
⑥案山子にも腰帯させん女護の嶋

①は七月の末まで飾られている盆灯籠を、人間ならさしずめ六〇過ぎであろうと表現した句で『底なし瓢』の⑥と類想の句、②は麦に降り注ぐ恵みの雨を父母に、冷たい雪を御乳の人にたとえた句で『底なし瓢』の②と類想の句、③は「左落葉」と書いて「さらば」と読ませる点が滑稽な言語遊戯の句である。しかしこれらの句には、かろうじて季語の持つ本意がふまえられているのに対し、④から⑥ではそれすらないがしろにされている。④⑤では季語が単なる言葉遊びの具となり、⑥では「女護の嶋」の趣向の面白さに主眼が置かれ、案山子の持つ季感はほとんど無視されている。(25)

　このような月次発句高点句の作風は、点者である不角自身の作風に通じるものであった。次に掲げるのは『蘆分船』所収の不角の発句である。

①　増上寺へ華見にまかりて
　上上寺やはりさくらは桜哉
②時鳥様と申つめといひつ
③葉がくれに人の生《ナル》木よ夕涼《ミ》
④寝たがましどちへ向ても秋の暮
⑤　姨棄山はさもあれ
　けふの月わか衆棄たる山も哉

①の「上上寺」は「増上寺」のもじりであるが、役者評判記の位付の書き方を模した太字で記されることから、その最上位である「上上吉」を掛けていることは明白である。同語反復による口当たりのよさは認められるもの

の、かなりくだけた趣向の句である。(26) ②は時鳥の声を賞翫する反面、なかなか鳴かないことに対してはいらだちを覚える心の動きを、「様」と「め」という短い語を対照させることによって巧みに表現した機知的な滑稽句、③は木陰で人々が涼んでいるさまを、果実ではなくまるで人間が生る木のようだと表現した奇抜な見立ての句で、いずれも不角の月次発句高点句の作風と一致している。また、秋の暮の寂しさを素朴に表現した④のような句が、月次発句高点句集に繰り返し詠まれていることについては先に言及した。⑤は姥捨伝説をふまえた名月の句であるが、若衆が棄てられている山という発想はかなり卑俗でばかばかしい。

このような庶民的な感覚によって対象をかなり自由にとらえて表現した句は、実は伝統的本意に基づいて理知的に詠まれた句の多く見られた『とし〴〵草』において、既に高く評価されている。たとえば、『とし〴〵草』では「初雪やくふて味《ウマミ》はなけれども」「散際の華はどこやら秋臭《シ》」のような句がそれぞれ一席と三席に選ばれている。前者が初雪を味覚においてとらえ、後者が桜を秋くさいと感じたままに詠んでいる点は見逃せない。こうした例から、当時の不角の高点句の評価基準がどのあたりにあったのか察することができよう。

さて『水車』以降は点者不角の嗜好を受け、一段と滑稽味の強い、技巧を凝らした句が多く詠まれるようになる。次に『水車』から『松蘿前集』までの高点句集から数句ずつ抜き出しその作風を概観する。なお、不角の月次発句高点句集には類想句が非常に多く見られる。(27) したがって、ここでは重複を避けてごく一部のみの掲載に留めたが、ここからおよその作風の傾向を把握することは可能であろう。はじめ四句が『水車』、次の五句が『草結』、残りの五句が『松蘿前集』からの引用で、○印を付した句は特に上位の句である。

　姫瓜や一瓜ざねに二丸皃
　虫干に何を干《ス》らん裸嶋
○急《ゲ》共先へは行ぬ田植かな

遠めがね耳鏡もあれ時鳥
○理をいはゞ散際の名や姥郎花《ウバナヘシ》
眼一ツのものも出やうか雲の峰
○手も入て足も入《レ》たき清水哉
八朔や月見る月の月はじめ
西瓜割女怖し乱れがみ
手を皺て梅盗人は此子也
涅槃会に蛇蛙蜒《サンスクミ》さへ出にけり
男鹿のみ寄《ル》か若衆の一節切《ヨ》
貴妃桜さくらの中の桜哉
名には似ず陰の涼き檜哉

古事や本歌をふまえた趣向や、字訓・異名を用いた言語遊戯、見立て等の作意を交えつつ、日常生活の一こまを機知的な発想で面白おかしく描いた平明な滑稽句が繰り返し登場してくる。全体として観念的な句が多く、かなり技巧の目立つ句も見受けられるが、当時の人々に共有されていた庶民的な発想に基づいて詠まれたものであってみれば、一概に駄句として退けることはできまい。

不角の月次発句高点句は、自然描写による季感の表現という観点からは、取るに足りないものかもしれない。そこには芭蕉の「季節の一つも探り出したらんは、後世によき賜と也。」（『去来抄』）のような精神は認められない。しかし、不角の月次発句興行に遊んだ人々は、必ずしもそのような高度な味わいを俳諧に求めてはいなかった。庶民的で誰にでも理解可能な平明な滑稽句こそ、彼らが望んだものであったといえよう。

四、『ことぶき車』の作風

以上、元禄期の月次発句高点句集の作風を順に追い、それらが同時期の不角自身の作風に通じていることを確認した。次に『ことぶき車』の作風を検討するにあたり、「初午」から「顔見」までの計一三回の興行から各一句を抜き出し一覧に掲げる。なお、本来ならば享保一七年不角月次句集についても考察すべきところであるが、本節では一年分の興行が全て揃っている『ことぶき車』を取り上げた。『ことぶき車』と享保一七年不角月次句集は、体裁の面でも内容の面でも同種の句集であるといえ、成立年時も近く、三物に加わっているような主要な作者はかなり重複している。細かい差異はあろうが、『ことぶき車』に関して指摘し得る享保期の月次句集の性格は、享保一七年不角月次句集にも同様にあてはまるものと考える。

①祀ればぞ屋敷稲荷も藪入日（初午）
②祖父祖母もけふ子心や雛遊（上巳）
③日〱来ルを下から算《ヨマ》んかばざくら（花）
④　何かは知らねども一声の忝さを
　何事のおはしますかは郭公（卯月）
⑤伊勢にては長銘ならん芦粽（菖蒲）
⑥涼寝の蚊屋は人魚の網《ア》引哉（納涼）
⑦物干を手向よ星の揚屋とも（七夕）
⑧高網も霊《タマ》は宇治でも茄子馬（霊祭）
⑨聞番の猩々見たり月見酒（月）

⑩　唐土にては十三夜を不用とかや
　豆も芋もけふ秋津洲の月見かな（菊後之月）
⑪閏なら今《マ》一篇咲け庭の菊（閏九月）
⑫鼻毛ぬく禰宜もありけり神な月（無神《（ママ）》月）
⑬三番叟の三番叟也足揃（顔見）

①は初午の祭の時には、屋敷稲荷に勧請された狐も、藪入りよろしく総本社の伏見稲荷大社に戻っていることであろうと興じた句、③は樺桜の「かば」を「ばか」と読ませる言語遊戯の句、(28)④は当時よく知られていた西行歌「何事のおはしますをばしらねどもかたじけなさに涙こぼるる」（西行法師家集・一）を機知的にふまえた表現によって、郭公の声を賞美した句、⑤は「難波の芦は伊勢の浜荻」という諺をふまえた句、⑥は蚊屋の中で雑魚寝をして涼む人々を網にかかった人魚に見立てた句、⑦は二星が年に一度の逢瀬を楽しむ場所として、揚屋ならぬ物干を手向けよと冗談めかした句、⑧は宇治川の先陣争いで有名な武将、佐々木高綱の魂も、盆には名馬生食《いけずき》ならぬ茄子の馬に跨がっていることだろうと卑俗化した句、⑨は聞番の酔態を、酒を好むとされる伝説上の生き物、猩々に見立てた句、⑩は十五夜の月を芋名月、十三夜の月を豆名月というのを趣向として仕立てた句、⑫は諸社の神々が留守になるという神無月の本意を、気を抜いた禰宜の様子によって表現した句、⑬は顔見世興行の前に行われる足揃の儀式が、開幕前の三番叟のさらに前座であるというのを、「三番叟の三番叟」という同語反復の表現によって詠んだ句である。②⑪の句については説明を要すまい。技巧的、観念的ではあるが、いずれも軽い滑稽を基調とした通俗的で平明な句である。

　以上のように『ことぶき車』の作風は、元禄期の不角の月次発句高点句の作風とさほど変わるものではない。しかし、享保期の月次興行が「初午」から「顔見」までの当季の語を題にして行われたことで、たとえば月次発句高点句集において繰り返し詠まれていた「八方に眼付たる案山子哉」（『水車』）「前後同じやう成ル案山子哉」（『草結』）のような句は詠まれなくなる。この手の季感を無視した句は、月次発句高点句集では「梟」「朝顔」などの題材をめぐっても繰り返し詠まれていたが、『ことぶき車』においては、当季の句を詠むという制約によって予め排除された。

また、『ことぶき車』には「顔見」の回が設けられ、その中には次のような当座性の強い句が見られるのも特徴的である。

顔見や又《マタ》蘭平を女がた　止角

居風呂芥川ぞ紅雪　千翁

岡崎の本陣下陣入込て　方角

蘭平は「倭仮名在原系図《やまとがなありわらけいず》」(29)の登場人物で、その四段目は「蘭平物狂」と呼ばれる。この頃女形の役者が蘭平を演じる趣向が流行していたようで、同時期の不角の俳諧撰集『風姿集』（享保一四年三月下旬序）にも「角落て蘭平をやる男鹿かな」(30)という句が載る。また脇に詠まれた「居風呂」もこの狂言における人気の趣向の一つであったらしく、他の三物でも「びつくりはなし居風呂の鉄炮に」などと詠まれている。なお「顔見」の回全体としては「顔みせの五百羅漢ぞ舞台附」「顔見せや昭君は何《ド》絵《レ》かんばん」のように、ただ漠然と顔見世興行の華やかさ、賑やかさを詠んだ句も多い。しかし、それは不角の月次興行を支えた作者の多くが、実際にはなかなか芝居を見ることのできない地域に住んでいたためであると推察され、必ずしも彼らが最新の話題を詠み込むことに対して消極的であったことを意味しない。(31)

彼らが新奇な話題をも恐れず句の題材としたことは、本書に享保一四年に将軍徳川吉宗に献上された象を詠んだ句が載ることからもうかがえる。象は四月の終わりに京都、五月の終わりに江戸に到着した。

今見れば象といひたし茄子牛（霊祭）

新月や象が鼻出す潦（月）

新しや象も吾妻で浜の月（月）

いずれも具体的な象の姿を描写した句ではなく、従来通りの観念的な句風を出るものではないが、新しい話題に敏感に反応する彼らの姿勢は注目に値しよう。

このような単調な詠み振りの中に新奇な素材を取り入れた『ことぶき車』の作風は、本節の前半で考察した、月次小冊子の歳旦帖的な性格と密接に関係している。点数を競うことなく自らの句が掲載された小冊子を手にすることができ、またそのことに十分な満足を得ていた人々の中に、積極的に新しい句境を開拓する姿勢が見られないのはある意味当然であろう。しかし、全体としては代わり映えのしない句が並んでいるようでも、作者自身はその時その時の自信作を出句している。見立てや言葉遊びなど知的技巧を用いた通俗的かつ平明な句風は、確かに平凡なものであったかもしれないが、ここに収められた句は、各人が身近な生活の中にとらえた季感や、日常の中で折に触れて感じる感興を表出した、彼らの等身大の表現であったといえよう。

元禄期における競技性の強い月次発句興行を打ち切り、江戸の前句付界の本格的な雑俳化を前に前句付興行から手を引いた不角は、享保期には富裕な地方作者たちを主たる相手として小規模な月次興行を行い、歳旦帖や俳諧撰集の板行に力を注いだ。しかし、元禄期と享保期の月次興行の作風は連続しており、少なくとも作風という観点からは、この間の不角の俳諧活動に質的な断絶を認めることはできない。元禄期から享保期にかけての不角の俳諧活動における方針転換は、既に不角が安定した地盤を築いていたことを意味するものであるが、享保期の活動の基礎は、元禄期の前句付興行や月次発句興行を通じて築かれたものであったのである。

注

(1) 宮田正信『雑俳史の研究』(赤尾照文堂、昭和四七年) 二五頁。

(2) 不角の前句付興行の展開については、第三章第二節「不角の前句付興行の変遷とその意義」で論じる。

(3) 安田吉人「立羽不角年譜稿　一」(『調布学園女子短期大学紀要』第三〇号、平成一〇年三月)「立羽不角年譜稿　二」(『調布日本文化』第一〇号、平成一二年三月)「立羽不角年譜稿　三」(『調布日本文化』第一二号、平成一四年三月)「立羽不角年譜稿 (終)」(『成城国文学』第二六号、平成二二年三月) を参考にした。

(4) 不角の歳旦帖の調査にあたっては、以下の資料を用いた。元禄一四年歳旦帖は東京大学総合図書館洒竹文庫蔵本 (洒竹三三一八)、同一五年歳旦帖は京都大学文学部蔵本 (国文学Hk二九)、宝永三年歳旦帖は早稲田大学図書館蔵本 (へ五―一九四五)、同四年・同五年・同六年・同七年・同八年歳旦帖は雲英文庫蔵本、正徳四年歳旦帖は洒竹文庫蔵本 (洒竹一九八五)、享保五年・同六年・同九年・同一〇年歳旦帖は架蔵本、同一二年歳旦帖は国文学研究資料館所蔵マイクロフィルム (京都大学文学部蔵本、一一―一二五―八)、同一五年・同一六年歳旦帖は架蔵本、同二〇年歳旦帖は西尾市岩瀬文庫蔵本 (八八―一〇〇)、元文元年歳旦帖は同文庫蔵本 (八八―一二三)、同四年歳旦帖は洒竹文庫蔵本 (洒竹一三八八)、同五年歳旦帖は天理大学附属天理図書館綿屋文庫蔵本 (わ一二三―二〇)、延享元年歳旦帖は同文庫蔵本 (洒竹二七八〇)、同四年歳旦帖は同文庫蔵本 (洒竹一二五三)、寛保二年・寛延元年・同二年歳旦帖は綿屋文庫蔵本 (わ一二五―一四・わ一三三―一五・わ一三四―一二三)、寛延三年歳旦帖は東京大学総合図書館知十文庫蔵本 (知十二四五)、宝暦二年歳旦帖は国文学研究資料館所蔵マイクロフィルム (富山県立図書館志田文庫蔵本、二〇九―六〇―七)、同三年歳旦帖は洒竹文庫蔵本 (洒竹二三四五)。なお、享保一一年歳旦帖は矢羽勝幸『佐久の俳句史』(櫟、平成元年) に「逸題の不角歳旦帖 (大本一冊)」(二一頁) と紹介されたもので、所在は未確認である。

(5) 書名は矢羽勝幸氏の指摘による (『佐久の俳句史』二一頁)。

(6) 安田吉人氏は前掲の年譜中で、寛延三年の歳旦帖として『歳旦玉かづら』(半紙本一巻一冊、狩野文庫蔵) を挙げ、「加賀文庫蔵『村雀』は後補題の同一書」とした上で「前年までと比較して冊数も減り、発句が主となる。」と記す。しかし、知十文庫には、序題に「歳旦村雀」と見える寛延三年不角歳旦帖 (合一冊) が所蔵され、本書は柱に「上」「中」「下」と見えることから、三巻本であることが確実である。狩野文庫蔵本は未見であるが、寛延三年の不角歳旦帖は『村雀』という書名の三巻本であると考えておきたい。

(7) 元禄一五年歳旦帖は板下の書体が所々異なっており、この点について雲英末雄編『江戸書物の世界　雲英文庫を中心にたどる』（笠間書院、平成二二年）「不角歳旦帖」解題では「丁付・匡郭が乱れ、版下の書体が異なる箇所もあるので、門葉の歳旦摺物を合綴したものと推定される。」という指摘がなされる。なお、京都大学文学部蔵本においては、不角の歳旦帖の後に不角の門人九萬堂朋角の歳旦帖が合綴されているが、その書体や字配などは不角歳旦帖の板下と類似する。

(8) 正徳四年歳旦帖の丁数は一八丁である。

(9) 引附の末尾で言及される泰角は、不角の長男不扃の前号である。享保一二年歳旦帖に付された引附に「例年泰角も引付出候。御句奉待候。清書」と見えることから、この頃、不扃も不角と同様に月次興行を行っていたとも考えられるが、享保九年の不角歳旦帖に付された引附には「歳旦引付」とあり、単に歳旦帖を刊行していたことを示すものである可能性が高い。なお、享保一〇年歳旦帖にも、享保九年歳旦帖と同文の記載がある。

(10) 不角の月次句集の調査にあたっては、以下の資料を用いた。『としぐ草』は京都大学文学部蔵本（国文学Ｈｋ一六）、『底なし瓢』は綿屋文庫蔵本（わ七二一―五七）、『足代』は国文学研究資料館蔵マイクロフィルム（志田文庫蔵本、二〇九―六〇―五）、『水車』は綿屋文庫蔵本（わ七三一―三三）、『草結』上巻は同文庫蔵本（わ七三一―三二）、『松蘿前集』上巻は洒竹文庫蔵本（洒竹一三七三）、『ことぶき車』は京都大学文学部蔵本（国文学Ｈｋ四四）、享保一七年不角月次句集は牛見正和氏蔵本。

(11) 前掲、安田吉人「立羽不角年譜稿　二」。

(12) 下巻の題簽が上巻の表紙に貼り直されたと考えられなくもないが、そうした形跡は認められない。

(13) 本書には序跋がなく、題簽は手書きで、中身に『ことぶき車』という書名は全く見られない。また、それ以前の回に収録されるべき季題の句が、「追句」「後馳」などと注記されて後の回に掲載される例の見えることから、これらの個々の小冊子は興行後、間を置かずに板行されたものと推定される。

(14) 綴じられているのは「上巳」「端午」「七夕」「盆」「名月」の五回分のみであるが、各冊ごとの綴穴は見えないことから、もとは一冊であったものがばらされて再び現在の状態に綴じ直されたと推定される。よって本書も『ことぶき車』同様、一冊本として刊行された可能性が高い。

(15) 『ことぶき車』の「納涼」の回の蛍雪発句前書に「年中の引付を物して、千年種を全部せんと、過し年集しに、いかゞしてもれけん、水月一冊欠ぬ。ことし入集して、願をみてんと欲しぬ。」とある。

(16) 鈴木勝忠「立羽不角」（『俳句講座3　俳人評伝下』明治書院、昭和三四年）に、不角の俳諧の享受者層について「奥州その他の地方武士」という指摘がなされ、不角の撰集に並ぶ句について「生活に何の苦労も持たぬ人々の単調にして平和な遊び気分」が表れているとされる。また安田吉人「不角前句付考」（『成城国文学』第四号、昭和六三年三月）には、不角の前句付高点句集について「入集者の約三分の一を占める東国をはじめとした地方作者や田舎武士は、不角の重要な支持基盤であった。」と述べられる。

(17) 金一両＝銀六〇匁＝銭四貫文という元禄一三年の御定相場に基づき、一両＝二〇万円として計算すると、歳旦帖の入花料は約五〇〇〇円、五句附は一句あたり約二五〇円となる。なお、点料・入花料については、鈴木勝忠「元禄俳諧師の生活と芭蕉」（『近世俳諧史の基層――蕉風周辺と雑俳――』名古屋大学出版会、平成四年所収、『芭蕉の本2　詩人の生涯』角川書店、昭和四五年初出、原題「当代俳諧師の実態と芭蕉」）に詳しく論じられている。

(18) 不角の俳風に関する先行研究には、潁原退蔵「不角の俳諧」（京都帝国大学国文学会編『京都帝国大学国文学会二十五周年記念論文集』星野書店、昭和九年）「享保俳諧の三中心」（『潁原退蔵著作集　第四巻』中央公論社、昭和五五年所収、『俳諧史論考』星野書店、昭和一一年初出）鈴木勝忠「貞享元禄の江戸俳諧」（『近世文芸』第二号、昭和三〇年一〇月）「立羽不角」（『俳句講座3　俳人評伝下』）安田吉人「不角前句付考」平島順子「立羽不角論序説――貞門の俳諧師としての不角――」（『語文研究』第八〇号、平成七年一二月）等がある。

(19) 引用は、東京大学総合図書館竹冷文庫蔵本（竹冷二四四）によった。

(20) 引用は、早稲田大学図書館中村俊定文庫蔵（文庫一八―九六）によった。

(21) 引用は『新日本古典文学大系71　元禄俳諧集』（岩波書店、平成六年）により、解釈は大内初夫氏の校注を参考にした。

(22) 引用は『天理図書館綿屋文庫俳書集成31　元禄俳書集　地方篇』（八木書店、平成一一年）によった。

(23) 引用は、蕉門俳書研究会編『蕉門俳書集』一（勉誠社、昭和五八年）によった。

(24) 引用は、国文学研究資料館所蔵マイクロフィルム（京都大学文学部蔵本、一一―一二―九）によった。

(25) 「案山子にも」の句は元禄七年九月一五日興行の一席であるが、同じく「女護の嶋」を趣向とした「梅の名も女護の嶋や花の姉」の句が同点一席となっている。

(26) 同語反復は不角の好んだ表現技法で、『とし〴〵草』の末尾にも「どう見ても桜也けり山ざくら」という不角の発句が収められる。また、同語反復の表現を用いた句は、不角の月次発句高点句集にも比較的よく採られている。

(27) 不角自身、類想句を容認する立場であったことが『足代』序文の「凡趣向は地より涌《ハク》らん、天よりや降らん。至ッて捜《サガ》すべきにも、魯般《ロハン》が雲梯《ウンデイ》をも不ㇾ得ば、可ㇾ升《ノボル》術もなく、壷公が竹杖をも不ㇾ仮ば、可ㇾ飛通もなし。唯人の跡を踏《フマヘ》て句〳〵を足代となす。危《アブナヒ》哉人口。」という文章からうかがえる。

(28)「日〱来ルを」は、杜甫の「客至」の一節「舎南舎北皆春水、但見群鷗日日来、花径不曾縁客掃、蓬門今始為君開」（『唐詩三百首』）中の「日日来」をふまえるか。
(29)本作は浅田一鳥、浪岡鯨児、並木素柳、豊竹甚六らの合作による浄瑠璃で、宝暦二年一二月に大坂豊竹座で初演、同三年正月に京都の山下又太郎座で歌舞伎化された。元文三年正月に大坂竹本座で上演された浄瑠璃「行平磯馴松」の書替とされる。ただし、享保一四年の「蘭平」に関しては未詳である。
(30)引用は、洒竹文庫蔵本（洒竹三三二六）によった。
(31)歳旦帖に付された引附によれば、享保一六年以降、一〇月興行の季題は「雪見」「雪」となっており、地方作者たちにとって「顔見」は詠みにくい題であったことがうかがえる。

第四節　不角の俳諧活動を支えた作者層

元禄期には月二回の前句付興行と月次発句興行、そしてそれらの高点句の板行を主たる俳諧活動としていた不角であったが、冠付の登場に象徴される江戸の本格的な雑俳化の波を前に前句付からは手を引き、それ以降は門下に擁した富裕な地方作者たちを相手に小規模な月次興行を行いながら、歳旦帖や俳諧撰集の板行に力を入れるようになった。元禄期から享保期にかけてのこうした活動方針の転換は、既に不角が安定した地盤を築いていたことを意味するが、そうした地盤の開拓は、元禄期の俳諧活動を通じてなされたものと考えられる。(1) そこで本節では、不角が前句付興行や月次発句興行によって自らの勢力圏を拡大しくさまを、いくつかの地域を具体的に取り上げて考察し、元禄・享保期の江戸俳壇の末端を担っていた前句付作者層の動向を明らかにする。

一、門人の開拓（一）——信州野沢の場合

享保期の不角の俳諧基盤が、元禄期の俳諧活動を通じて築かれたものであることを示すのに最も単純でわかりやすいのは、元禄期の前句付高点句集・月次発句高点句集の入集者と、享保期の歳旦帖・俳諧撰集・月次小冊子の入集者の重なり具合を調査する方法である。しかし、この方法にはいくつかの問題がある。まず、元禄期の不角の前句付興行や月次発句興行は非常に広範囲に及ぶ大規模なものであり、これらの高点句集には同名で入集する作者が少なくない。元禄五年（一六九二）の『千代見草』以降は、入集者の一部に所付が付されるようになるものの、作者の同定は非常に困難である。さらに、不角の歳旦帖や俳諧撰集・月次小冊子においては、基本的に

所付は付されず、作者名と共に記されるのは堂号・軒号の場合がほとんどある。したがって、元禄期の高点句集と享保期の撰集類における入集者の比較は、元禄期の高点句集間の入集者を比較する場合以上に難しい。元禄期と享保期の時間的な隔たりもまた、事態を複雑にしている。以上の点を考慮して、試みに『ことぶき車』（享保一四年（一七二九）成）所収の月次小冊子の入集者と、元禄期の高点句集の入集者を比較した場合、確実に重複が確認できるのは備前岡山の籰角のみということになる。[2]

しかし、両者の間に元禄末から宝永期にかけて板行された歳旦帖を置くことで、元禄期と享保期の作者層の連続性を確認することが可能となる。まず『ことぶき車』の入集者と享保一二年・同一五年歳旦帖の入集者を調査すると、『ことぶき車』の入集者のうち四割強が享保一二年歳旦帖に、約三分の二が享保一五年歳旦帖に重ねて入集していることが判明する。しかも『ことぶき車』に多数入集している作者ほど、歳旦帖にも重複して入集するので、句数としてみるとその割合はさらに高くなる。次に、これら享保期の歳旦帖や『ことぶき車』にしばしば登場してくる熱心な作者について、元禄・宝永期の歳旦帖にさかのぼって調査を行うと、前述の籰角の他、肥後の三思、信州野沢の閑鷗（瀬下氏）等の名が確認できる。[3] 肥後の三思は、宝永三年（一七〇六）以降の不角歳旦帖や不角が母のために編んだ俳諧追善集『母恩集』（享保一四年序）に入集し、『とし〴〵草』（元禄六年序）『昼礫』（元禄八年成）『矢の根鍛冶後集』（元禄九年成）にも同名の作者が見える。しかし、『とし〴〵草』以下の高点句集に登場する三思には所付が付されておらず、これら不角の月次発句興行・前句付興行において活躍した人物が、肥後の三思と同一人物であるとは断定できない。[4] 一方、信州野沢の閑鷗は、宝永四年以降の歳旦帖や『籰纑輪《わくかせわ》前集』（宝永四年序）『百人一句』（正徳二年（一七一二）序）『百人一句後集』（享保五年序）『風姿集』（享保一四年序）『糊飯篦《そくいべら》後集』（宝永三年序）といった不角の撰集に入集する。閑鷗も、元禄期の前句付高点句集や月次発句高点句集に直接名前が確認できるわけではないが、矢羽勝幸『佐久の俳句史』（櫟、平成元年）に佐久の地に初めて入ってきた俳諧が不角の前句付であったことが指摘されており、元禄期と享保期の不角の俳諧活動の連続性を考える際、重要な手がかりを与えてくれる人物であると目される。そこで以下信州野沢に焦点を当て、矢羽氏の論考を参照しつつ、不角が前句付興行を通じて地方に地盤を築いていくさまを具体的に考察する。

佐久は、中山道と佐久甲州街道の交点にあって江戸時代に宿場町として発達した地域で、野沢はその中山道の宿場の一つであった。小諸藩の藩庁が置かれた小諸城の城下町も佐久にあった。矢羽勝幸氏は、佐久に俳諧をもたらしたのは不角で、その嚆矢は元禄七年の前句付高点句集『誹諧うたゝね』に見える丁卜・嵐角・一有・浅水・順角ら、小諸の作者の句であるとする。しかし今回の調査で、既に元禄五年の『千代見草』に登場する一味・正森・おひ川・花梢・露岸に小諸の所付が付されていることが確認された。(5)また、野沢の作者が初めて登場するのは、月次発句高点句集『水車』(元禄八年成)の元禄八年二月一日興行で、似水という作者である。似水は、前句付高点句集『矢の根鍛冶前集』(元禄九年成)の元禄九年一月二七日興行にも載り、これが前句付高点句集における野沢の所付の初出となっている。(6)同じ信州でも、松本の作者は調和の前句付に多く見えるのであるが、矢羽氏の指摘通り、佐久の作者たちは不角の前句付興行や月次発句興行を通じて俳諧に遊ぶようになったと言え、ここに野沢の閑鷗が不角の歳旦帖や俳諧撰集に名を連ねる素地が作られたと言ってよい。

なお、矢羽氏が「雑俳から蕉風へ」の章で引用されている閑鷗の息子玉芝の自伝『こよみぐさ』(7)には、閑鷗らの俳事について興味深い内容が書かれている。たとえば享保七年八月一四日、佐久の平賀陣屋の代官増田太兵衛をはじめとする陣屋の役人が閑鷗宅を訪れて句会を開いた折の記事には、「太兵衛様不角流上手也」と佐久の代官たちが不角流の俳諧に遊ぶ様子が描かれている。『こよみぐさ』によると、増田太兵衛は俳号尚角、後に千雪と改めた人物で、他にも太兵衛の息子佐平太(竹意)・成島忠助(樗木)・太田浦右衛門(秋角)・織戸富右衛門(谷水)といった参加者の名が見える。太兵衛の改号時期については明らかでないが、享保一二年・同一五年の歳旦帖、『ことぶき車』、享保一七年不角月次句集に尚角・千雪両名の句が、享保一五年歳旦帖、『ことぶき車』、享保一七年不角月次句集に樗木の句が載り、閑鷗の句の前後に登場していることから、増田太兵衛・成島忠助の句である可能性が高い。[8] また享保九年五月には、玉芝が父閑鷗にしたがって江戸に出て不角宅を訪問したことが「立羽不角父子に初て逢。俳なども有之。」と記される。地方在住の門人が出府した際に不角と直接面会して俳事を行っている事例として注目に値する。続いて享保一〇年一〇月、玉芝が一七歳で初めて俳諧を始めた頃のことが「尤不角風にて其頃は玉枝と申候。此ころは郡中不残不角風也。」と述べられている。当時佐久の俳諧は不角流一色であった。[9] しかし、不角の天下は長くは続かず、矢羽氏によれば元文四年（一七三九）、玉芝は公用で江戸を訪れた際に松木珪琳に入門し、次第に蕉風に近づいていった。その後、元文五年には尾張の渡辺雲裡坊と江戸の中川宗瑞が佐久を訪れ、不角流は蕉風の新風に追いやられるに至る。

佐久地方におけるこうした事例を見ると、元禄期の不角の前句付興行・月次発句興行が後年の不角の俳諧活動を支える作者層の開拓と強く結びついていることがわかる。不角の前句付興行や月次発句興行はその敷居の低さから、初心者が俳諧への第一歩を踏み出すのにぴったりのものであったと考えられるのである。

二、門人の開拓（二）――丹後宮津の場合

元禄期における不角の前句付興行・月次発句興行が、地方作者の開拓に大きな意味を持っていたことは、次に取り上げる宮津の例にも確認できる。宮津の俳人紅筝（生田氏）が、元禄一六年八月に不角を招いて『手々内栗』という記念集を刊行していることからもわかる通り、宮津は不角にとって非常に重要な拠点の一つであった。[10] 不角の高点句集において宮津の所付が最初に見えるのは、『誹諧広原海《わだつうみ》』巻一一の元禄一三年二月三日興行で、その作者は山巻である。これ以降、宮津の作者はおびただしく入集しており、たとえば『誹諧広原海』巻一一・巻

一二に収められた元禄一三年二月三日から四月一七日の計六回の興行に限っても、山巻・廬山・吟之・其泉・露船ら宮津の作者が繰り返し登場し、一回の興行に同一作者の句が三、四句載る例も見受けられる。なお、『誹諧広原海』以前の前句付高点句集や月次発句高点句集にも、丹州・丹後の所付が付された作者は入集するが、彼らは宮津の作者ではなく丹後田辺の作者であると考えられる。田辺の所付は、元禄七年の『へらず口』から元禄九年の『矢の根鍛冶前集』にかけて見える。田辺の作者として最初に見えるのは、『へらず口』に七句入集する春夕であるが、『千代見草』の元禄五年八月一二日興行に所付なしで入集する春夕がこれと同一人物であるとすれば、その登場はさらに一年半さかのぼることになる。また月次発句高点句集の方でも、同じく元禄七年の『底なし瓢』『足代』に田辺の作者が登場している。元禄期に板行された不角の高点句集の所付に丹州の地名として見えるのは田辺と宮津のみであり、元禄一三年以前の高点句集に宮津の所付は全く見られないことから、元禄一三年を境として、それ以前に丹州・丹後の所付が付された作者は原則として田辺の作者であると考えてよかろう(11)。

では、元禄一三年に宮津の作者が一挙に登場してくるはなぜであろうか。そこで再び『誹諧広原海』に入集している宮津の常連作者たちに注目すると、元禄一〇年以前には宇都宮の所付で入集する者が多いことに気づく。たとえば、先に言及した山巻は『昼礫』の元禄八年六月二七日興行に宇都宮の作者として登場し、続いて元禄九年の『矢の根鍛冶前集』『矢の根鍛冶後集』に入集、『双子山前集』の元禄一〇年一月二七日興行まで宇都宮の作者として載る。また元禄一三年以降、宮津の作者として入集する者のうち、花伯・好述・志近・窓柳らは『千代見草』から『昼礫』までの前句付高点句集に、寸松・不得・立派・廬山らは『昼礫』『矢の根鍛冶前集』『矢の根鍛冶後集』にそれぞれ宇都宮の作者として入集する。なお、志近という名の作者は、元禄三年の『二葉の松』や元禄四年の『若みどり』にも見え、宇都宮の志近と同一人物である可能性が高い。同様に月次発句高点句集を調べると、右に挙げた作者の大半が『草結』(元禄八年成)『水車』(同八年成)『松蘿《さるをがせ》前集』(同九年成)のいずれか、あるいは複数にわたって宇都宮の所付とともに入集していることが確認できる。また、好述は元禄七年跋の不角の俳諧撰集『蘆分船』にも宇都宮の作者として入集しており、宇都宮が元禄初期から不角の勢力圏内にあったことがうかがえる。(12)

ところで、これら宇都宮住の作者たちが宮津へと移住した背景には、藩主の交替という事情があった。元禄一〇年、それまで宮津藩主であった阿部正邦が下野宇都宮藩に移封され、代わって同地から奥平昌成が宮津に入封した。つまり、右の作者たちは昌成とともに宮津へ移った宇都宮藩士たちであったと考えられるのである。(13)

一方、『手々内栗』の編者である紅笋の名が初めて不角の高点句集に登場するのは『誹諧広原海』の元禄一三年一一月三日興行で、以降『誹諧広原海』『瀬取船』に多数の句が入集する。また紅笋は前句付高点句集以外にも、『誹諧一河流』(宝永二年序)『糊飯篦前集』(同二年序)『糊飯篦後集』(同三年序)『籰纑輪前集』(同四年序)といった不角の俳諧撰集をはじめ、元禄一五年から正徳四年までの間に板行された、現在確認されている全ての不角歳旦帖に名を連ねている。元禄一三年以前の動向については明らかでないが、『手々内栗』の序文に「詞園堂の志の深事。先唐《カラ》の詞を以礎とし、連歌を削りて柱となし、今誹諧をして屋ねとなせり。此方の家は風に破れず、水に溺ず、元龍《(ママ)》の悔を前杖に突て傾ず。しかも慈《イツクシミ》多して下《シモ》の問ひを厚くし、三猿石に身をゆだねて、万事恣《ホシイマヽ》に行《ヲコナハ》ず。(中略)其おこゝろざしにほれて随ふもの、五万騎が嶽も数ならず、狼煙峠に火の気《ケ》もなく、貢の金引馬の員、鈴が原をも広しとせず。(14)」と記されることから、奥平昌成にしたがって移住してきた元宇都宮藩士たちを通じて不角の前句付に遊ぶようになった、現地採用の宮津藩士ではないかと推定される。

紅笋と不角を結びつけた人物は、先に言及した元宇都宮藩士、山巻ではないかと考えられる。『誹諧広原海』の最終巻である巻二二には、紅笋・不角・山巻・農角の四吟歌仙が収められている。『誹諧広原海』は、元禄一一年から同一四年までの前句付興行をまとめて刊行したものであるが、序文は元禄一六年八月に書かれており、本歌仙の成立時期も正確にはわからない。しかし、元禄一六年に不角が宮津を訪れた際に巻いた連句を収める『手々内栗』や不角撰『一峠』（元禄一六年序）[15]に山巻は入集せず、最後に登場するのが『誹諧広原海』の元禄一四年一一月一七日興行であることから、本歌仙も元禄一四年頃までに巻かれたものと考えておきたい。もう一人の連衆、農角も宮津住の作者と考えられるが、不角には農角という名の門人が二人いる。一人は元禄一四年歳旦帖に「讃秋事農角」と見える作者である。この作者は、元禄九年『矢の根鍛冶後集』以降、『誹諧広原海』の元禄一三年三月一七日興行まで讃秋の名で入集し、他に『矢の根鍛冶後集』に五吟歌仙（不角・文士・和英・讃秋・松英）が、同じく元禄九年の『松蘿前集』に三吟歌仙（不角・好角・讃秋）が収められる。以上の入集状況から、不角著『笠の蝿』（元禄一四年成）において江戸から餞別吟を送り[16]、品川で不角らを迎えて六吟歌仙（朋角・不角・好柳・農角・好角・朋翠）を巻いている農角と、『一峠』で不角に餞別吟を送っている農角は、元禄一四年に讃秋から改号したこの農角であると考えられる。元禄一五年歳旦帖に載るのも、この江戸の農角であろう。もう一人の農角は、『誹諧広原海』の元禄一一年三月一二日から同一三年七月三日までの興行に大量入集する農角である。こちらの農角がおそらく紅笋らとともに歌仙を巻いた人物で、紅笋と同じく山巻の取り持ちで一座に連なった宮津作者であると推定される。[17]なお、山巻自身は『手々内栗』には登場しないものの、本書には山巻と同じく宇都宮藩士時代から不角の前句付興行・月次発句興行の常連作者であった花伯・志近・寸松・立派らの活躍が見られる。

以上、宇都宮で不角の前句付興行や月次発句興行に熱心に投句していた作者たちが、宮津に移ってからも現地の人々を巻き込んで投句を続け、宮津が不角の重要な地盤となったことを確認した。その成果は『手々内栗』に結実したが、発句・三物・五十韻と並んで、本書に不角・紅笋両判で行われた前句付興行の勝句が収められている点は見逃せない。調和・不角らによって行われた江戸の前句付興行は、当初から地方作者をも対象とした大規模なものであったが、こうした大規模興行とは別に、本書に見られるような小規模な興行が行われ、地元作者との結びつきを強めるのに一役買っているのである。こうした結束によって、『糊飯篦前集』には不角の発句を立句に宮津作者たちが巻いた五吟歌仙二巻（紅笋・柴扉・左琴・寸松・香角、千今・左琴・等水・湖舟・不水）が載り、正徳四年歳旦帖には宮津連として湖舟・左琴・葵扇・松青・友之・云尓・芦雖・竹水らの句が入集する。彼らのうち、柴扉・左琴・香角・千今は不角が宮津を訪れた際の連句や三物に初めて現れる作者たちで、葵扇・松青・友之・云尓・芦雖は宝永末以降の不角歳旦帖から新たに登場してくる作者である。

このような事例は宮津に限ったものではない。宝永期以降の不角の歳旦帖には、同じ地域の作者の句が組名や連名付きでまとめて掲載される例が見え始める。そして、それらはいずれも不角の高点句集の所付に見出せる地域であり、後年不角の俳諧活動の基盤となった地域が、元禄期の前句付興行や月次発句興行によって開拓されたものであることを示している(18)。

三、常連作者層の動向

しかし、これだけ強固な関係が築かれたかに見える宮津の場合も、紅笋をはじめとする宮津の作者たちが不角歳旦帖に確認できるのは正徳四年までで、それ以後享保期の歳旦帖からは全く姿を消している。これには、享保二年に宮津藩主奥平昌成が豊前中津に移封となったことが影響していると考えられるが、先に言及した佐久の例のように、元来不角の前句付には、ある程度俳諧が熟してくるとその役割を終えてしまう側面も認められる。だからこそ不角は、一度開拓した地盤の維持には非常に気を遣ったものと思われる。たとえば享保一五年、法眼位受領のために上京する際、不角は中山道を選んでいるが、これは中仙道沿いに門人が多かったからで、その折のことを記した不角の俳諧紀行『木曾の麻衣』（享保一五年成）には、安中の柳山・休候、磯部の残角・羅月・孤谷・午角・好角、松井田の助角・魚角、小諸の値角・嵐角・順角らと俳交を深めるさまが詳しく描かれている。彼らのうちの多くは、元禄期の不角の高点句集にその名を見出すことができる作者たちである。各地の門人たちは不角を熱烈に歓迎しているが、[19]不角の方もまた、熱心な門弟であった安中の照角の跡を弔ったり、初対面の魚角を入門させたりと、新旧の作者に対する配慮に余念がない。また本書には、好角が父親昔水の臨終間際の句を示す場面や、照角の父卜水が蕎麦の付け届けをする場面が描かれており、親子二代にわたって不角に師事する例の多かったことがうかがえる。残角と午角もまた親子であった。こうした事実は、地方における不角の門人開拓とその維持の仕方を考える上で注目に値しよう。

そもそも、前句付投句者層というのは、たとえ常連作者であっても点者に対するこだわりはあまり強くない。次に、調和と不角双方の前句付興行の地盤となっていた津（伊勢国安濃郡）・忍（武蔵国埼玉郡）・行徳（下総国印旛郡）の作者について、その入集状況を具体的に考察する。

まず伊勢津の丹夕は、『洗朱』（元禄一一年序）の元禄六年七月二五日興行以降、『風月の童』（元禄一三年序）『相槌』（同一五年刊）『続相槌』（同一六年刊）『新身』（宝永二年刊）とほとんどの調和の前句付高点句集に入集し、宝永七年の調和歳旦帖にも載る。[20]一方で丹夕は、元禄五年の不角の前句付高点句集『千代見草』以下『一息』（元禄六年成）『二息』（同六年成）『へらず口』『一騎討』（宝永三年成）に入集し、[21]元禄六年の月次発句高点句集『としぐ〳〵草』同七年の『底なし瓢』に登場する他、元禄七年の不角の俳諧撰集『蘆分船』や宝永六年から同八年までの不角歳旦帖にも名を連ねる。丹夕の場合、最も門流意識が強く表れると考えられる歳旦帖においてすら、調和・不角の双方に入集していることが注意される。また丹夕は点者の違いだけではなく、前句付高点句集・月次発句高点句集・俳諧撰集・歳旦帖の全てに入集することからわかる通り、そうした形式の違いにも全く頓着していない。

次に忍行田の鸚言は、『洗朱』の元禄七年七月二五日興行以降、『十の指』（元禄一三年序）『続相槌』『新身』といった調和の前句付高点句集に登場し、『夕紅』（元禄一〇年刊）『面々硯』（同一一年刊）宝永七年の調和歳旦帖に入集する傍ら、不角の元禄八年・同九年の前句付高点句集『昼礫』『矢の根鍛冶前集』や、元禄七年成『足代』以降の月次発句高点句集にも大量に入集している。このように、鸚言も丹夕と同様、調和・不角双方の興行にこだわりなく投句しているが、さらに鸚言の場合、無倫の前句付興行・月次発句興行の高点句を収めた『蒲の穂』（元禄一三年序）にも入集している点が目を引く。

行徳の南梢は、元禄一三年の『風月の童』以降の全ての調和前句付高点句集と、元禄九年の『矢の根鍛冶前集』以降『瀬取船』までの不角前句付高点句集に入集し、とりわけ『誹諧広原海』に大量に入集する作者であるが、宝永七年には調和歳旦帖に、同八年には不角歳旦帖に出句している。これにより、丹夕が宝永七年前後、調和・不角両者の歳旦帖に入集するのが、取り立てて特異な例ではなかったことが確認できる。

他にも宝永七年の調和・不角両名の歳旦帖に名前が見える作者は多いが、(22)その中から特に調当（調当子）という人物を取り上げたい。調当は、調和の『洗朱』の元禄七年七月二五日・八月二〇日興行と同一〇年刊の『夕紅』、不角の元禄七年の前句付高点句集『へらず口』『誹諧うたゝね』と同七年・同八年の月次発句高点句集『足代』『水車』に入集するが、その後しばらく活躍が見られず、次に登場するのは宝永六年の不角の付合高点句集『籰纑輪二集』と同六年・同七年の不角歳旦帖、そして同七年の調和歳旦帖である。このように、点者や興行形式よりもむしろ投句時期に偏りが見られる点に、調和や不角の前句付興行を支えた常連作者の動向がよく表れているといえよう。

こうした前句付常連作者たちの投句姿勢は、江戸の初期から前句付で活躍した調和・不角らの興行のみならず、元禄中期頃から江戸に登場してくる新出点者の興行においても認められる。このことについて、次に酔月撰『花見車集』（宝永二年成）を例に確認する。酔月は、元禄一五年一月の『冠独歩行』に冠付点が、同年一〇月『もみぢ笠』に前句付・冠付点が収められる典型的な江戸の新出点者である。宮田正信氏は『冠独歩行』に登場する点者について「中に『洗朱』・『面々硯』・『二葉の松』などに見える者もあるので、その多くは調和・不角らの前句付俳諧に馴染み新たに自立して点業をおこしたものかと思はれる。(23)」と指摘するが、酔月もそうした前句付作者上がりの点者の一人であると考えられる。(24)

さて、調和・不角らによる大規模興行から始まった江戸の前句付であるが、元禄中期から盛んに活躍し始める新点者たちの興行は、江戸近辺の作者たちを相手に行われたというのが通説である。(25) そうした中、『花見車集』は江戸の酔月が上州富岡へ行脚し、その土地で興行した前句付・冠付の高点句を集めて板行したというやや特殊な撰集であるが、地方に江戸の前句付興行を持ち込んだという点で、前述の紅笋編『手々内栗』と共通した性格を持つ。また、本書は前句付・冠付の高点句を中心に編まれているが、末尾には宝永二年に酔月が上州作者たちと編んだ歳旦三物、同じく彼らの歳旦・歳暮吟、そして酔月一座の六吟歌仙（酔月・花紫・鍛治・凹月・三星・治鑽）が収められている。巻末に歌仙を付す形式は不角の前句付高点句集と同じで、江戸出立から富岡滞在のことを記した長文の序も『手々内栗』の不角序に類似する。

このような『花見車集』の特徴を考慮すると、酔月が上州富岡で近郷の同好者を集めて前句付・冠付興行を行い、歳旦三物まで編んでいるのは、元来この地域が不角の有力な前句付の拠点であったからではないかと思われてくる。(26) 本書には刊記がなく板元等不明であるが、不角の後援によって板行された可能性も考えられよう。(27) 不角の前句付高点句集を見ると、元禄五年の『千代見草』から小幡・高崎・藤岡・松井田・吉井といった上州の所付が見え、それ以後も安中・磯部・一ノ宮・渋川・高崎・富岡・七日市・南蛇井・前橋等の所付の作者が多数入集している。これらはいずれも富岡周辺の地名で、『花見車集』入集者の所付とほぼ重なっている。本書の序に「有る暮に慰に誹諧前句附仕れとある。さあらば国の風俗人の心を見んと思ひ、冠り、前句出しけるに、近隣十里四方動き渡り櫛の歯を引ごとく持来る。(28)」と記されるような前句付・冠付興行の盛況振りは、この地域が古く

から不角前句付に馴染んだ土地であったことによるものと考えられるのである。(29)

しかも『花見車集』は、単にその前句付・冠付の興行地域が不角の勢力圏と重なっているばかりではない。本書の入集者の中には、同時に不角の前句付高点句集や俳諧撰集にも入集している作者が多数存在するのである。たとえば、本書に前句付五句・三物一組・歳旦吟一句が載る吉井の動角や、前句付が一句ないし三句載る磯部の孤谷・残雪・昔水は、同時期の不角の前句付高点句集に入集する他、宝永二年の不角の俳諧撰集『誹諧一河流』に発句・連句・三物の作者として見え、宝永二年から正徳四年までの不角歳旦帖にも登場する。(30)また孤谷・残雪・昔水の三人は、宝永二年序『糊飯篦前集』所収の「上州磯辺住連」による十二吟歌仙、同三年序『糊飯篦後集』所収の「磯辺組」による十四吟歌仙にも一座している。彼らにとって、酔月を迎えてその前句付・冠付興行に興ずることは、不角の前句付興行に投句し、その撰集や歳旦帖に出句することと、全く矛盾する行為ではなかったといえる。また、『花見車集』巻末の六吟歌仙に一座する富岡の凹月と花紫は、他に前句付・冠付・歳旦三物・歳暮吟も入集する本書の主要作者であるが、凹月は『瀬取船』の元禄一六年三月二五日興行から、花紫は『誹諧広原海』の元禄一二年五月一二日興行から不角の前句付高点句集に登場しており、両者ともに『水馴棹』(宝永二年序)巻四の脇起表合の常連作者となっている。凹月・花紫以外にも、この脇起表合の入集者には上州の作者が多く見えるが、脇起表合という前句付よりも高度な形式に好んで投句している作者たちが、同時に江戸の新点者の興行する冠付にも遊んでいる点は非常に興味深い。このように、上州の作者たちが点者の違いのみならず、その興行形式にもこだわっていないことは、先に調和と不角の高点句集や歳旦帖等における入集者の動向を調べた際に出た結論と一致する。

四、不角の前句付興行・月次発句興行の意義

本節では、信州野沢と丹後宮津に焦点を当て、不角が前句付興行・月次発句興行によってその勢力圏を拡大していくさまを考察し、そうした元禄期の興行を通じて不角門下となった人々が、宝永期以後も引き続き不角の撰集や歳旦帖に出句して、その俳諧活動を支えたことを明らかにした。元禄半ば以降、世間の風潮と歩調を合わせるように雑俳化した不角の前句付であるが、その敷居の低さは初心の地方作者たちに俳諧を浸透させる際の武器となるもので、江戸の新出点者らによる前句付・冠付興行とは同列に論じることのできないものであった。しかしその一方で、不角の前句付興行や月次発句興行の投句者においては、たとえ歳旦帖に名を連ねるような常連作者であっても、その門流意識は非常に緩やかなものであった。不角の門人は三〇〇〇人とも四〇〇〇人とも言われるが、こうした浮動的な作者層をいかに門下につなぎとめておくかが、宝永期以降の不角の課題となったものと考えられる。不角の俳諧紀行『木曾の麻衣』には、そうした不角の門人に対する配慮の一端が見て取れた。

また、今回詳しく取り上るることができなかったが、宝永四年以降、不角は前句付高点句集と入れ替わりに付合高点句集『籰纑輪』[31]を板行するようになる。そして『籰纑輪』の第一集に相当する『籰纑輪前集』の入集者は、元禄期の前句付作者層と重なっており、不角が前句付興行によって開拓した熱心な常連作者を、今度は点巻指導という形で門下に擁したことがうかがえる。さらに不角の月次興行が、元禄期の競技性の強いものから、享保期の小規模で歳旦的な性格のものへと変わったことも、同様の観点から説明することが可能である[32]。特に江戸から離れた地域に住む作者たちを有力門下とした不角にとって、彼らの関心を引き付けておくためには、元禄期のような大規模興行ではない個別的な方法で、個々の作者と結びついている必要があったのである。

このような元禄期から享保期にかけての不角の俳諧活動のあり方からは、不角の優れた経営手腕をうかがうこ

とができる。不角は、その時々の自己の俳諧の享受者たちが何を求めているのか常に的確に判断し、その心をつかんでいった。こうした時流を見る目の確かさこそ、俳諧師不角の才であったのである。俳諧作者としては決して一流とは言えない不角であるが、当時の俳壇においては紛れもなく一目置かれた存在であった。

注

(1) このことについては、第三章第三節「享保期の不角の月次興行の性格」で論じる。

(2) 籰角は、備前岡山藩の支藩である備中鴨方藩の藩主池田政倚《まさより》の俳号であることが、平島順子「立羽不角論序説——貞門の俳諧師としての不角——」(『語文研究』第八〇号、平成七年一二月)に穎原退蔵「不角雑考(上)」(『ひむろ』第一〇巻五月号、昭和一〇年五月)を典拠として指摘される。籰角は、元禄一四年不角歳旦帖以下、享保頃までの不角の俳諧撰集のほとんどに入集するが、最初に名前が見えるのは前句付高点句集『誹諧広原海』の元禄一三年二月三日興行であり、前句付を通じて不角の俳諧に遊ぶようになったことがうかがえる。こうした例は籰角に限ったことではない。たとえば「みじか夜ぞ不角行《イ》て寝い明逢《アスアハウ》　びかく／蚊も歯のたゝぬ畏り胝《ダコ》　不角」(『蝿袋』元禄一六年成)という不角との問答で有名な不角門下の文学大名、備前岡山藩藩主池田綱政(備角)が最初に登場するのは、月次発句高点句集『足代』の元禄七年一〇月一五日興行で、以下『松蘿前集』までの全ての月次高点句集に入集する他、前句付高点句集『双子山前集』『誹諧広原海』『瀬取船』にも載る。これらの例から、享保期の不角の俳諧撰集に名を連ねる大名クラスの門人たちの多くが、不角の前句付興行や月次発句興行の愛好者であったと推定される。なお『蝿袋』の引用は、東京大学総合図書館洒竹文庫蔵本(洒竹二七五五)によった。また、この問答は文化一三年(一八一六)刊『俳家奇人談』にはやや異なる形で引かれている。

(3) 他に宝永三年歳旦帖から登場する垣牛舎見角と薄月堂止角、同五年歳旦帖から登場する吉田氏賀角は、それぞれ『ことぶき車』の垣月堂見角・淡月堂止角・仁獣堂賀角と同一人物である可能性が高いが断定はできない。

(4) 他に『誹諧広原海』の元禄一二年六月興行に越後高田の三思、宝永六年歳旦帖に総州佐倉家士の三思という同名作者が入集する。また『糊飯篦前集』に入集する三思には「ハマ丁」「元ハマ丁」の所付が見える。

(5) 『誹諧うたゝね』以前に板行された前句付高点句集では、他に『一息』(元禄六年)『二息』(元禄六年)『へらず口』(元禄七年)に小諸の所付が付された作者が載る。また、不角の月次発句高点句集においても『としぐ〵草』(元禄六年)以降、小諸の作者が見える。

(6) ただし、『昼礫』の元禄八年七月二七日興行に小諸の所付が付されて入集する同名作者は、野沢の似水と同一人物であると目される。また『千代見草』の元禄五年六月二七日興行と『二息』の元禄六年八月一二日興行にも同名の作者が見え、同一人物である可能性がある。

(7) 本書については、所蔵先等不明で原本未確認のため、矢羽勝幸『佐久の俳句史』から引用した。

(8) 享保一七年不角月次句集には、尚角祖母・尚角母も入集する。

(9) 享保一一年に閑鷗が板行した絵俳書『小倉百しほ染』には、不角が序を寄せている。

(10) 丹州は不角の前句付勢力圏で、調和の前句付高点句集においては『相槌』の元禄一四年一一月二〇日興行に「丹州さゝ山」（丹波国篠山）という所付を付された作者が一名見えるのみである。

(11) なお、元禄一〇年から同一二年までの期間については、『誹諧広原海』の元禄一一年七月一二日興行に丹州琴月という作者が見える。琴月という名の作者は『昼礫』『矢の根鍛冶前集』『矢の根鍛冶後集』にも載るが所付は付されない。断言はできないが、宮津の作者である可能性は低いと考える。

(12) ただし宇都宮の作者は、調和の俳諧撰集『富士石』（延宝七年（一六七九）刊）『金剛砂』（延宝末年頃）にも入集し、調和の前句付高点句集『洗朱』においても、早く元禄三年二月一九日興行から登場している。

(13) 一例を挙げると、花伯は宝永七年歳旦帖には宮津屋敷という所付で入集し、宝永八年不角歳旦帖・正徳四年不角歳旦帖には奥平氏とされる。また不角の歳旦帖には、花伯以外にも宮津屋敷の所付で入集する宮津の作者が多く見える。

(14) 引用は『雑俳集成第二期5　不角前句付集1』（鈴木勝忠私家版、平成三年）によった。

(15) 『二峠』の末尾には、元禄一六年に不角が宮津で巻いた連句のうち、紅筝が一座せず『手々内栗』には未収録のものが収められている。

(16) 「江戸を出る時、農角の餞別《ハナムケ》に酒に添て／此風に宗匠鰹はまるべし／といひ送りたる一瓶《ヘイ》を（下略）」（『笠の蝿』）とある。なお、引用は『関東俳諧叢書　第一一巻　武蔵・相模編1』（青裳堂書店、平成七年）によった。

(17) 不角の高点句集に宮津の所付が見え始めるのが元禄一三年であったことを考えると、この農角の入集時期はやや早いようにも思われる。宇都宮藩主が宮津に移封となったのが元禄一〇年であることから矛盾が認められるわけではないが、あるいは別の人物である可能性も考えられる。

(18) 宝永四年・同五年・同六年・同八年歳旦帖に「羽州十二所歳旦組合」、同六年歳旦帖に「羽州山形歳旦組合」「信州歳旦組合」、正徳四年歳旦帖に「宮津連」、享保一二年・同一五年・同一六年歳旦帖に「遠州横須賀只圭斎刓角組」が見え、羽州

十二所は『瀬取船』、羽州山形は『二息』、遠州横須賀は『矢の根鍛冶後集』から所付に見出すことができる。信州歳旦組合には、先に述べた野沢の作者、閑鷗が加わっている他、宝永五年歳旦帖に佐久郡三塚の所付で入集する不磷の名が見える。不磷は『誹諧広原海』に甲州の所付で大量に入集する常連作者であるが、信州に移って引き続き不角門人として活躍したものであろう。また只圭斎剢角は『瀬取船』に登場しており、元禄期の不角前句付享受者層が享保期に歳旦組合を形成している例として注目される。

(19) たとえば、孤谷は元禄七年の『誹諧うたゝね』から登場し、それ以降の前句付高点句集や宝永期の不角の俳諧撰集・歳旦帖にも入集する古参の作者であるが「予が門葉に加りしは四十余年、御馴染も深し。晩年《マヽ》なれば武陽に出ん事も堅く、又師の来ませ給はん事も計がたし。唯此度を限りの御名残とも思ひ侍る。」と、不角の来訪をありがたがっている。また、本書には「孤谷替名○―」と見え、○―と同一人物であることが判明する。なお、引用は国立国会図書館蔵本（一八八―一四八）によった。

(20) 竹下義人「元禄五年調和点前句付清書巻――国文学研究資料館蔵『調和前句付巻』の紹介――」（『国文学研究資料館紀要』第一七号、平成三年三月）に紹介された、元禄五年三月一七日興行の取次所別清書巻に登場する丹夕もおそらく同一人物であろう。

(21) 所付は付されないものの、元禄四年の『若みどり』に入集する丹夕も同一人物であろう。

(22) 同一人物であると断定できる作者だけでも、忍の唯言、伊勢の嬰角・吟水、吉田氏賀角、小川町柳蛍らが挙げられる。

(23) 宮田正信『雑俳史の研究』（赤尾照文堂、昭和四七年）一四二頁。

(24) 実際に酔月は、不角の前句付高点句集『誹諧広原海』の元禄一三年一〇月一七日興行、調和の前句付高点句集『相槌』の元禄一四年一二月二〇日興行、『続相槌』の元禄一五年七月五日興行に載り、調和の前句付高点句集には旭組と見える。他に、不角の月次発句高点句集『とし〲草』の元禄六年九月一五日興行、『底なし瓢』の元禄七年一月一五日・二月一五日・三月一五日興行に同名の作者が見え、元禄七年二月興行においては甲州の所付が付される。あるいはこの人物が江戸に出て点者になったとも考えられるが確証はない。

(25) 「調和・不角らの門流を中心とする江戸の新点者達の興行は、その当初から一般に江戸を中心に、その周辺の地域を含む比較的小地域で行はれたものかと思はれる。」（『雑俳史の研究』二二二頁）。

(26) 調和の前句付高点句集には、吉井の作者が『洗朱』の元禄五年八月一日興行に一名、上州伊勢崎の作者が『続相槌』に一名と『新身』に二名、上州沼上の所付が『新身』に一箇所出てくるのみである。

(27) 板下の文字が不角風でもある。

(28) 引用は『雑俳集成第一期2　元禄江戸雑俳集』（東洋書院、昭和五九年）によった。

(29) なお、上州の作者たちがこのように酔月を迎えて積極的にその興行に投句しているのは、酔月が不角の門流から出た点者であることに関係していると考えられなくもない。しかし、これまで見てきた前句付享受者層の動向を勘案すると、そのような門流意識が強く作用したとは考えにくい。

(30) 動角は宝永八年、孤谷は宝永三年・同五年・同七年・同八年・正徳四年、残雪は宝永三年・同四年・同五年・同八年、昔水は宝永三年・同五年・同六年・同八年・正徳四年の不角歳旦帖に載る。

(31) 安田吉人氏の「立羽不角年譜稿　一」によると、『篗纑輪』は途中未発見の集はあるものの、『篗纑輪十一集』（享保一二～一四年頃刊）までの板行が確認できる。しかし、明和二年（一七六五）不扃歳旦帖『三笠山』の末尾に、「わくかせわ十五集へ御入句、当三月晦日迄可被下候。それ過候ては加入仕がたく候。当年中には出板仕候。為念御しらせ申上候。」という宣伝が付されることから、一二集以降も継続して板行されていたことが判明する。ただし、第一集『篗纑輪前集』が編まれてから第一一集が板行されるまで約二〇年であったことを考えると、享保一二年頃から明和二年までの四〇年弱の間に四集しか編まれていないことには疑問が残る。また、午晴著の季寄兼俳諧作法書『俳諧小づち』（明和七年（一七七〇）序）は「化鳥《ケテウ》風」の解説中で不角に言及し「家書、わくかせ輪前後卅巻を著ス」とする。なお、明和二年不扃歳旦帖の引用は酒竹文庫蔵本（酒竹三六三二）により、『俳諧小づち』の引用は、国文学研究資料館所蔵マイクロフィルム（夢望庵文庫蔵本、三一八―一三―五）によった。

(32) このことについては、第三章第三節「享保期の不角の月次興行の性格」で論じる。

おわりに

本書は二〇一二年度に東京大学大学院において学位を取得した博士論文「元禄江戸俳壇の研究」をもとに、新たな論考を加えて再構成したものである。初出は以下に示す通りであるが、本書に収録するにあたり、いずれの論考にも加筆訂正を施している。

第一章　蕉風における其角の俳風とその変遷
第一節「其角の「情先」」『国語と国文学』第八四巻第八号、二〇〇七年八月、東京大学国語国文学会
第二節「其角の不易流行観」『東京大学国文学論集』第三号、二〇〇八年五月、東京大学国文学研究室
第三節「謎の発句」『国語と国文学』第八六巻第八号、二〇〇九年八月、東京大学国語国文学会、原題「発句の「ぬけ」」
第四節「其角と「洒落風」」『日本文学』第五七巻第七号、二〇〇八年七月、日本文学協会

第二章　初期俳諧から元禄俳諧への展開
第一節「詞付からの脱却――「ぬけ」の手法を中心に」『国語国文』第七九巻第五号、二〇一〇年五月、京都大学文学部国語学国文学研究室、原題「連句における「ぬけ」――談林俳諧を中心に――」
第二節「元禄俳壇における「うつり」」書き下ろし

第三節「元禄俳諧における付合の性格――当流俳諧師松春を例として」『連歌俳諧研究』第一二一号、二〇一一年九月、俳文学会、原題「元禄俳諧における付合の性格――当流俳諧師松春を例として――」

第四節「「元禄当流」という意識」『日本文学』第六二号第一〇号、二〇一三年一〇月、日本文学協会、原題「俳諧における「当流」――「元禄当流」という意識――」

第三章　元禄期江戸の前句付

第一節「調和における前句付の位置」『国語と国文学』第八八巻第五号、二〇一一年五月、東京大学国語国文学会

第二節「不角の前句付興行の変遷とその意義」『国文学叢録――論考と資料』鶴見大学日本文学会編、二〇一四年

第三節「享保期の不角の月次興行の性格」『国語と国文学』第九〇巻第九号、二〇一三年九月、東京大学国語国文学会

第四節「不角の俳諧活動を支えた作者層」書き下ろし

大学の学部生のとき、初めて所属した近世文学のゼミで、建部綾足の『俳諧源氏』という作品を読んだ。題名に「俳諧」とあるものの、いわゆる俳諧とは全く異なる形式で書かれた作品であった。これが俳諧に興味を持ち、「俳諧」とは何だろうと考えるきっかけとなった。ちょうど同じ年、加藤定彦先生が非常勤講師としていらっしゃり、『猿蓑』の講義を拝聴する機会を得た。それは、それまで自分の持っていた蕉風の「さび」のイメージをひっくり返すような新鮮なものであったが、中でも講義中に先生が解釈された其角の句が、私の目にはとても魅力的

に映った。その後、卒業論文では其角の俳諧撰集『末若葉』を取り上げてその俳諧観を考察し、修士論文では其角の「情」と「洒落」について論じた。

博士課程に進学してからも、芭蕉と其角という対照的な俳風を含み込む蕉風俳諧とは何かという問題は常に心にひっかかっていた。博士論文で広く元禄期の江戸俳壇を取り上げたことの根底にも、他の元禄諸派との比較において蕉風を相対化する中で、蕉風の本質に少しでも近づきたいという思いがある。特に其角晩年の俳風に関しては、今後も継続して解明に努めたい。芭蕉没後の其角の俳風は異風ともみなされ非常に難解であるが、その俳諧史上における意義を明かにすることには大きな意味があると考える。

其角の俳諧は後世に多大な影響を与えているが、其角の流れを汲む非蕉門の俳諧師沾徳・沾洲らが活躍した享保期の江戸俳壇については、あまり研究が進んでいない。博士論文で元禄江戸俳壇を取り上げたもう一つの理由は、いまだ研究が手薄で混沌とした様相を呈している享保期の江戸の俳壇状況を明らかにするための土台を作ることにある。沾徳の俳風については、本書の第一章で其角の俳風との類似を指摘したが、その類似の意味するところまでは十分考察が及ばなかった。江戸の人気宗匠としての彼らの俳諧活動のあり方や、江戸という都市における俳諧作者たちの動向も視野に入れて改めて検討したい。第三章で取り上げた不角の俳諧に関しても、引き続き調査する必要がある。享保期の江戸俳諧を共時的な視点でとらえると同時に、不角という一人の俳諧師の活動を通時的に追う作業を並行して行うことで、享保俳諧をより一層具体的かつ明確に把握することが可能になると考える。また元禄期の俳諧については、第二章の「うつり」に関する課題が残っている。本書では「うつり」の性格が多様であることを示したのみで、その内実には踏み込めていない。「うつり」の解明は、親句・疎句の枠組みとは別の角度から元禄俳諧を読み解く糸口の一つになろう。今後はこれらの問題について、さらに研究を深めて行きたい。

さて、本書を成すにあたっては、非常に多くの方々に支えられた。まず、学部生の頃から学恩を賜り、本書のもとになった博士論文の審査にあたって下さった東京大学国文学研究室の多田一臣先生、藤原克己先生、渡部泰明先生、同大学大学院人文社会系研究科の古井戸秀夫先生に篤く御礼申し上げる。森川昭先生には、右も左もわからないまま其角のことをもっと知りたいと大学院進学を決めた際、しっかり研究するようにとたくさん書き込みのあるありがたい御本をいただいた。ご自宅にうかがった折に、先生の収集された膨大な俳諧資料を拝見し、研究とはこのようなものかと圧倒されたのがもう十年も前のこととなった。加藤定彦先生には『猿蓑』における芭蕉の「さび」という、今思い出しても顔から火が出るような恥ずかしい出来の期末レポートを提出して以来、拙い論文をお送りしては毎回大変貴重なご教示を賜った。また深沢了子先生には、大学院に進学して初めて俳文学会東京例会に出席したときから今に至るまで、諸事万端にわたり親身にお世話いただき、日本学術振興会特別研究員の受け入れ教官にもなっていただいた。尊敬すべき研究者として、また最も身近な俳諧研究の先輩として、先生がいて下さったことは本当に心強かった。その他芭蕉・蕪村研究会をはじめとする諸研究会や学会等でご指導いただいた先生方、貴重な資料の閲覧を許可して下さった各所蔵者・機関の方々、ともに学んだゼミの先輩後輩たち、分野は違えど切磋琢磨した仲間たち、私の研究を黙って見守ってくれた家族に感謝の気持ちを捧げたい。

そして何より、これまで研究を続けてこられたのは、ひとえに長島弘明先生の温かいご指導のおかげである。壁にぶつかるたびに叱咤され、励まされて乗り越えてきたことが、今も私の研究の大きな支えとなっている。先生のもとで学べたことは、何にもかえがたい幸せである。心より感謝申し上げたい。

最後に、本書の出版をお引き受け下さったぺりかん社の廣嶋武人社長、編集部の小澤達哉氏に深謝申し上げる。

なお、出版にあたり、独立行政法人日本学術振興会平成二十六年度科学研究費補助金（研究成果公開促進費・課題番号二六五〇三六）の助成を受けた。合わせて謝意を表する。

平成二十七年一月

牧　藍子

著者略歴

牧　藍子（まき あいこ）

1981年東京生まれ。東京大学文学部卒業。同大学院人文社会系研究科修士・博士課程修了。博士（文学）。日本学術振興会特別研究員（PD）を経て、現在、鶴見大学文学部講師。

〔共著〕

鈴木健一編『鳥獣虫魚の文学史　日本古典の自然観3　虫の巻』（三弥井書店、2012年）、矢内賢二編『芸術教養シリーズ9　日本の芸術史　文学上演篇Ⅰ　歌、舞、物語の豊かな世界』（幻冬舎、2014年）、矢内賢二編『芸術教養シリーズ10　日本の芸術史　文学上演篇Ⅱ　近世から開化期の芸能と文学』（幻冬舎、2014年）など。

元禄《げんろく》江戸《えど》俳壇《はいだん》の研究《けんきゅう》
蕉風と元禄諸派の俳諧

2015年2月10日　初版第1刷発行

著　者　牧 藍子

発行者　廣嶋 武人

発行所　株式会社 ぺりかん社
〒113-0033 東京都文京区本郷1-28-36
TEL 03(3814)8515
http://www.perikansha.co.jp/

印刷・製本　モリモト印刷

Printed in Japan　ISBN 978-4-8315-1394-6

人名・書名索引

凡例

一、論文部に掲載される人名、書名・作品名の索引である。

一、俳号の読み方の困難なものは、原則として音読みとした。

一、見出し語に「芭蕉」は立項しなかった。また「其角」については第一章、「調和」については第三章第一節、「不角」については第三章第二節から第四節までを収録の対象から外した。

一、同名の人物については、所付や俳諧・雑俳の別を括弧内に記し、可能な限り区別した。

あ

か

た

な

は

ま

わ

初句索引

凡例
一、便宜上、表記は初出の形に統一した。

あ

か

さ

た

な

は

ま

や

ら・わ